我为
每一种思想
寻找言辞

西方艺术思想史中的她们

刘海燕 著

河南文艺出版社
·郑州·

图书在版编目(CIP)数据

我为每一种思想寻找言辞:西方艺术思想史中的她们/刘海燕著. --郑州:河南文艺出版社,2023.11

ISBN 978-7-5559-1484-6

Ⅰ.①我… Ⅱ.①刘… Ⅲ.①散文集-中国-当代 Ⅳ.①I267

中国国家版本馆 CIP 数据核字(2023)第 167791 号

策划编辑 杨 莉 张 丽

责任编辑 张 丽

书籍设计 书籍/设计/工坊 刘运来工作室 徐胜男

责任校对 殷现堂

责任印制 陈少强

出版发行	河南文艺出版社	印 张	8.25
社 址	郑州市郑东新区祥盛街 27 号 C 座 5 楼	字 数	197 000
承印单位	河南瑞之光印刷股份有限公司	版 次	2023 年 11 月第 1 版
经销单位	新华书店	印 次	2023 年 11 月第 1 次印刷
开 本	889 毫米 × 1194 毫米 1/32	定 价	68.00 元

图书如有印装错误,请寄回印厂调换。

印厂地址 河南省武陟县产业集聚区东区(詹店镇)泰安路

邮政编码 454950 电话 0371-63956290

序

在文字中

——关于刘海燕以及她的写作

艾 云

我在南方楚楚的阳光下走，见到因溽热而常年蓊郁的树木，有迎面而来匆匆疾步的行人，马路上嗖地驰过的车辆。这时，在户外，我总觉得悬浮、空洞、不真实，然后就会烦躁。阴雨天会好些。我有些反季节，别人在幽暗向晚中会感到压抑，我会在梅雨之夕的迷蒙中、在隐秘幽曲的蜷缩中感到熨帖。敞开不适应我。过多的趱奔不适应我。那么，什么适应我？是文字吗？

我想是吧。文字适应于那些不是来自外部，而是来自自我惊吓的人。

我在海燕的文字中找到了同感。

她曾在《理智之年的叙事》这本书里写到2004年前后的某些日子。她说自己已多日不愿照镜子，是因为害怕见到镜子中自己那张乏味的脸，印证着乏味的生活。我知道，当一个人这样自我描述时，不是因为反讽，而是警觉，有自我惊吓的警觉。此时，更遑论优越。我已经这样自我指证，外部的评价已对这人不起威慑力了。然后我又接着读到她的自我描述："我这个成为文字生涯郁闷人质的女人，这个在周围找不到精神资源的女人，这个热情一年比一年递减的女人，被生活黏腻着，被写作牵扯着，挣扎着不要向下一步抬起中庸和疲惫的额头。”

我与海燕彼此的理解与信赖,缘自我们常常陷在层叠的心事中。我用了自我惊吓这个词,不知是否准确,只是这个词冒出来了,我尊重直觉,就把它写到这里。我们不是因为自卑而惊吓,而是因为敏感,对时间的敏感,对限度的敏感。这样说好像有些矫情,谁让你怕了?没有谁,是自己。好端端的一个秋阳如丝绸般明媚的下午,却有一阵惊怵滑过脊骨,是时间和限度的疼痛,我们不再年轻。我已经意识到自己是这样了,不与人辩论和抗衡,没有那种战者的热情。我已经自我贬抑了,你还穷追不舍地指证这是耻辱吗?我没有想怎么样,我有的只是羞怯和内省,然后是躲。文字如冬天农家的暖炕,将我们冰凉的四肢融展;渐渐有些烟岚,别人看到的是一片模糊,我却是自己看清了自己。我胆怯地想,我身上没有这缺点就有那缺点,总有秘不示人的隐忧,总有短处,怕人揪住不放。自嘲在先,可能就有了防范能力。

我和海燕多次谈到语言发生学的问题。这是问题,也是心事。某种后退着趔趄的姿势,需要文字帮忙,退回幽隅,挨过那些难过的时辰。大地、天空依然那样,是这个人宿命地被心事缠磨着。

有心事的女人不一定都掂起笔,但大凡掂笔书写的女人恐怕都少不了心事。海燕在这本书里写到了“她们”。她对我说,她写的这些人并不一定在行为方式上与自己一致,但精神旨趣与生命深处,却能托撑自己的想象力延伸。比如杜拉斯。那一年,海燕四处购买杜拉斯的书,杜拉斯成为日常的触目皆是,全家人都呼吸着杜拉斯的气息。她喜欢杜拉斯。她竟然喜欢杜拉斯。对这个杜拉斯来说,欲望与活力像两条蛇一样盘旋纠缠着无眠的子夜。杜拉斯对一个人奇怪地反问:哦,你计较年龄?杜拉斯说过必须非常地爱男人,否则就无法忍受他们。杜拉斯还说过许多的话,都是听起来不那么理直气壮,却是击中人心的大实话。杜拉斯从来不说道德优越的话,她在阴郁的冬季挨过了一天又一天,直到那张原本娟秀小资的脸,终于被写作、酒精、爱情、岁月摧毁或造就成那张仿佛化石般的面孔。海燕说:她打开杜拉斯的暗箱,就像打开黑夜,在独自一人前往时,被书页里的光线照亮……那里面写作的力量,生活的力量,以及文字摧枯拉朽的速度,都是她的需要。

然后海燕又写到伍尔夫。这个一生清瘦而优雅的英国女人很绝,她的明智令人难以望其项背。她选择婚姻,要求的只是一个安静港湾的泊靠;她没有选择后来做了她姐夫的那个多血质的澎湃的性感男人贝尔,即使贝尔对她的爱与理解都超乎常人。伍尔夫知道适度调情对写作有益,但不宜激情燃烧,她的热情与能量刚好只够在写作上使用,用于别的耗损就不行了。她要求自己生活平静到不分散她写作的注意力。她要求自己内心的动荡,却要求丈夫的绝对忠诚。她可能自私,却有那个叫伦纳德的男人愿意,愿意与她一生都在无性婚姻中度过,愿意成为她成功背后的影子。

海燕写下的许多文字都在我经手编辑的刊物上发表过。我读这些文字,她写伍尔夫一生病与痛的互为养殖,因而被赋予的罕见敏感,以及内在的紧张感像水草一样缠绕。她写伍尔夫经过缓慢年月,以成熟之姿问世文坛,那多年的默默实践,在隐匿状态中的自我训练,不是谦卑,而是一个作家的自我尊重。而今天,很多年轻的写作者已经不会把承受无名和寂寞当成一种文学美德,对外部声誉的需求远远大于对自身的要求。我读海燕那饱满的呼之欲出的文字,我想,我们都要求自己写出这样的东西,可这得多么强大持久的心力和体力啊。我读这些文字,有极度亢奋下的疲累。在她文字罅隙的生长性中,揭示与呈现的很好处理,唤醒了阅读者的记忆性细节。凡是真实,都可以被唤醒。潜伏在我内部的,我几乎要遗忘和摒弃的东西好像是可以写出的。我有些亢奋,但我往往没有力气把它写出来。我得先躺下来,我得调动起自己最好的写作状态,才能将雾霰一团的东西摹状、符码化。要知道,写出来让人感到舒服的文字,并不好写。如在目前的恳切,得有多少孤独沉思和训练时光为这一刻做着准备。

海燕的这些文字,让我悄然动容。我会写出这如在目前恳切的文字吗?

在这本书中,海燕还写了波伏瓦,这个与萨特的名字一道留给历史的永恒的知性女人。她说关于波伏瓦写的人太多了,但她写他们盛衰与阴影里的秘密或问题,写他们创造和支撑那种传奇的因由。她写汉娜·阿伦特。这是我一直喜欢并努力学习其理性判断力之非凡的女人,她对社会政治历史、对极权主义起源的分析,是二战之后具有警策意义的声音,相较于那些混淆着公共空间与私人空间的糊涂男人,她为人类赢得了自豪与骄傲,当然更是为女性自己赢得了名望与光荣。还有她与海德格尔一生的恋情与暧昧,都让我们看到真实的人生是如何发生在伟大人物那里的。

海燕还涉及了另外的女人,那是陪伴托尔斯泰的托氏夫人,以及为罗丹而恸到绝命的卡米耶。托尔斯泰夫人陪伴的是一个天才而不是一个男人,她该怎样跟上天才的步伐?她不知道。她是一个喜爱服饰、社交的女人,也喜欢虚荣与浮华,但她嫁给了天才,就必然成为祭坛的牺牲。还有卡米耶。为什么要成为罗丹的唯一?罗丹有罗丝、有别的女人她就活不下去了。她是天才,却跟了一个天才,这是撞碎的命运。又加上,卡米耶非要时刻黏住一个男人的执拗,注定了她必然疯癫。她有自己的事情要干,给男人以自由,不就是给自己以空间?在间离中,让自己喘口气,多么好。她想不开。

海燕记叙的这些人,有悲情性,是悲情的女人。文字女人大都是可以自己选择命运的。像伍尔夫,她替自己明智选择婚姻与写作,连同最终的了断。纵身一跃,真是冰清玉洁的爽利干净,连一点儿污垢也不留下,再一次延伸了她自我尊重的风格。卡米耶却不行。在疯人院,她把罗丹一辈子拴在创痛与难堪中,毁灭自己,也熬煎别人。看来,文字才能救人呢!尤其女人,爱上文字,是苦役的无边无际,却也每每可以靠在这上面,除了她自戕,否则,谁要毁她也很难。

我问海燕,这本书里记叙的这些人物和事件,是延伸性思考还是错位的弥补性思考?她说应该是前者。这些人和自己的生存处境可能大不相同,但某个生命穴点上的东西,一下子就通了。是的,谁教会我们这样思考?现实?情绪?知识?多是细敏的感觉,是想对单个人的命运问个究竟。命运,仿佛惯性地走着,可某个下午瞬间就改变了,猝不及防,仿佛一只手按住了一个人,天空中满是不祥的乌鸦的聒噪;或是一只手托起了一个人,苍穹便是祥云承载的上帝祝福。命运多么的不可捉摸,降临个人,与他者无关。只有躲开喧嚣,避居人后才有可能清醒判断。海燕说她从小到大总是对集体主义的东西不大有热情,看着别人兴高采烈地投入,她总会躲开。她说她只是对个体的、然后是类的东西感兴趣。其实,越是对个体命运了解,哪怕只是针对自己,才有可能对类的命运了解。类的,不是空洞和抽象,而是具体呈现在你我他的在世方式里。

海燕说:艾云,我与你其实不大相同。我说是的。直到现在,我进入写作的推力仍有关系的缠绊和经验性轰鸣。总有托撑不了的时候,总有撞击感,然后诉诸文字。我那么喜欢理论,是喜欢严肃的事物可以转喻我跃动的飞扬跋扈的灵魂。我总在反季节,在本该冷寂时没能冷寂。我和海燕一样可能会关注自我关注类的命运,但还要加上一条,我仍关注他者,这恐怕就是常说的担当了。但我竭力要做的是消极而不是积极担当,这样就使得我所想的东西,借助海燕的那句话——不至于消化不良。

我常常会在写作没有信心的情绪波动中拨通海燕的电话。电话那边细柔轻婉的声音让我感到踏实。我对她说我只有一大团的直觉,却又不大相信这直觉入文可有价值?海燕说这可能就是原创呢!朴质的记叙将是难得的思想资源。我对海燕敢讲心里话,我的心里话多与美德无关,她全能理解。我对道德立场坚定、凛然的人,有些怕。如果在一起说些公开的大话,浪费时间,没意思,也不必。我已过了对谁都必须逢迎的年龄。选择朋友,更多的是那可以讲些私密小话的人,不必担心什么地乱讲一通。海燕从表面看气质与我很是不同,但成为性灵之交,那一定是内在气质相通。有的女性作家,写作视角常以女性美德为观照,因此照见男人的鄙陋可笑。女主人公宁为玉碎不为瓦全,让男人僵在那里,以终生的忏悔为自己的过失洗罪。我们也欣赏这清爽女儿状,但实情则是,日子除非不过,要过,得有妥协,而不是坚定性。我与海燕在中庸和妥协性上气质相通。只能说:否则,又能怎么样?

仿佛静水无痕,仿佛素花无香。却是无痕中波心荡漾,无香中奇异芬芳。只能说:感谢文字。

目录 contents

伍尔夫 Woolf's Quotations 语录：

有时我想，天堂就是持续不断、毫无倦意的阅读。

当人们逐渐成熟，他们就不再相信派别或校长先生或精美奖杯。

保持自我比任何其他事情都重要得多。 千万不要梦想去影响别人。

只要你去写你所想要写的东西，这才是唯一重要的事情。

记住自己的责任，一定要更高洁，更重心灵。

女人应该有闲暇，有独立的财产和一个属于自己的房间。

如果莎士比亚的姐妹们也有自己的房间，她们也有可能成为莎士比亚。

和伦纳德的婚姻，是我这一生最明智的选择。

01 一旦写作生涯被思想照亮

——由伍尔夫谈起

弗吉尼亚·伍尔夫(Virginia Woolf,1882—1941),出身名门,未上过正规学校,受过良好的家庭教育和自我训练,以其出众才华成为著名的"布卢姆斯伯里文化圈"的主要成员。20世纪英国最杰出的女作家,意识流小说的主要代表作家之一,西方女性主义的先驱者。主要文学作品有《达洛威夫人》《到灯塔去》《海浪》《幕间》等。她还写了大量随笔、评论等,以《一间自己的房间》《普通读者》最为知名。

20 世纪 90 年代初，我在一所没有辉煌历史的高校里读研，幸运的是我沉入书境，那些夜与昼，我和我的师兄们，激烈的心情，激动的表情，基本来自书中，当然是大师的书，大师成了我们日常的食粮。我就是在那时遇到弗吉尼亚·伍尔夫的，虽然我已经不是太青春，但离理解伍尔夫还隔着一段岁月，即便如此，奇迹依然发生着，我先是读她的评论、随笔、散文、日记，然后才读她那些离我有些遥远的小说，之后再看别的文字，尤其是评论文字，或者再看这个世界，角度和感觉就不同了。

我初涉评论之路的眼睛，是伍尔夫给的。这是迟早要发生的事。因为，她的评论文字感性而美质，同时背靠艺术信念，又一语中的，让我突然看见了评论理想的模样，所以，一旦遇到她，就意味着永远遇到；那时，对于文艺学专业的研究生，尤其是一个女研究生，不读伍尔夫几乎是不可能的。

当然那是 90 年代初，在一些中文系学生的脸上还能看到文学的光芒，今天不读谁都是可能的，如伍尔夫所言：过去总是完整地进入心灵的各种情绪，如今在门槛上就裂成了碎片。网络时代，碎片化阅读，人们的时间和心都乱了。

跟随伍尔夫，我看清了勃朗特姐妹那狂风呼啸的天空——人类天性中巨大的、潜伏的某种激情。尤其是伍尔夫说：艾米莉是一位比夏洛蒂更伟大的诗人。因为夏洛蒂写作之时，她用雄辩、华丽而热情的语言来倾诉：“我爱”，“我恨”，“我痛苦”。她的经验虽然强烈，却和我们本身的经验处于同一水平上。而《呼啸山庄》中，却没有这个“我”。有爱，然而却不是男女之爱。那促使她去创作的动力，并非她自己所受到的痛苦或伤害。

> 她朝外面望去，看到一个四分五裂、混乱不堪的世界，于是她觉得她的内心有一股力量，要在一部作品中把那分裂的世界重新合为一体……她的力量是一切力量中最为罕见的一种。

艾米莉的世界，伍尔夫让我看到的艾米莉的世界，风扫大地一样，摇动着我的欣赏习惯，我的情感逻辑，我感到自己不是向前走了一步，而是跑了一段。伍尔夫对人类情感的大气象的描述，对非爱非恨、无以名状的情感区域的肯定，使我知道了我的笔触将来要寻找的东西。

从伍尔夫开始，我真正体会到我必须到大师的世界里去寻找我在现实生活里永远找不到对应的那些；从那时起，我记住了伍尔夫对女性说的那句话：一定得说你的美丽，还有你的平淡的容貌，对你有什么意义。这后半句，可以成为容貌平淡的女性的座右铭。回过头来看，我发现自己潜心生活，以笨拙的方式写作，虽不是全部，但与上帝赋予的平淡多少有关，它帮我更可靠地贴近人生中的一些基石。

转眼之间，一个人的求学时代已成梦境，世俗生活也已经开始了很多年，我这样一个与社会生活、与人群不合节拍的人，在世俗生活的裹挟里，曾有几年处在溺水的感觉里。那些年，我把伍尔夫或者别的什么人，都忘了。后来，我的两个博览群书的朋友，也是写作男人，在不同的私人场合，以类似的口气告诉我，你要写伍尔夫那样的评论，字里行间有自己的激情和梦想，其实你的文字里已经有伍尔夫的味道了。我知道他们同样喜欢这个太智慧的女人，但他们不会把她当作旗帜，他们会响亮地说出诸如萨特、博尔赫斯或者福克纳等男人的名字，伍尔夫、波伏瓦等更属于他们的私语。他们把他们所喜欢的时光深处的那个女作家，交给恍惚的我。他们这样提醒的时候，我感到伍尔夫好像从来没有离开过我，那些曾经的阅读和想象，已经在身体里生了根，即便很多时候，我忘了她，但那些根须依然生长着。

现在，我再次静心面对伍尔夫，流年似水的代价，已经使我能够从生命中去理解伍尔夫急促而炫目的一生，和伍尔夫让我看到的艾米莉笔下那个四分五裂的世界……

如果说，年轻时，伍尔夫给了我初涉评论之路的眼睛，那么现在，伍尔夫给了我理解独异人生的钥匙，在越来越孤寂的人生之旅中，望一望这个眼神回归内心，一只手挡住命运的袭击，另一只手匆匆在纸上记下自己所想的女人，心中就多了些坚定和梦想。

如果这不是一个理想的时代

事实上，哪一个时代都不是为理想主义者准备的。伍尔夫出身不凡，她的父亲是伦敦文化界有影响力的编辑家和文艺评论家，母亲是维多利亚时代贵妇人的典范，有一种建立在克制、同情、无私，即所有文明素质之上的美，在她的丈夫看来，她是华兹华斯笔下理想女性的化身，是一个胸怀高尚意图，给人以警告、安慰和命令的女人。但是伍尔夫也依然不能和兄弟一样就读于剑桥大学这样著名的学府，这是维多利亚时代女性共同的不幸，再幸运的女性也不会成为例外。

伍尔夫的学龄教育只能在家庭完成，幸运的是这是一个非常不一般的家庭，有着丰富的藏书和浓郁的文化气息。她的父亲，对不同寻常的事物有着鹰隼一样的眼光，在30岁之前是剑桥大学的一位具有坚定男性风度和运动家体格的教师，假期里征服阿尔卑斯山峰，因公开声明自己信仰不可知论，从而失去教师资格。在《到灯塔去》中，伍尔夫这样描绘父亲的性格力量，“他突然间把所有多余的东西都抛弃掉……”。伍尔夫继承了父亲把观察到的真相与既定规范对立起来的激烈立场，以无限的傲慢挑战凡俗陈规。她父亲的朋友——哈代、约翰·拉斯金、乔治·梅瑞狄斯、詹姆斯等著名作家、艺术评论家，时常会聚在她的家里，这个家庭里充溢着英国文学界最优秀的声音。

伍尔夫在《到灯塔去》里记录了一个和童年生活相似的场景：

> 当那位母亲高声朗读时，她看见一个儿子的眼光黯淡了，看见一个女儿被某个富于想象力的词吸引住了，于是她感到：“他们将来再也不会像现在这样幸福了。”

这个家庭夏季要到北康沃尔海岸度假，海浪给予伍尔夫的，正如湖泊给予华兹华斯的，在以后的岁月里没有任何体验能够超越它，许多年以后，那海浪的韵律响彻于她杰出的著作——《到灯塔去》和《海浪》。以书籍和涛声为枕的童年，长大以后，不过以梦想为基础的生活，还有什么更好的选择呢？

读《伍尔夫日记选》，感到伍尔夫的一生像是一个没有被尘器打扰的无边无际的夜晚，她坐在花园的工作室里，紧张地持续不断地读书、写作和思考。在她给丈夫伦纳德的最后一封信里，“我不能阅读”，也成了告别此世的理由。伍尔夫一生都在阅读，写阅读札记，用确实是第一流的思想来陪伴自己。没有任何抱怨，真是生命的一种尊严，同时用其一生的劳作去补偿没有到外部世界接受系统教育的缺憾，或者其他种种。

那时，伍尔夫在大英博物馆的书架上找不到真理，找不到女人生活的真相和产生这现象的根源。当她的笔尖触及稿纸之时，没有现成的普通句子可以供她使用。伍尔夫洞悉一切的眼睛发现：现有的语言是由历代男性创造的，它们过于规范，过于烦琐，过于沉重，一个女人若想自由自在地写作，就要创造一种更为适合的别种形式，找到一种自然表述、不压垮她的思想的语言。还有更不容易的，就是女人在写小说时要更正现行的价值尺度。虽然各种不同的事物都经小说家的想象而重新获得秩序，但事物的另一种秩序，即生活中的常规秩序，依然不可忽视。常规秩序的仲裁者历来是男人，即生活中的一系列价值秩序是由男人制定的。

缺乏传统，缺乏合适的工具，缺乏公共伦理支撑，作家伍尔夫面对写作史和同时代的生活，看到的才真是一个四分五裂、混乱不堪的世界呢！因此，她把赞誉给予艾米莉，在艾米莉心中流淌过的孤独如今在她的心中流淌，她更深入地体验着一个天才女人的孤独，她甚至问自己：我在何处可以找到由妇女写作的、十分精湛的妇女心理研究著作呢？

这些天才女人，她们的眼睛能够把一切外部标志撕得粉碎，她们的嘴唇是为了说出人类生活的真相。

多少年后，时光把一切都扯平了。她身边那些条件远优异于她的剑桥才子，却随着年岁的增长逐渐泯于众人，或至少没有充分发挥自己的才情，而伍尔夫用一生的艰辛烤灼她的才情和内心，成为20世纪的意识流大师和一代女性主义的开山人。

多年的造化之后，剑桥大学的克拉克讲座、荣誉研究员等，都敞开给她，可伍尔夫坚定地拒绝任何社会荣誉。她不愿让自己被当作一个例外来利用，既然这个学府不接受女性，她作为一个例外走进去，私下也不会感到丝毫快乐。她在日记里写：“这是一个彻底腐败的社会……我不会要它给我的任何东西。”她认为，社会所必需的敏感性，“只有通过幽暗才能保存”，她要摆脱那种使感觉迟钝的炫目亮光。这是一个保持自由思想和独立品格的女人，她首先看到的是同类的处境，她要为文明的进步担当，而不是为自己的成名担当。如果我们把她当作一面镜子，如果我们还残存点个人精神，那么我们照出的肯定是羞愧。我们这个时代的成功人士，不少是机会主义者加功利主义者。个人精神的匮乏和公共精神资源的匮乏是同时发生的，或者说是一种恶性循环。

由此来看，伍尔夫不仅是一个作家，还是一个知识分子。那种自由思想的方式，为一个时代担当问题的责任感，可谓是知识分子的特征之一。

伍尔夫是一个非常非常认真严肃的作家，在某种程度上，可以说，她和存在主义之父——萨特相似，她在小说和理论两方面同时迈进，探索超越传统小说形式的各种可能性，她以小说家的身份来讨论小说艺术，开辟妇女写作的空间，一步步地追问妇女写作的可能——从外部条件到句法结构。她的人生和艺术观念，就像她的句法一样，改变了传统小说。她的创作和理论互为证明，同时重要，也同时杰出。

伍尔夫创造了一种写作的梦想，改变了同时代人对于女性写作的偏见，激发了一个富于内心自由气息的文学时代的到来。是的，真正的大作家，不会妥协，不会被时代改造，相反，他能创造一个时代，他经过以后，那个时代就有了不一样的精神气质。

43 岁的伍尔夫在日记里问自己：谁点燃了我生命中最重大的欢愉？ 她写了六个人的名字：丈夫伦纳德、姐姐瓦奈萨、画家邓肯、艺术批评家克莱夫·贝尔、作家里顿·斯特拉奇和 E. M.福斯特。

先说克莱夫·贝尔——布卢姆斯伯里团体里极具才华和自由思想气息的人物之一（伍尔夫的父亲去世后，兄妹们迁居伦敦布卢姆斯伯里区，剑桥大学的一批风流才子常来这里聚会，形成了现代英国思想史上著名的“布卢姆斯伯里团体”。 这一团体倡导新思想和现代文学艺术观，批判同时代的保守意识和社会政治体制，成为 20 世纪英国进步思想的重要发源地），也就是我们今天所熟知的那个艺术批评家，他在代表作之一《艺术》里的观点——“艺术乃是有意味的形式”，在 20 世纪 80 年代，曾颠覆过我们的头脑。

在伦纳德之前，贝尔是第一个认真对待伍尔夫写作的人，也是一个理想的忠告者。 1907 年贝尔给伍尔夫的第一封信，就告诉她把注意力从维多利亚时代的作家转移到法国作家身上去，阅读更微妙的作品。

> 你读过马拉美的《未知者书简》(精美绝伦)……你读过《危险的恋爱》——我所知道的天才和最伟大的作家之一所写的最猥亵的作品吗？……你最后一次重读《包法利夫人》是什么时候？

这个喜欢狩猎、喜欢艺术、有着巨大生活激情的男人，自然是以混杂的方式，面对伍尔夫。在贝尔的眼睛里，伍尔夫可不是我们泛泛印象中的抑郁症患者、性冷淡者、阴郁怪僻的人，贝尔曾说，她是“我所认识的最快活的人，也是最可爱的人之一”，她“柔和深沉的眼睛，在眼光深处是事物最后的秘密”。弗吉尼亚（那时她还不叫伍尔夫），在夏夜，这样进入贝尔的眼睛：她穿着一件白色薄纱衣服，上面披了一件长长的像幽灵似的白色外氅，戴了一顶宽大的软草帽，上面有一根宽宽的飘带。这个男性气质过盛的男人，像那个团体里的其他贵族才子一样，习惯不羁的情爱。他在给弗吉尼亚的信里写，在某个山顶上，或许他在这个世界上什么也不希望，“只希望吻你时，我将丧失我所有的自信品格的好名声”。

那时伍尔夫还没有进入一个天才作家的成型阶段，她不能确信自己的将来是什么样子，她甚至感到自己的人生很失败，而贝尔让伍尔夫发现了自己。1908 年，伍尔夫给贝尔的书信里写道：“然后，你来了……告诉我我心中所想的就是那件事；我的脑子旋转起来——我觉得超越了神明……”

贝尔给伍尔夫的信，无论怎样暧昧地开始，最后总要回到肯定她的写作上来，“你必须把弗吉尼亚头脑里发生的东西写下来，而且我从来没有怀疑过……那里所发生的东西差不多同世界上任何东西一样激动人心”。

这个以风流韵事为荣的男人，给了伍尔夫既作为女人也作为艺术家的信心，高度期待她超越既定规范去寻求独立。

贝尔为什么最后选择伍尔夫的姐姐——画家瓦奈萨？尽管他认为，从某些角度来看，当伍尔夫变得生机勃勃的时候，她甚至比瓦奈萨更漂亮。考究这样的问题亦无意义，关键是伍尔夫对贝尔的感情也是混杂的，另一种混杂——包含着极其挑剔的目光。贝尔也是，譬如，他会立刻指出伍尔夫衣饰上的问题，也许这不是挑剔，是天性中的本能，他认为，每个人都有责任尽可能地打扮得漂亮——他说的漂亮是有吸引力，妩媚动人。和这样一个有过高审美要求的男人在一起，你不能有丝丝缕缕的沉沦和松懈，你必须提神、凝聚、上升。总是提神，总是很华彩，就会很累。况且伍尔夫只是喜欢适度的调情，并不要激情燃烧。也许伍尔夫一生都感到自己是一个有病的人，她的病理型气质不适宜于把人生双倍地过——像她姐姐那样更自由、更冒险、更热烈地享受生活，她适宜于适可而止的生活，那需要彻底延伸的部分由她的头脑来完成。

事实上也是，上帝给这个女人得天独厚的禀赋的同时，也给了她人世间最痛苦的病症之一——疯癫，让她一生饱受折磨。伍尔夫 13 岁那年，母亲去世，意味着共同阅读和以涛声为枕的欢乐时光的结束，伴随伍尔夫几十年的精神疾病从此开始。还有，童年时受到同父异母的哥哥的性骚扰，三姐妹之一的斯蒂娜死于难产，使伍尔夫把性和厌恶、恐惧、死亡联系起来。这也是跟随了伍尔夫一生的痛。伍尔夫太敏感的天性和附属于这种气质的想象力，和蛰伏在她生命里的病与痛互为养殖，其结果是，内在的紧张感像水草一样缠绕了这个美丽女人一生。幸与不幸就这么缠绕。

伦纳德在求婚信里许诺：“我会无条件地做你想让我做的任何事。”这也包括不做她不想让他做的事。在和伍尔夫一起生活的 29 年里，这个男人真的基本尊重她的意愿，回避性生活，和她保持着没有性爱的夫妻关系（他们身边的人这么认为）。

并且这个男人一生没有一个情人。这是一个克己的男人。

你看，伍尔夫选择婚姻时，像一个普通的女人那样，选择了和现实、可靠、忠诚等词语相关的伦纳德。

在那个有意挑战社会习俗的团体里，“恪守戒律”的伦纳德就显得过于庄重和呆板了，像一个不和谐的装饰音。在这个团体的画册里，伦纳德也比不上其他人风度华彩，他瘦削、寡淡，典型的工作狂面貌。伍尔夫迟迟选择的结果却是伦纳德。只有伍尔夫的姐姐瓦奈萨不意外，甚至很赞同，她写信给伦纳德：“在我认识的人中，你是唯一我能想象可以做她丈夫的人。”亲人之间也许首先会考虑健康，而不是其他更高更远，即便是布卢姆斯伯里团体里的中心人物——瓦奈萨，此刻也要回归普通。

伍尔夫的选择，可是令那些英伦才子哑了言。尤其是一向觉得和伍尔夫有着特殊关系的贝尔，认为伦纳德是生活中所有迷人、有趣事物的仇敌，贝尔断言伍尔夫将因此失去她的美貌，被引向乏味的陈词滥调。

伍尔夫真的那么看重一般意义上的道德吗？显然不是，她所理解的道德是：爱你所爱，不管对方的生理性别或其他。她一生也在实践这个道德标准。伍尔夫对婚姻，也像对写作一样，要用智慧和清晰照亮。伍尔夫在回应伦纳德的求婚信里写：“除了我愿意像以前一样生活，还有就是你该给我自由，以及我该做到诚实。”

自由和诚实一起出现时，伦纳德肯定得承受难言的滋味。

这个布卢姆斯伯里团体里无限傲慢的女主人，选择的是能够让一个作家安静下来的生活。伦纳德支撑了她写作生活的外部结构：为她创建了一个出版社，以他们的住宅命名的霍加斯出版社，专门出版伍尔夫的作品。她的作品再也不会受到冷遇了。

他更是伍尔夫的第一个读者，并能做出公正的评价，是给予她最有力的鼓励的人。后来，这个业余出版社还出版了曼斯菲尔德、T.S.艾略特、福斯特等一代杰出作家的书。对于伦纳德，这些意味着排版、拆版，一页又一页地印刷，清理机器、装订、粘贴、打包等烦琐活计。照伦纳德自己的说法，他是个完美主义者，那么，把伍尔夫的作品以完美的形式呈现给世人，这通往美学天堂途中的艰辛，智力的和体力的，他都要承担。还有他对她生活的照料。

于是，伍尔夫才能说，她感到彻底的安慰、满意和宁静，“因此我复苏了我自己”（1925 年 6 月 14 日的日记）。

宁静，情感和智性的协调，是作家伍尔夫特别需要的，这些会缓和她内在的紧张感，她也许预测到，外部生活的飞旋会加速引发蛰伏在她生命根底里的疯狂。

有了宁静，她才能有完整的心境，去想她的写作，“上楼时确曾想着要花时间写下那惊人的句子——《达洛威夫人》最后一页的最后几个词”（1924 年 10 月 17 日的日记）。她才能在当时的大部分时间里，生活在一个她自己创造的世界里。

这个家庭，如果可以这样称呼的话，因为他们没有孩子，只有爱和不懈地工作。事实上，爱和工作是不可以分开说的，因为对于他们，是一个内容。借诗人狄金森的诗句，“生命万象，终归于某个中心”，他们在一起，中心就是伍尔夫的写作。

就连他们居所的转移，也是跟随伍尔夫的内心需要。伍尔夫把 40 岁前后看作一个选择的年纪：一个人要么加速奋进，要么衰退枯萎。这个智慧的女人，决定要冒更多的风险，生活得更加激烈动荡。1924 年，她作为一个成熟的作家由霍加斯返回伦敦，以激起一种变化感，在地下室里，伦纳德重新建起了他们的出版社。

他们的同时代人，在一些场合，看到伍尔夫起身离开时，把手交给伦纳德，竟有些神圣和庄严的味道，这个男人是她的保护神。即便是在二战期间，伦敦城内的住所被炸毁，他们移居伦敦郊外相对安宁的住所——僧舍别墅，在那里，伍尔夫依然可以写作。

然而，仅仅有伦纳德是不够的。和伦纳德在一起，放松宁静，但总是这样，作为一个女人的那些气质就会松散，因此，伍尔夫也需要贝尔这种男人的目光，在这种目光里，她作为一个女人必须漂亮、妩媚、聚神，贝尔让她意识到很感性的那种生活，让她意识到自己的性别特征，意识到一个美丽的女人必须坚持的诸多细节。伍尔夫在 1922 年的日记里写："我激发了他的才智，反过来，我自己的仪态也被拭亮了……他说，除了我们的感受，生活没有真相可言……"

这个和伦纳德南辕北辙的男人，能够调动起作家伍尔夫的生命感受。

因此，伍尔夫需要和伦纳德在一起工作，也偶尔需要被贝尔这种男人的目光拭亮。

她把自己的一生托付给伦纳德，等同于托付给写作，谁也别影响她的写作，别涣散她的心智，她总是快速地从外部生活退回到不可穿越的沉默之中，非常非常专注地写作。从此角度看，作为作家的伍尔夫和依犹太人传统不懈地工作的伦纳德，在一起是太般配了！

从旁观者的角度看伦纳德，这个重视精神独立和个人自由价值的犹太男人，在和伍尔夫相伴的岁月里，是伍尔夫的第一读者、出版人、监护人，时时刻刻，他都担心伍尔夫潜在的精神疾病可能发作；还有伍尔夫偶尔的移情别恋，他容忍着伍尔夫的这种自由，把自己的阴郁心情控制得不动声色。这个男人的心，辛苦又颤抖。还有，伍尔夫的艺术逐渐定型时，几乎和发病时差不多，是最难以接近的。这一切，都是伦纳德的日常。

我一时无法描述他的心境，只是感到他的脸庞、头脑都在流着汗，不是个别而是日常，每一天，年复一年。像任何一个天才男人背后的女人一样，这个男人一生不懈地工作，为伍尔夫的天才，为伍尔夫的艺术。同时，这受虐般的工作状态，是否也在表达着被抑制的情欲或者其他种种，这样写时，我甚至感到了亵渎，不能揣测他人的生活。时光飞逝晚钟响起，我依然工作；生命喧响潮起潮落，我不言说。

因此，伍尔夫说，和伦纳德结婚，是她这一生最明智的选择。

1965年，伍尔夫弃世24年，伦纳德应BBC之邀回忆伍尔夫，他说："弗吉尼亚是这个世界上我所认识的罕见的天才之一，而天才，总要比我们常人复杂一点点。他们的脑子有时会驰骋到我们普通人不会去的疆域。"这个男人同样也太明智了，他没有把伍尔夫当成一个妻子，而是当成一个天才去理解，虽然在相处的日子里，也有来自日常情绪的磕磕绊绊，但这个男人太有控制力了，他基本上让自己处于一个天才的丈夫的角色，一个配角。这还不是极大的容忍，是他分清了天才和普通的界限，他不要求一个天才承担天才以外的事情。有这种理解力又能贯穿始终的男人，世间能有几个？

今天的女性写作者，总要羡慕伍尔夫那个精彩的人生总结，即她和伦纳德的婚姻，是她这一生最明智的选择。

伍尔夫 33 岁那一年，处女作《远航》才问世。其实，1906 年，24 岁的伍尔夫游历希腊后，就开始筹划《远航》的创作，1908 年动笔，到 1915 年出版，九年之间，她多次重写这本书，留下了五份草稿，还烧掉了几份草稿。她想要改变小说的形态，她说作者的轻率，会令福楼拜在他的坟墓里难以安息。

我喜欢伍尔夫这么晚才出现。我一直认为，太青春的手笔是不值得翻阅的，因为，你的人生还远远没有为你的写作做好准备，除非你是天才。这里，不能排除那个时代给写作的女人带来的压力，即对于自己作品出版的恐惧。但更重要的是一个作家的高度警觉，伍尔夫，以及和她同时代的诗人 T.S.艾略特，都让自己进行过多年的默默实践，在隐匿状态中自我训练。这不是谦卑，而是一个作家的自我尊重。今天，很多年轻的写作者已经不会把承受无名和寂寞当成一种文学美德，对外部声誉的需求远远大于对自身的要求，没有自律意识，和商业时代的其他事物一样速成着。

从漫长的写作训练中成长起来的作家，她一出现就意味着某种标高，某种艺术品质要在人们心中留下痕迹。《远航》出版后，当年的《观察家报》称其“创作天赋，令人刮目相看”，在当时较有影响的评论刊物《时代文艺副刊》也给予了高度评价。但伍尔夫还是经历了一场严重的内心危机，甚至试图自杀。可见，她沉入内心世界之深，或者说，她活在她的内心世界里，外界的声誉不可能救她。

在这之前的很多年，伍尔夫已经把她的人生调整到适于写作的方向，她以一种不规则的方式接受了成为一个作家的理想训练，不仅仅是弥补了没有接受系统教育的缺憾，她把事情的性质都改变了，正如T.S.艾略特所言：“普通教育方法总体而言是为了获取非个人化的观念，这些观念却掩盖了我们是什么、我们感受到了什么以及我们真正需要什么的问题……”伍尔夫太明白她这种奇异的生命需要什么，她已经离世人太远，像海浪上空的一片云，她知道，在漫长的人生里，她必须面对那种虚妄和孤寂，就像面对日出日落一样。她还要面对一生神经性的头痛。

但她是伍尔夫，如卡夫卡所言：“她用一只手挡住命运的袭击，另一只手匆匆在纸上记下自己想到的东西。”她把孤独和虚妄转化为行动，这或许是一个作家拯救自己的最有效方式。她有着严格的工作时间表，在伍尔夫日记里，记录着一个在时间中迅速奔跑的作家。随便摘录几则日记：

> 饭后读完《堂吉诃德》，现在让我试着把自己的印象记下来……(1920-8-15)

> 已读完五卷《奥德修记》和《尤利西斯》，现在开始读普鲁斯特了……(1922-10-4)

读书至特殊心境，她还会去现场，感受那个作家的目光：

> 昨天我忍不住，放下(笛福的)书到伦敦去了一趟，所以没按计划写完日记。

站在伦敦的一个桥上，伍尔夫像笛福当年一样眺望那些白色的教堂和宫殿，也像他一样细细打量广场上衣衫褴褛的小女孩，她在日记里感慨着：

> 时间过了两百年，笛福竟然还能在我心中唤起他当年的感觉。(1919-4-12)

伍尔夫这样读书!

> 46岁的人肯定很吝啬，只有汲取精华的时间了。(1928-3-22)

> 在这剩下的几分钟里，我得把《海浪》的结束过程写下来……(1931-2-7)

> 很少有人像我一样忍受着写作的煎熬，我想只有福楼拜这么经历过……(1936-6-23)

> 我发现自己再次陷入了熟悉的写作漩涡，昏天黑地，无以自拔……(1928-4-21)

一个没有活力的女人怎么撑得住这种生活？ 40岁之前的伍尔夫已经看到身边的人丧失了活力，她知道活力需要生命之间的激发。 她几乎像逃难一样，从霍加斯迁回伦敦，虽然她的丈夫并不喜欢她的社交角色，但她要让作为作家的她去自由交往，让自己保持对这个世界的热情。

伍尔夫知道作为一个作家，一个大作家，或者一个评论家，需要有巨大的胃口，去消化驳杂的生活。她曾经说：“若要像亨利·詹姆斯一样敏锐，你必须也很强壮；若要享有他那精妙选择的力量，你必须生活过、爱过、诅咒过、挣扎过、享受过、痛苦过，而且要有巨人的胃口，吞食下生命的整体。”

伍尔夫在写作中非常自律，但是作为一个作家，她必须自由，必须有巨人的胃口消化迎面而来的生活。以劳作为至上伦理的伦纳德，不会认同这一点，他觉得你这个智慧绝伦的女人为何不弃绝浪费性的社交，在他看来是浪费的。也许对于伍尔夫是养憩，是调整，写作久了，就会累和枯，到外部生活的每一次闪现，或许是伍尔夫要犒劳那个写得太艰苦的自己，或许是要给予自己快乐和活力。这个从维多利亚时代上流阶层走过来的女人，本性也不是苦行者，她具有高度发达的社交技巧，能设法把她的怪异驯化为可爱的英国式的怪僻性格，无论是个别交往，还是广泛的交往，她都能找到自在的感觉。她允许伦纳德梳理她的羽毛，但不可以阻挡她的翅膀，这是一个向着非现实飞翔的女人。

伍尔夫还时常横穿距离遥远的周围的乡间，像她的父亲、祖父和曾祖父一样，喜欢徒步漫游，让疲倦的大脑得到彻底的放松，或者激发思想的活力。譬如，她在这些蔑视人为界限的天然小道上，发现了一种小说结构原则，那就是在小说情节中忽略常规，寻找那些形成我们生命的出乎意料的瞬间。

她极其赞叹托尔斯泰，虽然她也很喜欢陀思妥耶夫斯基，说他的小说完全是用灵魂建构起来的，但她把最高的赞誉给了托尔斯泰：

在所有小说家中，托尔斯泰是最伟大的——对《战争与和平》的作者，除了这么说，还能说什么呢……

当他以如此健壮的体魄和心灵挑战人生时，他不仅信心十足，而且多有不凡之举。确实，没有人能像托尔斯泰这样，把振奋人心的狩猎场面，把马的优雅和力量，以及把一个年轻人对世界万物的种种愿望和强烈感受，都表现得那么淋漓尽致。（《伍尔夫读书随笔·托尔斯泰的小说》）

伍尔夫看到，一个作家的信心和不凡之举，一部伟大作品的壮丽辉煌，生命的某种光荣自豪，与健壮的体魄和心灵有关。她这样观看托尔斯泰时，我想这个终生消瘦、优雅，体内蛰伏着“疯狂”因子的女人内心肯定很疼痛，因为她此生注定不可能有托尔斯泰的那种过于旺盛的体魄，和附属于这种气质的恢宏写作。但她对此很有知觉，或许还被深深诱惑。

自她计划写《远航》以来的35年里，几乎每一天她都在写作或过着与写作有关的生活，也许那内在的焦虑、恐慌一直伴随着她，只是有时被抑制着，有时浮上她的额头，即她担心有一天自己或许真的陷入人生的黑暗之中，不能写了，也不能阅读了，那么，她就抓住眼前的每一刻。沉醉于想象，沉醉于思考。

伍尔夫这个女人，除了那种本能的敏感外，她还要把一切想得很清楚，想得清楚，做得才更清楚。她清理女性写作的历史，目的之一是探索何种心境最有利于创作。没有人能够像她那样，对简·奥斯丁、勃朗特姐妹、乔治·爱略特，这几个英国文学史上过早离世或一生坎坷的天才女子做出那样的理解，那是天才女人对天才女人的理解。她写简·奥斯丁，“她的各种天赋异常完美地处于平衡状态……”；她说艾米莉，“寥寥数笔，她即可点明一张脸庞的内在精神……只要她说起荒野沼泽，我们便听到狂风呼啸、雷声隆隆”。她们在创造力发展到顶峰之时就离世了。伍尔夫除了想在历史中给她们一个清晰的轮廓外，她还想搞清天才的命运，她总在假设：如果她们不过早离去，她们的人生面貌和写作以后会是什么样？

现在看来，伍尔夫也是在写自己。

伍尔夫对敢于超越禁区、和自己完全不同类型的爱略特极其敬佩，这个天才女人，她的文化、声誉和影响，全都建立在出身卑微的基础上。她从对褊狭的乡村社会难以忍受的厌倦中挣扎出来，在35岁那年，正当她精力最为充沛、意志极端自由之时，她做出了决定，“这个决定对她说来意义如此深远，甚至对于我们说来仍然至关紧要：她决定到德国魏玛去，与乔治·亨利·路易士结伴同行”。此时的路易士已有妻子，但这不妨碍他成为爱略特一生的至爱。

那可是19世纪恪守道德操守的英国，这令同时代人困窘的、带有刺激性的事实，在伍尔夫看来，是天才力量的驱使。

在不同版本的《伍尔夫传》里，都写到伍尔夫身上的淑女风范和清教徒精神，也许她自己也意识到这种气质对写作有局限性影响，她已经在适合她性情的限度内做了获取自由的最大努力。但她是伍尔夫，她的一生都是明智选择的结果，诸如婚姻和她离开人世的方式，还有写作，她说过，写作中最优秀的作家总是有控制自己的能力。但是伍尔夫对爱略特放纵的自由感那样理解，乃至赞赏，她知道：对于这样一个心灵来说，一切都是收获。所有的经历，通过一层又一层知觉和反省的过滤，丰富了、滋养了这个心灵。对在各种重压下精疲力竭、活到61岁的爱略特，伍尔夫这样表达着她的敬意：“我们应该在她的坟墓上安放我们力所能及的任何纪念品，给她献上月桂和玫瑰。”（《论乔治·爱略特》）由爱略特，伍尔夫一定是受到了不小的震动。

伍尔夫在婚姻之外有异性恋，也有同性恋，譬如，和女作家曼斯菲尔德、维塔，但都不是特别轰轰烈烈、持续很久的那种，也许是因为伍尔夫的病理型体质和气质；也许因为伍尔夫这一生把写作看得比什么都重要，爱也好，情也好，如果涣散了她的写作，或不能使她有更好的生命感觉，她就会离去；也许还因为一生“恪守戒律”的伦纳德，在那里抑制着自己，等待着伍尔夫的收场。即便伍尔夫天才的心性里没有道德羁绊，她也有一种不安和歉疚，因为伦纳德这个人太善良、太律己，他沉默着，这本身就让你律己。何况伍尔夫不是杜拉斯那种狂怒和狂爱的热血女人，伍尔夫像她的意识流小说一样，晦暗不明地流淌着，她参加化装舞会，戴着奇奇怪怪的面具，和丈夫婚姻中的通信，彼此以动物口吻相称，外人看来，那些内容像是谜语一般。也许是游戏，用精神分析的那套理论看，可以说是焦虑转移，面具或文字，都是她藏身的道具。

太单一了，怎么可能把世上的非凡览尽？伍尔夫对不同类型的天才男人，都有着来自生命最深处的理解。譬如，她说哈代留给我们的是一个庞然大物，不可避免会有一些缺陷，但从整体上说，气势非凡。我们借此将摆脱生活的羁绊和猥琐之感……我们还将深深地为大地之美所吸引。当然，我们同时也会看到一个因悲伤而沉思默想的灵魂，它甚至在最痛苦的时候仍能不失尊严，在最激愤的时候仍诚挚地爱着苦难中的芸芸众生。

她写劳伦斯：“他的作品所提供给我们，让我们在它上面栖息、伸展并且尽我们最大限度的力量去感受的唯一的东西，就是某种肉体的狂欢。”也许不是来自某些自身经验，而是来自整个生命之巅的俯视，伍尔夫一下就看到了劳伦斯作品的心：所有的东西都被某种不满足的渴望，某种更高的美感、欲望所吸引开去。

有时，阅读就是穿透你我的心，读他人，也是读自己，伍尔夫喜欢劳伦斯作品里的不安，喜欢狂欢的身体有先验的光芒。

伍尔夫对写作、对人生、对这个世界有着大的看法，有着她自己曾说的那种巨人的胃口，能消化各种各样的生活和艺术。

伍尔夫不仅在小说中，而且在评论中创造了一种优美的叙述风格。与那些更自命不凡或固执己见的同时代评论家相比，她或许不那么能直接引人注意，但她的文学评论更经久不衰。她实践的是批评技艺中最难的一种：她所审视的是一个人生命中的隐秘瞬间和隐晦的成长体验，而不是更公开化的行动；她的所有立场都过于微妙，难以进行分类归属；她的那些评论带着她内心生活的印记，轻松、自由的语调，更像随笔，或者就是随笔，却显示着思想的坚定性，和放弃成见的宽宏大量。

伍尔夫说：“一个人也许应该永远寻找新事物来描述。”一个大作家总是有这样的情结，也应该有这样的情结。

伍尔夫在对女性写作的历史，对英国文学的传统，对许多伟大的天才透视之后，或者是与此同时，发现并确立了适合自己奇特个性的写作。从 1915 年那似乎是无可救药的疯狂到 1927 年《到灯塔去》的成功出版，在此期间，她把自己重新塑造成了一位现代小说家，和普鲁斯特、乔伊斯、福克纳一起，成为意识流小说的代表性人物。她曾经一一描述过他们，但她把最贴心的笔触给了和她命运相似的普鲁斯特，他们都有某种与生俱来的疾病和天才性的敏感，她更像是说给自己：“（他的小说）不是去加强一种观点，而是去容纳一个世界。他的整个宇宙沉浸在理智的光芒之中。”这些男人都不曾像伍尔夫那样，对这种崭新的写作方式有着详尽、精辟的论述，伍尔夫用她思想的力量把她幽暗的小说王国穿透，她不仅写，还总结和分析，她的两套笔墨——创作和理论相互印证，或者本来就是一体。我在前面曾经说过，在此方面，她和萨特类似。

通过《论现代小说》《贝内特先生和布朗太太》，以及更优秀的《狭窄的艺术之桥》，伍尔夫在20世纪20年代就成为现代小说最重要的发言人。

伍尔夫是独特的，也是伟大的，因为她有责任感，这个一生消瘦、清美的女人，担当着那么多种重任：建立女性传统，以全新的方式塑造女性自身的新形象，但绝对不是我们所认为的那种女权主义的形象。伍尔夫曾列举过太自我、太沉湎于事实的女性写作的种种缺陷；把普通读者从各种各样的消极状态中拯救出来，让读者获得独立思想和感知的能力，她反对虚骄自负的专家对普通读者的压制，提出应重建作者与读者的关系。瞿世镜先生在伍尔夫文集译后记里写：“她宁愿做一名普通读者，而不是当一位大发高论的学者。她是一位导游，而不是一位导师。她的评论依据是‘常识’和‘本能’，而不是某种理论体系。”恰是这种不是体系的理论，说透了艺术和人生，并在时光中存活下去。今天，我们有必要再读这《普通读者》，看看我们的专业评论者和读者群有多大的改进。

伍尔夫还把各种传统的文学形式做了分析比较，探索了它们之间相互渗透的可能性，而后提出未来小说的发展道路：“未来的小说将成为一种更加综合化的文学形式，将会向非个人化的方向发展。作家的目光不是局限于人物个人的悲欢离合，而是描述整个宇宙、命运和人类所渴望的梦想和诗意。”

这就是现代小说家伍尔夫，从维多利亚时代的传统中成长起来，汲取了同时代智者、各国伟大作家以及自然界的精华，她像任何一位伟大的作家一样，担当起改进人类精神生活的重任。

伍尔夫离世前的那些年，也就是她的名声越来越盛的那些年，她自由的品性和思想的能力，帮助她更好地保持了艺术家生命中的超然和孤独，在她的日记里，“隐匿”“无名”，反复出现着。“我必须是私人化的，秘密的，尽可能地隐匿无名和湮没无闻，以便进行写作。”她从来没有忘记过回到自己的角落，蜕去生命的外衣——那个盛名的艺术家和那个教养优越的上流女士，一尘不染，把心中的作品完完整整地表达出来。 她一直追问什么是真实，什么是最重要的事情。

> 真实就是把一天的日子剥去外皮之后剩下的东西，就是往昔的岁月和我们的爱憎所留下的东西。

> 保持自我比任何其他事情都重要得多。千万不要梦想去影响别人。

> 当人们逐渐成熟，他们就不再相信派别或校长先生或精美奖杯。

> 只要你去写你所想要写的东西，这才是唯一重要的事情。

作为一个小说家，她总结道：

不总是从人与人之间的关系来观察人，而是要观察人与真实之间的关系，还要观察天空、树木或任何事物本身。

作为一个思想者，她提醒自己：

记住自己的责任，一定要更高洁，更重心灵。一定要照亮你自己的灵魂，照亮它的深深浅浅，它的虚荣和宽容。

伍尔夫真是想得太明白了！ 也做得太明白！ 她的那些光荣与梦想都放出智性的光芒。

告别

伍尔夫的一生审慎地选择自己的写作环境、住所和同伴，尽可能在一个思想契合的圈子里自由地生活。 但是，这个终其一生几乎毫不间歇地从事着小说和评论写作的女人，在弃世前一年给朋友的信里写，“我那颗破碎的寡居之心”。 这个心性太高傲、才华无限的女人，在她的幻想世界里，在她的思想里生活着，独自一人，稳稳地前进……内心坚忍不拔地忍受着痛苦。

一部杰作总有完美的表达形式，人生可不是这样，没有完美，尤其是天才，总是超极限地发展了一端，而残废了另一端。在漫长的岁月里，这个使自己的天才逐渐成形并放出璀璨光芒的女人，她走得太快太远了，她的身边已经没有匹配的精神伴侣，尤其是她离世前的那些年，让她的生命产生重大欢愉的朋友，有的已去世，有的已落俗，她写作上的对手也都不在了，此情此世两茫茫。

还有战争——人类生活的极大摧毁，二战的炮火摧毁了伍尔夫物质的和精神的家园。在极端的处境里人性被充分暴露，伍尔夫处于更孤单的境地，她的布卢姆斯伯里的朋友们在一战中都是和平主义者，现在却成了好战者，她从伦纳德的英国国民制服，那种对军阶、绶带、勋章的炫耀里，看出人类本能中最愚蠢、虚荣和野蛮成分的放纵。伍尔夫愤慨于妥协，或许，她在内心已经离伦纳德而去。

1940 年，也就是伍尔夫离世前一年，他们笼罩在纳粹的阴影里，身为犹太人的伦纳德告诉妻子："束手等待是毫无意义的，我们要关上停车房的门，然后自杀。"伦纳德的主意是窒息而死，他还为此准备了汽油。一生沉醉于想象的伍尔夫，怎么可能愿意在停车房里来结束自己的生命，给自己一个乏味的结局？她写道："我希望再活 10 年，写我的那部像通常那样猛然冲进脑海的书。"(《幕间》)

伍尔夫听到某种更卑劣的喧闹声，那是疯狂逼近的声音。伍尔夫真的感到不可治愈了吗？也许真是，也许不全是，我想伍尔夫已经不眷恋什么了，她写作的和生命的盛期都已经过去，余下的就是衰退。1941 年 3 月 28 日，伍尔夫 59 岁，像每一天一样，她来到花园里的工作室，但这一天不是为了写作，她在那儿写了两封信，一封给伦纳德，一封给她的姐姐瓦奈萨。那被我们重述了无数遍的给伦纳德的信：

> 最亲爱的：
>
> 我确信我又要疯了。我感到我们不可能再经受住又一个可怕的精神崩溃时期。而这一次，我再也不会复原了。我开始

> 耳鸣,思想不能集中。因此,我将要采取一个似乎是最为恰当的行动。你已经尽可能给了我最大的幸福。你已经在各方面做到了一个人所能做到的一切。直到这个可怕的疾病来临,再也没有两个人会比我们更为幸福。我再也坚持不下去了。我知道我正在浪费你的生命,如果没有我,你就可以工作。我知道你愿意工作。你瞧,我甚至不能在信中恰当地表达我的意思。我也不能阅读。我想要说,是你给了我一生的幸福。你对我体贴入微,百般忍耐,简直是好得令人难以置信。我要说——人人都知道这件事。如果有人能够挽救我的话,那就一定是你。我已经失去了一切,但我仍然深信你的善良。我再也不浪费你的生命了。
>
> 我想,再也没有两个人会比我们更幸福的了。

她最后的愿望是要安慰伦纳德,天才女人和天才男人就是不同,在最后时刻,她不安,她感恩于这个对她太好的男人,她要说出世间最普通的情感,属于女人们的情感。

这个想得太明白的女人,就这样离去,像她一贯的风格,从容、优雅、富于想象力。她把信放在起居室的壁炉台上,带着拐杖,在外套口袋里装满石块,走向附近的欧塞河中,走向她曾说的“一种我将永远不会描述的经历”。

这离去的方式,加强着我们对于天才的想象和她的无可媲美的文体。于是她成了象征,甚至神话。

她曾帮助过的朋友、20世纪的天才诗人之一——T.S.艾略特说,随着伍尔夫的去世,一种文明的整个模式被打破了……我们知道我们失去了什么,但我们永远也不会知道我们将会得到什么。

补　记

在修订文稿的过程中，我又翻阅相关的书籍，一个下午我在伍尔夫的长篇小说《岁月》结尾看到人物自问："人如何能'快乐'？她自问，在这个充斥着不幸的世界。每个街角的每张布告上都是死亡；或者更惨——暴政；凶残；酷刑；文明的堕落；自由的终结。她想，在这里的我们，只是在孤叶下求庇护，而这片叶子即将被摧毁。……"写下这些句子的伍尔夫，身心处在风雨飘摇中。那时整个世界在走下坡路，西班牙内战爆发，她挚爱的外甥在战争中死去；纳粹对犹太人的恐怖迫害已经开始……

你在孤叶下求庇护，而这片叶子即将被摧毁……我至爱的伍尔夫，隔着那么远的岁月，你说出的怎么让我此刻如此心疼……

然后，我又翻开伍尔夫的绝笔之作《幕间》。她在写作此书期间，德军战机飞向伦敦上空，她在伦敦的住宅和出版社都被炸成了废墟，人类文明在她的眼前毁灭着，她意识到自己一生喜爱的习惯的生活方式即将消失，这部书稿还没来得及修改，她就走向了再也听不到恐怖之声的河水中。书里的一个细节似乎是人类社会的一个寓言："刚才谁都没看见那片云彩飘过来。现在它来了，乌黑，膨胀，就在他们的头顶之上。它化成了雨水倾盆而下，仿佛全世界的人都在哭泣。眼泪，眼泪，眼泪。"她的人物抬起头，"接到了两大片雨水，把整个脸都打湿了。雨水从她的面颊流下来，就像她自己的泪水。但那是所有的人的泪水，为所有的人而流淌。"伍尔夫是用内心写作的作家（有不少人是用头脑写作），她的内心里倒映着人类的痛苦。

这个天性敏感且有精神疾病的作家，经历两次世界大战，她在

《幕间》里还在做着重建文明(那面墙)的努力,小说中的人物——历史剧编导,在幕间休息时,让演员们用镜子照观众,以帮助观众认识自己……这幕间,可以理解为两次世界大战的间隙,也可以理解为戏剧舞台与人生的交替……

但是,这《幕间》没有观众,没有反响。她在日记里写:“从事写作的‘我’已经消失了……这就是一个人的部分死亡。”她写下这些话的那一刻,仿佛独自站在世界的暗夜,这个世界让她留恋的东西都看不见了。

如法国作家莫洛亚所言,“时间是唯一的批评家”,伍尔夫在世时拒绝过所有的荣耀,因为她认为这些荣耀被一个虚伪的社会污染了,但岁月赋予了这个作家持久的世界性的荣耀。因为,她是传统小说与现代小说之桥,为现代人找到了内心表达的自由;她努力推开所处时代的那扇巨窗,让女性从缺乏自我的一生里走出来;她借由作品和评论构想一个保护文明和心智自由的社会……

参阅书目：

①吴尔夫：《吴尔夫文集》，蒲隆等译，人民文学出版社，2003。

②弗吉尼亚·伍尔夫：《论小说与小说家》，瞿世镜译，上海译文出版社，1999。

③伍尔芙：《伍尔芙日记选》，戴红珍等译，百花文艺出版社，1997。

④伍尔芙：《伍尔芙散文》，黄梅等译，浙江文艺出版社，2001。

⑤弗吉尼亚·伍尔夫：《伍尔夫读书随笔》，刘文荣译，文汇出版社，2006。

⑥林德尔·戈登：《弗吉尼亚·伍尔夫——一个作家的生命历程》，伍厚恺译，四川人民出版社，2000。

⑦昆汀·贝尔：《伍尔夫传》，萧易译，江苏教育出版社，2005。

Duras's 杜拉斯 Quotations 语录:

写作是对自己的一种澄清，是寻找真相的过程。

写作是一种危险的艺术，由背弃和黑暗组成。

为讲述无法讲述的东西而写作。

身处几乎完全的孤独之中，这时，你会发现写作会拯救你。

干吗要介绍作家呢？ 他们的书就已足够。

应该独自一人前往阅读的大陆，独自一人去发现。

我爱的是爱情本身。

02 绝对地写作，绝对地爱

——流年中的杜拉斯

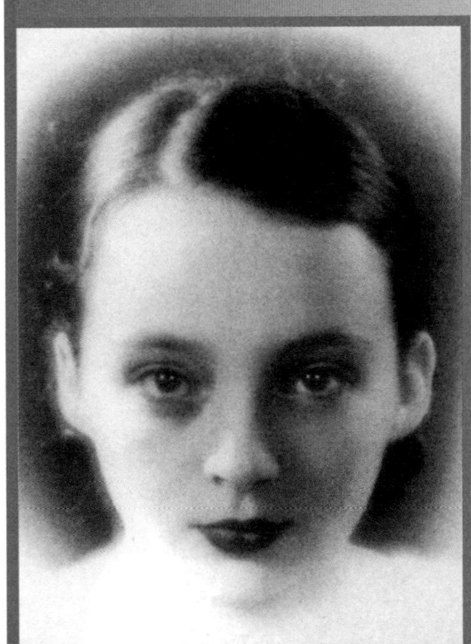

玛格丽特·杜拉斯(Marguerite Duras, 1914—1996),出生于越南,18 岁后回法国定居,20 世纪法国最有影响、最具个性、最富魅力的女作家之一。除小说外,她还写戏剧、评论、随笔,还是极具个性的电影导演。她以电影《广岛之恋》(1959 年)和《印度之歌》(1975 年)赢得国际声誉,以小说《情人》(1984 年)获得当年的龚古尔文学奖。她的随笔《写作》,成为无数写作者的必读教程。

杜拉斯为什么一次次出现在我的流年中？

杜拉斯那张被写作、酒精、爱情、岁月摧毁或是造就的脸，专注的眼睛，拉直的嘴角，那表情叫作傲慢和不屑解释。包围这表情的是她的文字：

> 身处几乎完全的孤独之中，这时，你会发现写作会拯救你。
>
> 尽管绝望，还要写作。啊，不，是带着绝望心情写作。那是怎样的绝望呀，我说不出它的名字……
>
> 让我想哭的，是我的孤独，是我自己。

她说给自己，也是说给所有写作的人：没有孤独就没有作品。

杜拉斯从少年至82岁告别此世的那一刻，都在自己所认为的、自己所想象的世界里生活，不遵从任何规矩、任何模式，以孤独作为自由的代价，并最终以此作为她个人生活和文学王国的标志。孤独是她的天命。尽管杜拉斯尝试过各式的爱，有过各样的情人，但蚀骨的孤独伴她一生。

她靠写作拯救孤独深处的自己，同时为了写作，她不停地向孤独的深渊迈进。爱也好，孤独也好，最终都要交给写作去清理。通过写作，她摧毁阻碍写作的一切。这是一个绝对的写作者，她活在世上，就是为了写作，她睡去，死了，也还在写。

穿越几十年的世相以后，我才懂杜拉斯的那张脸，那些文字诉说的意义，她为什么要这样，需要怎样的力量才能去支撑？我想起那个很久不愿说出的词——绝对，它太重了，太极限了，谁能配它？

或许就是因为杜拉斯这种绝对的力量，摧枯拉朽的风格，使我看清了自己挣扎的模样——这个热情一年比一年递减的女人，挣扎着不要向下一步（不想说“未来”这个词）抬起中庸和疲惫的额头。我知道我属于和杜拉斯非常不同的性情。但她使我在俗世的各种烦乱面前，找到一块绝对的礁石依傍。如果说伍尔夫在写作之旅中，在心性和文字的光色质感上，给予我影响，那么，杜拉斯则更多给予我这个写作者的血肉之躯以力量。

这些年，杜拉斯已经被译滥、写滥，但我知道，陪伴我血肉之躯的这个杜拉斯，植于我的流年和写作，植于我的虚无和幻想，与这一切热闹或传说无关。

空间转移中的杜拉斯

20 世纪二三十年代，极具梦想气质又极其睿智的女作家伍尔夫就发表了那篇著名的文论《一间自己的房间》，她说，如果女人要写小说，就应该有独立的财产和一个属于自己的房间。到了杜拉斯，对于空间的要求就更为前瞻，更具现代性，她有三处居所。其实直到 1984 年《情人》出版，杜拉斯的确不是很富裕。据扬·安德烈亚的回忆，杜拉斯为了找一个背心纽扣，三次去廉价市场。为了要稿费，某段时间内给《解放报》打了十个电话。扬是想说她性格不好，还有不宽裕。杜拉斯物质生活的华彩部分是她的三处居所，如果杜拉斯一生只在越南，或者杜拉斯一生只有一处居所，都不可能成为我们今天所谈的这个杜拉斯。

空间的转移，使杜拉斯身上那些相悖的东西得以向不同的方向延展，并得到动态的平衡。

杜拉斯说，买房子导致了疯狂的写作。“身处一个洞穴之中，身处一个洞穴之底，身处几乎完全的孤独之中，这时，你会发现写作会拯救你。”（《写作》）

巴黎第六区圣伯努瓦街5号

这是一个文艺气息浓厚的街区，在文明和闹市区的圣日耳曼大道附近，那一带是巴黎新思潮的汇聚之地，一代哲人、作家、思想家曾在此度过美好时光，有萨特和波伏瓦经常出入的花神和双偶咖啡馆——存在主义论战之所。虽然个子矮小，总穿着一套黑色裙装（其实杜拉斯的服装也很漂亮，她很早就已经懂得了什么叫作漂亮），也常常像年轻人那样为不合“潮流”而深感羞愧的杜拉斯，不常去那些盛名场所，她也不喜欢萨特和波伏瓦，她和来自阿尔及尔的加缪更接近些。

圣伯努瓦街的公寓，是共享的场所，是杜拉斯和丈夫罗伯特·安泰尔姆的家。她把这套房子变成了一个永久性的论坛，战时，这是抵抗组织成员躲避追捕的藏身之所；战后，这是不少法国知识分子的精神共同体之家。杜拉斯每周要招待几次客人，她不仅被看成是个知识分子——一个以写作为志业，把激情投入写作中去的知识分子，也被看成是个迷人的主妇。

他们身边的人更景仰罗伯特·安泰尔姆，这个极具影响力又富朝气的人，他优雅、深刻、无与伦比地慷慨，是“七星文库”的出版人。玛格丽特非常欣赏他，欣赏他的智慧，他的慷慨和他的悖论。这个慧眼的男人，在那时就看出了以后的“那个杜拉斯”。他要求她要精确、纯粹、有力。他相信她总有一天会成为一个伟大的作家，如果她不受到太多魔鬼的引诱，不过分自恋的话。但他或许没意识到，正是因为她思维过野，不讲结构，才创造了后来的杜拉斯神话。

在这处居所，1943 年，她把自己的姓改成了父亲故乡的一条小河的名字——杜拉斯，她开始用“杜拉斯”这个笔名发表第一部小说《无耻之徒》。从 1943 年到 1961 年，她在这处居所发表了许多小说：《平静的生活》《抵挡太平洋的堤坝》《直布罗陀水手》《树上的岁月》《琴声如诉》等。她和著名导演雷乃合作的《广岛之恋》，也是在此居所完成的。

巴黎第六区圣伯努瓦街 5 号，是杜拉斯起跑和成名的地方，尽管杜拉斯在《巴黎的拥挤》《巴黎的种族主义》和《巴黎的旅游业》里，把这个世界之都描述为波德莱尔式的“恶之花”。她在《巴黎》一文里写道：“在巴黎，就像是出了什么巨大失误，举目所见只有那种大城市令人无法容忍的形态。”但她一生都保留了这个空间。这是杜拉斯入世的场所，离舞台、离话语中心很近，便于声誉、功名的达成（杜拉斯也需要这个），也是合作的信息源，竞争及对话的刺激源。波伏瓦认为，在巴黎文学生活往往比文学本身还重要，这并非好事，但是完全缺乏文学生活还是令人衰弱。文化的势力或文化中心主义从来都是事实，就像我们今天的京城一样，外省的作品研讨会要跑到京城开，由京城传播出去，似乎就有了不言自明的高度。如果杜拉斯一生只在越南写作，无论她怎样努力，也不可能成为巴黎的这个杜拉斯，从外部和内部都是不可能完成的。从殖民地到宗主国，从世界边缘到文化中心，空间的转移，使作家有了多重眼光、多重身份，有了断裂和重组的可能，有了观看和被观看的优越位置。杜拉斯如此，加缪如此，2001 年诺奖得主印度裔英国作家奈保尔如此，2017 年诺奖得主日裔英国作家石黑一雄，虽不是从第三世界的国家移民而来，但也在跨文化写作中成就卓绝。

仅仅在巴黎是不够的。那个天性狂野、暴烈、具有复杂个性的杜拉斯需要另外的空间寄寓。她十几岁时，就从“白人流氓家庭”里逃出去，从属于身体的诱惑，就像她对出产芒果的土地、南方黑色的河水和种稻的平原说不清的从属一样。而写作实践强化着她的个性，这个在人类生活中无根可扎的女子，无视道德和规则，甚至迷恋罪感，她在晚年的《写作》中总结道：任何道德都是教出来的，作家的道德，就是保持自己的本色。

在写作中，杜拉斯把自己培养成一个彻底本色的作家，一个孤独的王者。

1950 年，杜拉斯发表《抵挡太平洋的堤坝》，被开除出法国共产党，几年后她以此书的电影版税买下了诺夫勒城堡。

诺夫勒城堡

诺夫勒城堡在巴黎郊外，孤立存在，绿荫环绕。这幢约四百平方米的房子让在巴黎公寓套间写作的杜拉斯有了较稳定、舒展的精神状态，她可以切断和外界的一切联系几个月，任由自己深陷在酒精里，整夜整夜地写作。她说这所房子就是孤独之地。“我的书出自这座房子。也出自这种光线，出自花园。出自水塘的这种反光。”（《写作》）情人迪奥尼斯·马斯科罗为她建造了一座迷宫似的花园，“明亮的月光下，一丛丛白色的菊花和玫瑰变成了如此耀眼的雪地，如此耀眼的白色，整个花园都显得昏暗了，其他的花，其他的树，统统地暗了。红色的玫瑰变得特别阴沉，几乎都要消失了似的。这难以理解的白色一直留在我的记忆中，我无法将它忘却”（《绿眼睛》）。

杜拉斯在这里享受着巴黎以外的生活，这花园，最美的玫瑰，风声，还有高贵的钟声，有时夜晚出去和村民一起喝酒聊天。自然和底层的生活，接近杜拉斯童年的部分底色。

杜拉斯的生活看起来充满了事故、断裂、突然的狂热和过眼的狂怒，但她从来都有一条明晰的线索——首先是一个写作的女人，她的那些疯狂是以此为前提的。作为一个女人，她潜入生活的细枝末节，在诺夫勒，她为家中必备的物品开出一个单子，单子上列出的 25 种东西始终保持完备无缺。她在《房屋》中写道："从根本上看，我认为女人的处境没有发生什么变化。即使有人帮助她们做家务，即使她比以前更富有经验，有才智，更大胆，全部家务还是由女人承担。即使她现在更加自信。即使她现在比以往动笔写要多得多，女人仍然需要专注于男人，这并没有变化。女人的基本愿望仍然是照料家庭，把家庭维护好。""也许女人原就是殉道者。"

这简直不像杜拉斯的话，谦和、忍让，接近诺夫勒乡间的庶民气息。她还研究出家庭秩序来，"外部秩序就是对家里可以看到的管理，内部秩序是属于观念方面、情感的承载和与孩子们贴近的那种永恒不变的情感"。她还说，"女人只有做了母亲才算真正做全了女人"，"没有任何情人对我是少有的事……我对丈夫的爱从未被取代。在我生命的每一天我知道这个"。我们总是看到缠绕杜拉斯的两条蛇：欲望和绝望。但是，如果杜拉斯忽略劳作和普通，她就会得不到缓解，她肯定自己作为女人的偏好，"至于我，保持清洁已成了一种迷信。谁对我讲到某人，我总要问这人是不是洁净，就是现在我也要问，如同我问一个人是否明智、诚恳或正直"。"在《情人》中，为注意文本中有关洁净的问题我下笔十分踌躇。"她最终要回到写作中来，或者说这一切都与写作有关。

一个写作的女人，她什么不明白呢？ 被公众讲述的那个没有分寸、没有限度的杜拉斯，并非理智有缺陷，只是性情过度罢了。

杜拉斯的很多电影都是在诺夫勒制作的，她需要孤独，也需要一些东西，譬如集体生活。 对于杜拉斯，制作电影也是创造和分享生活的方式，她能把很多天才都吸引到自己身边，吸引到那个想象的世界里来。 她把朋友和情人都变成了舞台上的演员。 情人迪奥尼斯是她最欣赏的演员之一，她的儿子乌塔也几乎参加了她所有电影的制作，和她一起合作过影片的年轻人说：“我们总是想倾诉，一起走上很长时间，跳舞，大笑，听音乐，观察阳光，享受夜晚，每时每刻都想睁开眼睛看这世界。”杜拉斯有一种巨大的活力，她有建立爱情关系的天赋，善于挖掘每一个人生命中的暗点，使之暴露出来，滋生爱情。 她还像一个母亲，影片制作期间，所有的人都晚睡晚起，除了她，黎明时分起来写作，准备大家的早餐。 和她一起工作过的男男女女回忆这一切时满怀“乡愁”。 那段时间，她在诺夫勒创造了一种有别于圣伯努瓦街知识分子圈的集体生活方式，更为融洽，更富创造力。

特鲁维尔

杜拉斯在《写作》里写：“特鲁维尔有海滩，大海，无边无际的天空，无边无际的沙地。 这里就是孤独。 在特鲁维尔我极目注视大海。 特鲁维尔是我整个生命的孤独……有时我关上门，切断电话，切断我的声音，再无所求。”特鲁维尔的大海把杜拉斯带到了想象之中。

杜拉斯在特鲁维尔黑岩区的公寓，因为海的辽阔和幻觉，有种至世界尽头的感觉。还有那里迷人的阳光，杜拉斯说一离开特鲁维尔，就有阳光亡失之感……作家普鲁斯特也曾在黑岩的旅馆居住过。特鲁维尔的海滩、天空和大海，在 19 世纪的画家欧仁·布丹和古斯塔夫·库尔贝的画作中就已出现过。这海因被作家、画家们日夜眺望过，而更有故事，更显迷人。

在此居所，杜拉斯迎接了最后一个情人扬·安德烈亚。1980 年夏，站在杜拉斯寓所门口的这个哲学系男生，没有行李，没有名望，目光中有种可爱的、温柔的、梦幻的东西，行动显得有些脆弱，或许是他让杜拉斯想起了她昔日生活的一部分，或许是这个年轻人笨拙的优雅、绝对的真诚打动了杜拉斯，或许更主要的是生命流程里潜在的秘密，杜拉斯柔情地拥抱了他。那时杜拉斯 66 岁，扬 27 岁，从此，扬成了杜拉斯世界里的主人公，他们一起度过哀乐与共的 16 年。

扬并不是一个要自己了不起的男人，然而他使杜拉斯从酒精的浸泡里挣脱了出来。杜拉斯曾经因酗酒而神经错乱、酒精中毒。因为饮酒使孤独发出声响，酒能制造幻觉。她靠酒精和写作生活，孤独和酒精让她与人群越来越疏远，她也坚信自己进入了写作的“绝妙的不幸”之中。

扬走进杜拉斯长年累积的孤境中，陪伴她去医院做戒酒治疗，使她的身心重返健康，给她买她喜欢吃的有营养的东西，深夜和她谈话，和她一起哭，他们互相依恋。一个男人的成就和辉煌对于一个走向暮年的女人，是没有任何价值的，她需要的是爱，在一起，生命在这个时期很脆弱。杜拉斯拥有了这些，这使她有足够的心力带着她的饱经风霜的容颜，他的光泽的面容，他的惊人的超凡入圣，他们的狂暴般的爱，去写《情人》或者别的。

杜拉斯写过，从露台上眺望大海，那可是一项难以置信的奢侈，“看海，就是看一切”。写作需要这种海洋、这种灵感、这种波峰、这种暴风雨和大海所呼唤的野性。

黑岩公寓诺曼底风格的门窗，和海毗连，面向浩瀚；若把窗打开，海水好像会流到身上。在黑岩公寓，杜拉斯就这么奢侈：大海，写作，爱情。那时，她和扬也穿梭于另两处居所，但特鲁维尔是他们相遇的地方，面海写作的地方，眺望与获得心灵慰藉的地方。某次离开特鲁维尔前，杜拉斯写了这样的话给扬：“我们就要去巴黎了，离开这阳光，这声音，大海永不停止的声音，这份极目处的透明，我们，我和你就迷失在这样的透明里。”

影片《爱人：杜拉斯最后的情人》里，穿着蓝色风衣的杜拉斯和扬在特鲁维尔的海风里、夜空下行走，她仰着穿越了浮华盛名与绝对孤独的头颅，仿佛整个世界都在倾听杜拉斯的声音，那声音绝对的自信，有些沙哑，有些性感，从流逝的年华里传来，激荡着特鲁维尔的夜晚……

写作是寻找真相的过程

杜拉斯在去世前一年，曾大声地问：

> 谁知道我的真相？
>
> 如果你知道，那就告诉我。

杜拉斯从一些奇异的或者难以启齿的经验开始，撞开了人性与写作的门。她说，写作是对自己的一种澄清，是寻找真相的过程，写作是一种危险的艺术，由背弃和黑暗组成，为讲述无法讲述的东西而写作。

在杜拉斯的时代，还很少有女人敢于承认自己对于肉体欢愉的向往。她自少女时代始就一直听从身体的需要，她说生活应该也只能听凭欲望的管理。杜拉斯把本能的力量解放出来，用另一种方式体验爱情。

杜拉斯曾说："（家）的乏味，它那可怕的生硬，它的恶毒，我才会对自己那么有把握，我最能够肯定的，便是以后我会写作。杜拉斯从越南回到法国的时候，书已经在了，刻在了她的身上，刻在了她的秘密中。

杜拉斯在小说中，一直在表达那属于秘密、属于黑夜、难以体验的爱情，她摧毁了禁忌和界限；她表达情感的变质过程，她在沉沦、迷醉和秘密中写作。

每一场激情之后，杜拉斯都会躲起来写作，用写作来修复伤痛和混乱。譬如她和电影编剧、作家雅洛之间，那是由暴力、酒精、肉欲结合而成的关系，整个冬天他们烂醉如泥，疯狂相处。这个被杜拉斯称为"魅力的化身"的雅洛，是个标准的唐璜，他自己都不知道自己在撒谎。他嘲笑一切——真理、爱情和死亡。爱情天才杜拉斯是最后一个知道雅洛在欺骗她的人，那些年中，她真的对他抱有幻想，以为凭借写作的那一份象征性或挑逗性的能力，就能够让他在众多女人中选择她，并且终止所有的其他爱情故事。后来，这段交往，让杜拉斯写出了《琴声如诉》这令她头晕目眩的肉体之爱，这场写作，让她产生摆脱某几个导师的欲望：海明威、维托里尼、贝克特。从此以后，她在自己的内心寻找写作的力量。

有时我想，如果杜拉斯是我的同时代人，就在我们身边，我们或许只能看到她人生的某些断面，依我的性情，我很可能会避而远之，或者远远地欣赏她。我看到一些认识的和不认识的写作者，在生活中接近杜拉斯（不说模仿了），听凭欲望的力量：成名欲，情欲。但是没有杜拉斯的那份与欲望交织在一起的绝望，那欲望不经过绝望的彻底洗涤，就有种不洁的气息；没有杜拉斯的那份由天性生出的狂热和决绝，就显得做作和庸常。

杜拉斯之所以成为杜拉斯，是因为她既在巅峰又在深渊，她沉得彻底，她说，真正的摧毁应该是把我自己杀死。她把自己都赌进去了，从少女时代起，她就觉得自己是在承担一种命运。“写作，一开始就是我的地方。”她欣赏那个在殖民地长大的离经叛道的自己，一生酗酒，砸碎和别人的关系，包括和丈夫罗伯特，和《广岛之恋》的导演雷乃的关系。她在《写作》中讲：“生命中会出现一个时刻，我想是命定的时刻，谁也逃不过它，此时一切都受到怀疑：婚姻，朋友……孩子除外。孩子永远也不受怀疑。这种怀疑在我周围增长……它出自孤独……怀疑就是写作。”她在离世前六年说她最爱读的书始终是《圣经》，对犹太人处境的研究，让她对西方社会也产生怀疑。她在诺夫勒时，曾一边喝酒一边背诵《福音书》。“酒精就是为了让我们可以承受世界的空茫、星球的摇摆，承受它们面对你的痛苦默然的沉默。”她对自己的写作，极度自傲，也总是疑惑，与她相识的评论家几乎都有这样的经历：在夜半时分——她把书寄出的第一天或第二天——得到她抖抖索索的电话，问他们印象如何，评价如何。她知道她的那些文字，只代表她在某些时机、某些时日关于某些事情的想法，没有那种作为最后确定的思想。当然，也可解释为她对于名声的在乎。真正从事写作的人，永远在途中，不可能替神代言。

她的身体，她的毁灭感，她的震惊、怀疑和空茫都参与了写作。对于杜拉斯，一切经历过的爱与痛苦，都是剧烈的，深处的剧烈，同时或者然后，她像个苦役犯那样写作，写作，还是写作。她说，缺乏体力是无法写作的。必须战胜自己才能写作，必须战胜写出的东西。

当杜拉斯从写作中抬起头来，回顾她的一生时，她说："我再也没有看到过比我的生活更贫乏的人了。"这个充分享受过欢愉和爱情传奇的女人，首先是个写作的人，并且永远在写作，她的生活更像是写作的供品。

杜拉斯一生通过写作洗净了心中的羞耻感和罪感，也建立起了自己的光荣和梦想。譬如，传遍全世界的《情人》，使她一生中所有的感情流浪都有了理由，让她的忧虑、怀疑、嘲笑和孤独都合法化了。

对于这样一个作家，一个世纪的传奇，任何道德判断都是不合适的，你只能用魅力、力量、复杂性这样的词语去表达她。

即便她同时代的某些评论家嘲讽她写的总是同一本书——爱情以及死亡主题的重复，但她改变了同时代人呼吸的空气，讲出了某种很本质的东西：人性或者人生的残酷真相，存在的种种悖论。譬如，她说，"当我发现爱情不是我认为的那种时……我就不说被抛弃的爱情是虚假的，而是说它已死了"，"我爱的是爱情本身"。这就是杜拉斯的作品尽管源头大都在自己身上，却能有力地普遍地影响他人的原因。

同时，这些不知疲倦地重复出现的题材，使杜拉斯处于一种玄奥的悲剧性的反光中，人们越来越看不清事实和虚构的边界，杜拉斯从来就不想区分想象和现实。她认为，只有写作能代替事实，写作是审判确实发生过的事情的绝对法庭。“所有写出来的东西都是真实的，现实生活中没有任何东西是真实的。”杜拉斯一生都在创造现实，通过写作创造现实，她用某种挥之不去的力量在写，她写作过程中表现出来的生命韧性，比她的作品本身更令我惊讶。

多年来和文字的面对，我感到作家的写作气质，应该是写作真相的重要部分。

如果，你首先是一位作家

有一些作家，尽管从作品本身来看，不属于伟大的作家行列，但他们的惊世骇俗，承担这惊世骇俗之后的疼痛、混乱、丧失，为人类生活输入了一种无拘无束的气息，激发了同时代人或者很多时代人的想象力，如王尔德、杜拉斯。杜拉斯，这个个子矮小的女人，独自去创造一种彻底乘风破浪的生活，创造生命和写作的奇迹。

据扬的回忆，杜拉斯最后一次见密特朗时，在公爵饭店。有人过来对她说：“总统想跟您打个招呼。”杜拉斯说：“让他过来。”她交往的、感兴趣的不是总统，而是弗朗索瓦·密特朗这个人——青年时代她丈夫和她共同的朋友。总统过来坐在她的对面，她抓住他的手，十分严肃地说：“弗朗索瓦，你知道，我现在在世界上比你出名得多……除此以外，一切都好吗？”弗朗索瓦过了 15 秒才完全听懂。这个细节，让我忍不住地笑很久，当然更多感慨。她的意思是，文学比政治更重要。她告诉总统，作品、犹太人和书籍的重要性。这是杜拉斯的可爱之处，她在任何场所都是一个太率性的作家，无论是在芸芸众生面前，还是在总统面前。

扬说，她极为迫切地保持真实。

这就是一个生机勃勃、特立独行的作家与世俗写作者的区别。我们时常看到一些体制里的“作家”，“努力地”争得文学的官职或荣誉，在权力者面前，绝对不是一个作家，而是一个懂得迎合的饮食男女。偶尔，我到文人聚集的公共场所，回来后更是郁闷（当然，从来不排除个别美好）。我一直怀疑自己的神经是否敏感至偏激，后来我饶恕了自己，问题出在：我首先把他们当成作家来要求，而他们首先是世俗中人。

我很在乎写作者在漫长的写作生涯中，是怎样的精神风姿，写作塑造了她怎样的面容、她观看这世界的眼神、她爱的方式，甚至她告别这世界的方式，不是写作导致了什么，没有前因后果，应该是同时发生的。

尽管杜拉斯也酷爱名声，想把身份证贴在作品上或是电影院大厅里，建立杜拉斯神话，但她酷爱的还是作为一个作家的名声，她想通过写作把自己变为王者。看看我们身边那些想通过权力位置把自己变为一个王者，一个有话语权的人，方感杜拉斯的问题还不算是本质性的，不是社会生活中的毒瘤，而是自我扩张罢了。

杜拉斯的极端、野性、强势，不顾性命地投入写作的热情，在女性世界中极为罕见。任何人都不能破坏她写作的完整性，如果要进入她的生活，就得配合她的写作。她写作的时候，就好像周围的一切都坍塌了。词语很危险，带着灰尘和毒药。即使她闭上眼睛，仍感到手想竭力写得快，不想忘记。即使她的身体已经不容她再写，她还在以写作的方式说话，让扬记录下来，变成书。

这个创造了生命传奇的作家曾说：“为什么我们要书写作家呢？ 他们的书已经说明了一切。”“我是一个作家。 其他任何事情都不值得被记住。”扬说：“直到生命的最后一刻，她都在问自己什么是事实。”这个把自己交给了写作的女人，她一个人独自前往写作的大陆，她明白写作时都发生了什么：词仿佛奇迹般地得到自己的内容，黑暗的大地，分散的外在性、事物的突如其来和时间的流逝在词语的边缘重新组织。 只有作曲般的写作。 一切都处于幽灵幻影的状态。 写作掌握着来自灵魂深处的声音。 其规则是避开一切规则。 这个以天才的方式生活的作家，活到了 82 岁，我想也与她写作的快感或痛感强度有关，她过早领悟了写作的秘密，靠写作疏通了那些缠绕的症结。 她找到了适合她性情和命运的写作方式，她人生中的黑暗与华美都在写作中了。 她的那些作品就是证明。

作家自己就是独特的精神分析师，只是他们要绝对自由，如杜拉斯，放纵自己走到自我的尽头，自由到疯狂。 她一直和精神分析保持着相当的距离，尽管她把弗洛伊德《梦的解析》读了好几遍，并且和精神分析学家雅克·拉康有深厚交往。 她不需要来自他者的智性分析，她固执地说过：“你越是拒绝，越是反对，就越是在生活。”杜拉斯晚年在幻觉构成的半梦半醒间生活着，她越来越否认现实的存在，宁愿和自己创造出来的人物来往，她疏远了朋友，除非朋友愿意追随她这梦一般的生活之路。

年轻的扬追随她。 扬在那里只是为了证实她所看到的一切。 她夺走了他所有的视线。 她站在他的位置上替他看这世界。 她夺走了他的名字，他的夜晚，他的时间，他的爱情。 她让扬全身心地投入她想象中的世界。“为了创造您，我要先毁掉您”，这是杜拉斯的逻辑。扬也说：“她以强大的威力使我存在。”杜拉斯就是这么霸道，否则就不是杜拉斯。

16 年后，和杜拉斯一起观望这个世界，一起写作，一起享受、忍受爱情的扬，由一个清俊的大学生到一个背影沧桑、懂得写作和沉默的中年男人。《写作》的封面上（上海译文出版社，2005），杜拉斯靠着他的臂弯，全部重量都支撑于他的身上，个子矮矮的杜拉斯一脸满足，而我们看不见他的脸，他的脸被这个世界忽略了。如同天才男人身边的女人一样被忽略。

这里必须得说说扬这个男人。对于扬，不能说是幸还是不幸，总之他和杜拉斯一起把爱情变成传奇，如同神话，他也是一个接受传奇命运的人，只是他居于阴影中。这个男人，肯定也非常孤独。最初，他说：“读她的书是孤独的，我不能跟其他人谈她的书。”后来，他同样无法跟任何人谈他们的生活，那是在众人理解力之外的生活。杜拉斯天使般的纯洁和无情的暴力混合在一起，扬就是这种混合物的承担者。这个不太喜欢身体欲望的男人，他理解杜拉斯的全部，他写道：“这个写作的女人，难以想象的女人，因自身而激动，因全世界而激动，因为不公正，因为美，因为痛苦，因为爱……因为那个发生在她与我之间又不仅仅发生在她与我之间的故事而激动。”

没有人比他更尊重杜拉斯的重点所在，他说：时间已经流逝。我们还剩下一些时间，必须写些什么，说些什么……勇往直前。爱。爱得更热烈。

杜拉斯去世之后，这个男人选择了隐居和沉默，把这旷世情爱作为个人的秘密，而不是某种资本。几年后他接受媒体的采访，出版《我的情人杜拉斯》，是因为外界对于杜拉斯的误说太多，他想纠正一些传言。他的那些文字，记录着对杜拉斯的最大理解。从我们的现实里遥望这个法国男人，我首先赞叹的是他一点也不亵渎，这个不太高的标准其实很不容易做到，它需要极其沉静的品质，还需要很高的智性和理解力。

杜拉斯不在场后，扬能够这样！扬只有这样，他们之间的一切才不会被亵渎。否则，对于一生都在写情感的杜拉斯是多么大的讽刺。她在《广岛之恋》中写道："我喜欢你，这是多么了不起的事啊！"她晚年曾被女性杂志《她》推选为"当今最懂爱情的作家"。她在此世的最后一句话是给扬的："我爱您。再见。"扬的存在，验证着杜拉斯的魅力，延伸着杜拉斯的可能性。

漫漫流年以后，我才懂，杜拉斯晚年那张被巨大的孤独、不要命的写作侵蚀的脸，专注的眼睛，拉直的嘴角，傲慢和不屑解释的表情，为何比她年轻时妖媚和诱惑的脸更摄人心魄。因为扬的凝视；因为它表达着比命数更有力量的意思——永不疲倦，永无止境；因为它非常配她的文字，配她的性情，配她的命运，它就是一张作家的脸。

令无数写作女人暗自叹息的或许还有，杜拉斯在写作和酒精而致的幻觉里，在最后的时刻，被爱情的手握着。伍尔夫独自走进河水前，给她的伴侣伦纳德写道："记住时光，记住爱……"伍尔夫的古典盼望，现代的杜拉斯完成了，扬帮她完成了。这个集各种极端性情于一身的杜拉斯，如此温情地离开尘世，她的一生领略了太深的孤独、迷狂和混乱，告别这世界时，却能以很幸福的方式。并非处处刻意，但她处处非凡，超出世事的逻辑。借杜尚的话说，她的生活就是她的代表作。

扬说，如果杜拉斯不写作，她会成为一个真正的疯子。

孤独，傲慢，内在的暴力，压倒一切的欲望，渴求极端，喜欢生活在风口浪尖，这样一个女人，如果找不到与这个世界自由沟通的方式，不真正疯掉，心也会非常非常残破。幸亏她的出生、成长、身体和内心都在冥冥中从属于文学，依托于文学，她把一生变成一个传奇故事，她文字里的人生，每个阶段都有独异的美，像一道光，一种转瞬即逝的清新，尤其是《情人》中令无数人记忆的那张被时光摧残的脸，改变着人们对于美的容颜的理解。

杜拉斯写作的一生成为无数文学青年真正的写作教程。

写作或者其他艺术形式，帮助了世间最孤寂、最狂傲、最不安的灵魂，他们在那里施洗、安抚自己的身心，他们在尘世间处处受伤，他们和社会生活中的不人道、和人群中的庸常与势利构成冲突。他们一开始就放弃了或者说他们的天性让他们必须放弃一般人的生活秩序，他们居于最易撞伤的位置，得不到一般保护的位置。从世俗利益的角度看，他们的一生都在不断地丧失，丧失。如高更、凡·高、王尔德以及这里所讲的杜拉斯。

无论杜拉斯身上有多少问题，恐怕谁都无法否认她是20世纪后半叶法国最奇特的女作家。她的情人，她的湄公河，她的黑暗，她的暴力，她的空茫，她写作的一生，她建立在身世之上的传奇——一个殖民地的孩子，长大后，离经叛道，不可一世，冲进一切非常规的生活里充当主角。从少女时代起，她就欣赏这个传奇，等待这个传奇，觉得自己是在承担一种命运。

杜拉斯是那种生命感很强、抗摧毁的能力也很强的作家，和天才男人的工作方式、爱的方式比较相似，乃至更甚。属于女作家中非常历险、极端、酷烈的那种，和思想型、阴郁型的作家伍尔夫相比，她的一生可谓太放纵了。扬曾这样总结他的恋人："您之所以死，是因为在这个世界上看得太多……喝得太多……抽得太多……爱得太多……您作了太多爱的尝试，希望得到全部的爱。"作家和作家真是不同，女性和女性也真是不同，伍尔夫因为幼年时受到同父异母的哥哥的骚扰，一生都摆脱不掉对性的反感。杜拉斯则把所有的伤害变成传奇素材，她习惯混乱的局面如同习惯孤独，动荡和摧毁性的生活刺激她去写作，收拾自己的心情，从写作中得到绝对的满足。她在作品中制造现实，制造和小哥哥的乱伦，是她意识到了兄妹俩在彼此相爱，杜拉斯在《重温》一文里写：乱伦是一种双重的给予，一重是爱，一重是记忆。对童年无边无际的记忆形成了爱。孩提时人们不知道彼此爱着，并将相爱下去，对这种无意识的揭示就是爱情。哪种激情都无法替代乱伦的情欲。杜拉斯改写了我们头脑中的一切观念。她的一生很像她一部作品的名字——《摧毁吧，她说》。

有时，我想，谁能伤害杜拉斯呢？

谁也不能真正地伤害她。除非她的生命终止，不能再写作。杜拉斯靠写作的威力清扫着命运里的混乱，在某种被推向极致的混乱中，难以解释的东西清楚了，灵魂的秘密暴露了。杜拉斯最终要的是这发现，是超越有限的生命，突破自己局限的东西，肯定得用疼痛作为代价。

扬在《我的情人杜拉斯》中写："她一百岁。她一千岁。她也是十五岁半，等湄公河上的渡轮，中国人漂亮的汽车要载她穿过西贡的稻田……"爱和写作是杜拉斯生活的两大主题，或者本来就是一个。对于一个喜欢欢愉，又把写作视为生命的作家，爱过，写过，也就够了。

很少有女人像杜拉斯这样，主动承担命运中的一切，敢为天下先，能为天下先，在生活中和书中都拒绝现存的东西，这是一个拼了命去生活和写作的女人，扬说："写得太多……任何一本书，都让您写得像要死掉一样，手和大脑疲惫不堪。"（《我的情人杜拉斯》）每写完一本书，每过完一天，杜拉斯都真真切切地感到，自己失去了，解体了，"当我死的时候，我已经几乎没有什么可死的了，因为构成我之所以为我的东西已经离去。一个作家，每写一行都是在自杀，要么他不写作"。杜拉斯的世界里没有妥协。决绝、绝对、彻底是她的方式，这种方式甚至演变为一种苛刻的专制。

杜拉斯为什么像一个王者？有时，我想或许是杜拉斯太孤独了，她向阴影中走得太远，她"独自走向阅读的大陆"，"独自发现"，"独自掌握这种出生"，包括她创造的写作理论：人只有在某种黑暗中才能写作，完全真实的书，应该出自暗处，一种有利于阴影和怀疑的记忆的记忆。没有势均力敌的男人，也没有势均力敌的女人，与之较长时间地相伴，她很少提及她所认识的同时代作家和艺术家，或者与哪位知识分子的任何非凡的友谊，她更乐意讲述某个不同寻常的生命。甚至她的朋友、亲人也在不断地离开那个自称为天才的杜拉斯，先是她的丈夫，事实上他们是彼此离开的；然后是她的情人迪奥尼斯·马斯科罗。迪奥尼斯是一个入世的哲学家，他的那些具有颠覆性的政治思想曾影响过杜拉斯，但在她周围，他也无法真正当一个作家，因为她要征服别人，做决定的总是她，她对自己的命运和权威充满信心。扬·安德烈亚，她的最后一个伴侣，成了一部真正具有杜拉斯风格的作品，他也曾数次从黑岩公寓逃走，又数次回到杜拉斯身边，他已经离不开杜拉斯，他是杜拉斯的作品。

所以，杜拉斯说："让我产生哭的欲望的，是我的暴力，是我自己。"

杜拉斯用不可一世的傲慢，用苛刻的专制来弥补种种孤独，或者内心的疼痛。本来杜拉斯的天性中就有太傲慢的成分，作家的生活又激发了她的傲慢。一个人独坐世界一隅，天长日久地写作，没有足够的傲慢，或许很难支撑下来，或许会被自己心中的怀疑击垮。在写作中，杜拉斯把自己培养成一个孤独的王者。

和很多女性作家相比，杜拉斯更是从破裂开始——身体的、命运的破裂，后来漫长的狂暴的写作，也都与混乱或爱的碰撞有关，她是女性写作以身试法的极致版本。这样一个作家，她要自身足够地坚定，她要极其看重自己，才能收拾那样一个撕裂的肉身，那样一颗跌跌撞撞的心。

少女时代的杜拉斯，眼神里就有了一种哀伤和空茫，即便是她很魅人地笑着，在和情人做爱，那身体和眼神都有一种来自世界尽头的空茫，她的欢愉更像是对于黑暗的探寻，她身上的一切都已有了归属，那就是写作。她在《写作》中写，"打开的书也是黑夜。我不知为什么，我刚才的这些话使我流泪"。

即便杜拉斯尝试各样的爱，她的身体也没有任何不洁的气息，极度的孤独，狂暴的写作，类似宗教，澄清着一个人的肉身，写作真的是帮助了她，救了她。

对杜拉斯来说，写作不仅仅是在纸上写，不是一本接一本地写书。她说，她一直在写作，哪怕不写的时候、睡着的时候、恋爱的时候也都在写。哪怕是死了，也还在写。写作君临于杜拉斯，或者说杜拉斯是写作的人质。她在人世间体验到的一切，最终都向着写作而去，她把生命中的一切变成文字，留给我们，即便她问题重重，我们也应该理解并敬仰这孤傲的灵魂。

杜拉斯这样的女人，如果不写作，仅仅制造混乱和爱情，可能就是一片泥沼。恰恰杜拉斯写作了，一生风卷残云般地写作，把那些混乱、那些爱情，都卷进了写作中，被文字带到非现实之境，沉淀，澄清，为写作的人和不写作的人提供各自的镜与灯。

在写作中延伸的爱，已经不是作家个人的事情，它已经成为一种隐喻或象征，表达着一些人类共同的情感问题。

成为作家之前的杜拉斯，在离开越南、离开西贡港的邮轮上，在码头的角落、船坞后面，她瞥见了中国情人的黑色汽车，他肯定在那里，因她的离去而痛苦，至少杜拉斯这么认为。从此，这邮轮带着杜拉斯永远离开了亚洲的土地。杜拉斯称这邮轮为“夜航船”，这“夜航船”在苍穹下越洋过海，晚上杜拉斯待在头等舱的大厅里听肖邦的圆舞曲，人们都已离去，钢琴师为了音乐而音乐，音乐在海天的辽阔处回荡，杜拉斯感到了生命的孤独，就像邮轮在漆黑的夜里把命运交给未知一样。她很彻底地哭，为什么要离开，为什么要这样越洋过海?

那“夜航船”，是驶向未来的一个隐喻。杜拉斯的一生就像在这黑夜的船上，尽管孤独无助，还要乘风破浪地爱，写作。

实际上，无论是杜拉斯这样的女人，还是芸芸众生，一生都在不断地离开和丧失，亲人、朋友、一切熟识的和陌生的事物，都在不断地离开。多年后，杜拉斯在写作中给这哀伤多少找到些安慰，给失去的东西以形状，给所有似乎已经失去、迷失或被来自黑夜的风吹走的东西以意义。对于杜拉斯，写作如果仅仅是讲故事，就没有太大意义，她写作，是为了发现。她要用写作的光，照亮一个人的黑夜。

杜拉斯一生经历的那些艳情，除了和扬的这段，在时光的默片中，最后的镜头都是分离和孤寂，是余下一个人在漫长的黑夜，收拾爱的残局，生命的残局。这些生命中的黑洞，这些停留在身体里的情与痛，像风雨，像黑色的河流，袭入杜拉斯的作品，成为杜拉斯小说和电影的底色。黑色，是欲望和深渊的颜色，是杜拉斯迷恋或者无法避开的颜色，在影片中，杜拉斯时常用深不可测的黑夜，表达那些无法述说的心境、无边的孤寂或者幻觉。就连杜拉斯持续不倦地阅读的作家——波德莱尔、兰波，也都是藏有黑暗的作家。

真正陪伴了杜拉斯一生的，是她的写作，和写作的心境。

在完美的世界中，人是不需要写作的。作家大多是在大庭广众之中感到不自在的人，总是感到和周围的相异性，青年时代的杜拉斯在和社会接触时也是这样，她在《物质生活》里讲：我从未到过我会感到自在的地方……由于各种原因，我整个一生都蒙上羞耻。她在《副领事》里写：我懂得凡事都是虚空。虚空的虚空。

为什么写作？作家们会有千万种解释，但有一种，或许是每一个真正的写作者最后要走向的，就是关注人存在的艰难，使这存在变得有尊严。我想，杜拉斯肯定悟透了，如果没有写作，人生的那些残局，那些欺骗，那些不断的丧失，会变味成什么？ 又会留下什么？

杜拉斯一生都在告诉自己，写作吧，这是你的命运，你唯有写作。

> 我写书时，书已经成了我的生存目的。
>
> 我明白我独自一人与写作相伴，独自一人，远离一切……身体的这种实在的孤独成为作品不可侵犯的孤独。
>
> 我的写作，我始终带着它，不论我去哪里。
>
> ——《写作》

杜拉斯的那些写作理论，也都是从她的身体里，从她写作的漫漫长夜里生长出来的。 那些激烈的话也应该称为理论，是一种更具活力或杀伤性的理论。

关于两性之间，杜拉斯曾有很放纵的格言：如果你一生只和一个男人做爱，那就是你不喜欢做爱。 她以充满欲望的身体为荣，她曾说：爱，那是一种激情，或者说它什么也不是。 在每次的情爱故事中，杜拉斯也是让身体彻底自由。 扬在《我的情人杜拉斯》中写，这个女人强迫他爱她，完全爱她。 怎么可能有这样野蛮的自由，他从来没见过。 这个身躯在请求，想享受，几乎是在恳求：吻我吧。 她让我明白了肉体存在。 她珍惜生命，好像每时每刻都是捡来的一样。 非常紧迫。 似乎明天将不存在，似乎已没有未来，好像必须永远生活在现在。

但是，作为作家的杜拉斯，爱的永远是爱情本身，而不是任何一个男人。 她哪里能找得到一个能经得起她爱的人？ 她说，爱就是在自己心中保留一个等待的地方。 她更喜欢爱情产生时所带来的东西，喜欢发现爱情时所产生的热情，喜欢初恋的夜晚，爱情使人加深了对那些夜晚的了解。她把写作和爱情永远放在一起说，她的那些或中断或成为神话的爱最后都留在了作品里，它们在作品里生长，令世界各地的读者看到它们绿色的生命。作品，才是作家的爱最终的归宿。

参阅书目：

①玛格丽特·杜拉斯:《杜拉斯文集》,许钧主编,春风文艺出版社,2000。

②劳拉·阿德莱尔:《杜拉斯传》,袁筱一译,春风文艺出版社,2000。

③克里斯蒂安娜·布洛-拉巴雷尔:《杜拉斯传》,徐和瑾译,漓江出版社,1999。

④玛格丽特·杜拉斯:《外面的世界》,袁筱一等译,漓江出版社,1999。

⑤玛格丽特·杜拉斯:《写作》,桂裕芳译,上海译文出版社,2005。

⑥玛·杜拉:《物质生活》,王道乾译,百花文艺出版社,1997。

⑦钟文音:《巴黎情人》,中国旅游出版社,2005。

⑧阿兰·维尔贡德莱:《真相与传奇》,胡小跃译,作家出版社,2007。

⑨贝尔纳·阿拉泽,克里斯蒂安娜·布洛-拉巴雷尔著:《解读杜拉斯》,黄荭主译,作家出版社,2007。

罗丹Rodin's Quotations语录：

要有耐性啊！ 不要向往什么灵感，它是不存在的。 如诚实的工人一般，努力你的工作罢。

（创造性的）工作是我们生存的意义与幸福。

艺术是无法教会的，除非他自己去实践。

宗教、艺术和对自然的爱——这三个词对我来说是同义的。

忧伤，正如纵情欢笑一样，作为生活中有力的部分，不可排除。

对人类天才的赞赏能够把精神不断带到更高的境界。

03 天堂的，和过于尘世的

——因为你爱上了罗丹

卡米耶·克洛岱尔(Camille Claudel, 1864—1943),法国天才雕塑家,她把自己那些被禁止的幻想表现出来,是第一个从内部进行雕塑的创造者。卡米耶的大量作品都被毁掉了,少量幸存的作品,如《沙恭达罗》《窃窃私语》《罗丹铜像》等,可见史诗般的风格。她的《罗丹铜像》,以霹雳一般的概括风格,纯净有力地突现了大师其人。

卡米耶的出现,修正了罗丹对女性的看法,促成了罗丹的创造顶峰和一段辉煌的艺术史的到来。

我知道罗丹很多年以后，书架上放着不同时期买回的《罗丹艺术论》《罗丹传》等，但直到去年春天，我才注意到卡米耶·克洛岱尔，教变态心理学的朋友赵山明教授告诉我，他把电影《罗丹的情人》，作为教学片推荐给学生看。他没有提她的名字，他说“罗丹的情人”。有时就这样，她在你的书页里，在世人眼光达不到的地方，早已存在，但是你注意不到，直到有一天某个契机出现，你才去注意她。

然后她就成了我写作必须面对的一个问题，我写作的师兄汪淏曾说，我们一年一年把想写的东西写了，等把最想写的写完了，这一生也就差不多完了。人生不过百年。这个世界上，对美的身体最具发现力的眼睛之一——罗丹先生曾说，真正的青春，洋溢着清新的生命力，显着骄矜之概，只有几个月，变迁极速。我想了解的是这速逝的美丽，到底在怎样推动着艺术史，怎样激荡着男性艺术家渐次或蓦地打开天眼？这美丽转化到艺术的最深处之后，我们怎样面对这艺术之外的一切，在天堂的，和过于尘世的之间，该怎样搭建适于人性的线索？

速逝的美丽，对于艺术史

20 世纪最著名的自由主义知识分子之一以赛亚·伯林，在他的名篇《刺猬与狐狸》一文里讲：“一般所写历史，多以‘政治’—公众—事件为首要事件，而遗忘精神—‘内在’—事件；然而，一望可知，‘内在’事件才是人类最真实、最直接的经验；追根究底，生命由而且只由‘内在’事件构成。”艺术史的内部逻辑亦是，大师和他的杰作遮挡了一切，我们很容易看见这些，至于这一切是怎样到来的，有多少爱的重伤、祭献与毁灭，我们很不容易看见，很不习惯去想，这人类生活中灰冷的调子，这艺术史里被掩埋的部分，我想它是天才精神传记的一部分，也是艺术的粮食。

那个时代，也就是 19 世纪末，雕塑只是男人的职业，女性尤其是年轻女性是不允许接近任何男模特的。具有火一样气质、钢铁一般意志的卡米耶·克洛岱尔，视雕塑为自己的天职，冲破母亲的阻挡，由赏识她的雕塑家布歇介绍，来到巴黎罗丹的工作室。

这个酷爱黏土的姑娘，自行打开了雕塑的大门。

这时的卡米耶不满 18 岁（说法不一），被梦幻包围的年轻的脸，眼神里蕴藏着伟大的梦想，有种庄严和神秘的气息。属于罗丹所认为的“真正的青春”。这时作为雕塑家的罗丹，已经声名远扬，但是内心相当孤独；作为男人的罗丹，经历了四十多年的困苦生活，已略有疲惫，他惊异地发现卡米耶与自己有着共同的艺术感觉和相似的想象力，并且美得狂野，他从未在任何女性身上看到过这种天生的叛逆，她从不梳妆打扮，黑色的连衣裙，除了自己的工作外就没有伙伴了。和罗丹一样，卡米耶属于天才的性情，高度专注，视工作为至境，在这个世界上，她只迷恋黏土和爱情。罗丹怎能抵御这突然而来的风暴？由狂美和才情汇成的风暴。

在卡米耶的眼睛里，这个男人螺旋状打着滚的胡须，坚强有力的头颅，宽阔厚实的胸膛，尤其是他那一双雕塑家的手，太魅惑，太神奇，也太如深渊！

这样两个人相遇，不发生故事是不可能的，相爱，相毁，或者别的什么情感事故，总之要发生。上帝创造这样的人，是要他们违规，而不是守约和趋于完美。他们相遇，并且极大地违时代之规，违现实伦理之规，违艺术之规，像一枚炸弹，投进他们的时代，投进艺术史，注定要闹出声响的。绝非刻意，是天才的内火使然。天才之间的事件，一旦发生，就不纯属个人，它更属于艺术史——塑造艺术史的灿烂辉煌。

对于雕塑艺术家，启迪灵魂和启迪肉体几乎没法分开谈。卡米耶的出现，让罗丹意识到自己是一个有很多渴望的男人，于是，他们时常从工作室里同时消失，在当时，与一个未成年姑娘恋爱，是要跨越社会障碍的，对罗丹而言，好不容易建立起来的社会地位，很可能会无可挽回地丧失。半个世纪以后，惊世骇俗的毕加索，和情人玛丽-泰雷兹·沃尔特的关系，都绝对地保密，直到她21岁以后。

天才总是要失控的，一般人更需秩序、体面地生活。脾性暴躁、野性激情的罗丹，在他天才的性情里，走向一个个女性的身体，如同走向他的艺术品。在和卡米耶激情爆发的那些年，罗丹塑造出一批心醉神迷、激情荡漾的作品，其情欲的强度令那个时代一片哗然。也许本来就该到了这样的至境，也许是卡米耶促成了这至境的到来。他这个时期的作品，你能听得见整个人体都在呼吸，在流泪，听得见人体所孕育的千言万语。

卡米耶的弟弟——保罗·克洛岱尔，后来的诗人、剧作家、艺术评论家，来到罗丹的工作室，发现工作台布下盖的都是刚塑成的姐姐的头像、胸像时，惊讶、伤悲还是感慨？他把脸贴在上面，像罗丹的雕塑一样，他的整个身体都在痛苦、忍耐，也许冥冥中他看到了姐姐未来的命运；这个渴望成功的年轻人，渴望成为世所公认的诗人，也许比他的姐姐更能领悟人世和艺术的那些光与影。这些群像中，有今天我们熟知的那个《沉思》，她的头微微倾侧着，向自己的深处倾听，幻想的光芒笼罩着她，有超离人世之感。谁能忘记这奇特的作品呢？诗人里尔克在《罗丹论》里赞誉：这是一个从石头里突出的凝神默想的头。她的腮部以下完全埋在石头里，那张从汗涔涔的浓睡中缓缓苏醒的脸，晶莹明净，充满生命力。

卡米耶的身体里有着罗丹所顶礼膜拜的东西，它的外形如此漂亮，还有那从身体里将它照亮的熊熊烈火。上流社会的女人和女模特，尽管她们的肉体也许华丽光彩，但是，她们的嬉戏只能使他倍感孤独。他很少能够看到一个女人对性爱的反应是如此敏感而强烈，还有那身体里升起的忧伤，像青春一样有力，与他身心的激情形成对话。这性爱之中的身体，天光下雕塑转盘上的身体，迷住了他赞赏的目光。卡米耶的脸庞和身体，出现在他这一时期的许多作品中，如《吻》《永恒的偶像》《永恒的春天》《黎明》《法兰西》等，在《地狱之门》中，也有卡米耶的影子。

罗丹这一时期的作品，以形体动作来表现绚烂的爱情与身体的沉醉，欢悦的冲动与命运之中的痛苦。如《吻》，两个急喘着的身体似乎已预感到他们心魂所要求的结合在事实上的不可能，幻梦引领着身体飞扬。还有《永恒的偶像》，诗人里尔克曾经把耀眼的词汇赋予它——在它的无名的光辉里，这作品有几分炼狱的意味。天堂近了，却还未达到；地狱相去不远，却还未忘掉。

那个时代，法国杰出的心理学家比奈，在《罗丹：激情的形体思想家》一书里讲，卡米耶的出现，修正了罗丹对于女性的看法，女性形象在罗丹的作品中日益重要。罗丹曾说，没有比人体的美更能激起感官的柔情了。我们在人体中崇仰的不是如此美丽的外表的形，而是那好像使人体透明发亮的内在的光芒。他在工作中学会赞美女性。

还有《巴尔扎克》，那是罗丹和卡米耶共同的拥有，是在他们的恋情扭结在一起的岁月里不断修改创造的，他们曾一起游历巴尔扎克的故乡，在他的作品、书信、画像中来回穿梭，尤其是罗丹，为这座雕像不知辛苦了多少年，他被巴尔扎克的精神所浸透，才去构思他的外貌。他不仅仅是作家巴尔扎克，更是预言家、观察家、蕴藏着大自然力量的巴尔扎克。诗人里尔克评价："罗丹赐给它的伟大，也许超过作家的本来面目。"罗丹说："我想起他艰苦的劳作，他一生的艰辛，他不得不战斗不息，他可叹的勇气……"这个《巴尔扎克》简直就是罗丹自己，罗丹为这座雕像，还曾遭拒绝和非难，不被同时代人所理解，文艺家协会认为很难认出巴尔扎克的形象，而拒绝了这件作品。被拒绝，总不会是快乐的。罗丹曾说："没有一个人可以在不受伤害的情况下为人类作出贡献。"后来，这个《巴尔扎克》塑像，罗丹拒绝任何人订购，决定自己保留。这是对心爱之物最心疼的怜惜吧。

后来他们关系破裂，丧失了卡米耶，同时也使罗丹内心丧失了此前使他一直不甘心接受失败或认命的动力。在罗丹生命的后20年里，至少在完全能控制自己智力的10年里，再也没有尝试像《巴尔扎克》那样大胆的丰碑式的创作，再也没有那样突破自己的雕塑，突破自己惯常的要求，突破他那个世纪的创作——或者说，违规的创作。当然，这里可能也有随着生命力衰减、艺术创造力下降的因素。

时光验证了传记作家的预言："未来将牢记罗丹的违规之作，而不是罗丹向完美靠拢之作。"（《罗丹传》）这违规之作，与罗丹在情爱中的违规是同时发生的，或者说，部分是与卡米耶或天堂或过于尘世的关系的表露。当年的罗丹作品展，惊讶的人群议论着：“爱给了他翅膀！”

卡米耶自己的大量作品都毁掉了，少量幸存的作品，如《沙恭达罗》《窃窃私语》《罗丹铜像》，可见史诗般的风格，尤其是她把自己的生命情感都表现在了雕塑上，这是一个被命运甩得疼痛的雕塑家，她在她的命和痛里雕塑。她从来就没想过外界需要什么，她连自己的命都不会保护，这个过于纯洁的雕塑家，像花朵一样，是这个世界上最单纯美丽的事物。

卡米耶是为罗丹塑像的第一人，她的《罗丹铜像》，以霹雳一般的概括风格，纯净有力地突现了大师其人。十多年后，里尔克成为为罗丹写传记的第一人，他的《罗丹论》，以其耀眼的笔触突现了其作品。它们一起，以无与伦比的品质，进入艺术史，进入后人的眼睛，使我们能够直抵大师的心灵和艺术。

《罗丹铜像》也是他们爱的信物，是他们爱的顶点。从此，这爱衰落破碎，像从高山上滚下的巨石，这破碎的声音在他们后来的作品里回荡，如卡米耶的《成熟的年代》《飞舞的神祇》，罗丹的《恢复健康的女人》《炉火前的女人》《永别》等。

多少年后，两个艺术家在彼此的作品前都流下了眼泪，卡米耶在《恢复健康的女人》和《永别》前，罗丹在《飞舞的神祇》和《成熟的年代》前，流下了眼泪。他们知道他们的生命，他们的爱与痛都已经融在其中，这些作品见证着、保存着已逝的爱和生命中那些深入的奥妙。在这些石头上面，他们已经表达了一切。这，才是他们真正的爱的王国，是在他们之间不断延伸的聚散离合……

作品一旦被创造出来，就不再仅具私人性，而是属于人类共有，属于艺术史。他们之间的聚散离合也不再仅是个人事件，而是带着象征和启示意味，进入我们后人的生活。

卡米耶曾经说过，如果我不再雕塑，不再实现自己的梦想，我和另外一个女人有什么区别？她指的是罗丝，这个陪伴了罗丹一生的女人，没有名分，也没有太多的被尊重，当青春与美丽在她身上消失以后，她就拼命守住和罗丹的那种关系，不是夫妻，也不是情人，有一个酗酒的儿子维系着，那种惊恐、不美好的生活已经刻在罗丝中年以后的脸上，成为她的表情。罗丹在世的最后一年——1917 年，在老友的安排下，娶罗丝为妻。半个月后，她带着这迟到的名分去世（在法国这名分也许并不重要），半年多后，也就是这年冬天，罗丹冻死。恐怕只有艺术家，尤其是法国艺术家，才有这样悲喜剧交织的人生。

卡米耶不会成为罗丝，罗丝太普通，是一个无条件的奉献者，是大师生涯中的祭品，结果卡米耶比罗丝更惨，在疯人院里度过生命的后三十年。

罗丹喜欢天下所有奇异、美丽的女子，除了卡米耶、罗丝这两个与他命运深刻相连的女人，他还与一些女模特有过肌肤相亲的关系。对于一个激情的形体艺术家，情境中的触摸或性，也许是自然的。像其后的毕加索和马蒂斯一样，罗丹“懂得自己为什么、怎样迟迟才能成为一种不可摧毁的幸运的动物”。他们打破规律之规律，打破生物学偏见，保持了不受年龄限制的活力。（《罗丹传》）

朋友艾云曾在电话中感叹：“谁能穿透生命最后的谜底？”我想这些天才男人，以其到了晚年依然旺盛的生命本能，以其超出常人无数倍的复杂性体验，他们穿透了更多吧；同时，他们在艺术里表达出这种穿越和生命的秘密。

为何会有爱的重伤

罗丹看了卡米耶的第一件作品后揣测，“这只能是一只稳定的、充满睿智的手，才能将现实抽丝剥茧地揭去面纱，完完整整露出它雄伟壮丽的本来面目”。 多少年后，罗丹说，实际上，她确实是个艺术家，只是还没有被人所了解罢了。 同时代的雕塑界经纪人莫拉尔特，曾为卡米耶正名，“卡米耶·克洛岱尔小姐与其说是个女人，不如说是个艺术家，是一位大艺术家，她的作品给予了她极高度的尊严”（《罗丹传》）。

卡米耶的弟弟、诗人保罗·克洛岱尔说，卡米耶是第一个从内部进行雕塑的创造者，即她将自己那些被禁止的幻想表现出来。 在罗丹和卡米耶的作品中，常常有对方的影子或以对方的风格出现。

卡米耶的父亲曾感慨：这孩子的眼神令人敬畏，显出一种任何力量也无法改变的钢铁般的意志。

诗人保罗·克洛岱尔曾经这样描述他的姐姐：傲岸的额头下面是亮丽的眼睛，深蓝色世所罕见……浓密的栗色头发披拂，垂至腰际。 神态给人的印象是勇气十足，有优越感，逍遥洒脱……

然而，却有这样一个时刻的到来，他目送姐姐被押到开往疯人院的车上，透过玻璃窗，那挣扎的眼神令人心碎，他默默地告诉自己和上苍：“天赋和才华并没有带给她什么，她一直都是那么不愉快。”

她给我们留下了永远的遗憾！ 她撕裂了灵魂、天才、理性、美貌、生命，还有姓名本身。

她为什么毁掉了？

这不仅仅是一个天才女人的问题，也是两性关系中具有普遍性的问题。

他们是怎样从天堂坠落的

他们有过天堂时期，但很短暂，这短暂的时期过后，对于卡米耶，余下的是漫长的炼狱。

二人关系达到顶峰，罗丝对卡米耶发出伤害性的警告，这时的卡米耶像一个普通姑娘那样向罗丹提出简单而决绝的问题：选择吧，我还是罗丝？ 结婚！

这时的罗丹刚看到卡米耶为他塑的胸像，他正在为这雕像而震惊，卡米耶的问题让他很撕裂，他说：爱可以有不同的方式。给我时间摆脱她，罗丝她现在病着。 罗丝陪伴他一路走来，尤其是罗丹年轻时很绝望的那段，这个天才男人也像一般男人那样，不忍心伤害这个已经没有什么魅力的女人。 但是，这不影响他喜欢别的女人，他很想长时间与这两位女子为伴。

他反复说一个词“Peace”（安静，安宁），这个词，是成功型的中年男人最需要的，除了最重要的工作，他无暇顾及别的。他要安宁、从容地工作，他每天都像旋风一样，走路、工作，哪里愿意生活中起风暴？ 内心的风暴有助于创造性生活，而外部的风暴只能伤害这乘风破浪的创造性时日。 他已处在不愿选择、都需要拥有的年龄，他不要彻底，不要单一，要的是暧昧和丰富，要的是所有有助于他创造、有助于他飞升的生活。 如果你非要让他选择的话，出于男人最理智、最本能的选择，就是他不选择。

太年轻的卡米耶怎能容忍，这太模棱两可、不即不离的答案。

于是，她选择离开。 从天堂坠落的日子从此开始。

卡米耶离开罗丹工作室，从当时她创作的名叫《成熟的年代》的作品中，一个人依依不舍，另一个人断然拒绝又略带悲伤的神情，可以看出卡米耶当时的心情。 关键是，年轻纯粹的卡米耶，她控制不住命运的缰绳，她不能够做到她所说的，“我希望我从来也不曾认识你”，实际上，她为摆脱罗丹的阴影，用了整整一生来挣扎。

她不能摆脱罗丹的阴影，因为他已经太强大了，这并不是罗丹的过错。 问题更在于卡米耶。 她爱得太完整，太纯粹，太没有一丝松懈。 这爱的弦上得太紧了。 这是年轻的爱，自然的爱，纯爱！ 在爱之外，这世界对她已不存在，包括工作、雕塑，这期间她也有不少作品，都是她在非理智的状态下，不分昼夜，拼了命去塑的，但是她在伤心绝望至极时，拼了命地把它们推倒，砸碎，埋葬。 这才是最致命的。 只有女人才会这么干，多数男人绝对不会，这就是差异。 罗丝这样总结罗丹：“他只把一件事情看得最为重要，那就是他的工作。”

一旦对艺术的爱具体化为对一个天才男人的爱

卡米耶的母亲曾经歇斯底里地哭诉：她已经用泥巴、胶泥搅乱了我们的生活……

最初卡米耶酷爱黏土和雕塑，和弟弟保罗一起憧憬着未来艺术之路上自己的身影，她的父亲在理解的基础上爱她，支持她，让她到巴黎学习雕塑，还有她的老师——雕塑家布歇先生，都相信她将是肩负天职的天才雕塑家。

18 岁的卡米耶来到大学街的罗丹工作室，那里正值《地狱之门》创作的高潮，大厅里工人们推着工具车在各种物件中穿梭奔跑，一片敲击声，那沸腾的工作旋涡，她不太懂；尤其是那些她从未见过、从未接近过的肉体感官之升华的作品，目睹被模塑的躯体的战栗，已完成的雕塑和正在诞生的雕塑的战栗，她有些头晕目眩；这一切后面的那个领衔人，更强烈地吸引着卡米耶，他那双雕塑的手，带着暴力，带着疯狂，也带着最细腻的柔情。他的穿透一切事物的目光，他的一切从属于雕塑的天性，在卡米耶眼里，都是艺术的尺度，都变成了艺术本身。出于火一样的气质，卡米耶必须触及、参与，参与工作。

这工作，在某些情境中，很可能滑向爱，艺术本能还是爱的本能、生命本能？真的很难区分，或者本来就是一体。现代舞蹈家邓肯曾这样描述和罗丹的邂逅，她在自己的排练房里为他表演舞蹈：

> 我停下来给他解释我那套创造新舞蹈的理论，可是很快我就发现他并没有专心听我讲，而是低垂着眼睑盯着我，双眼冒着火，那表情就像面对着他自己的作品一样。接着，他朝我走过来，伸手抚摸我的脖子和胸部，轻轻捏了捏我的双臂，然后手又滑过我的臀部、我赤裸的腿和脚。他开始像揉捏粘土那样揉捏我的身体，他身上散发出的热焰就要把我烤焦、把我熔化了。
>
> ——伊莎多拉·邓肯(《我的爱　我的自由》，文化国际出版公司，2002)

那时罗丹已经六十多岁，他们的相遇，也是罗丹晚年最丰富的经历。这个雕塑艺术家，伸向女性的手，也是伸向塑泥的手，那个时刻谁也打扰不了他，即刻他就能进入某种非现实之境。他沉醉地接触女性的身体，更是感触、发现未出世的作品。

他和卡米耶在一起时，类似的场景经常发生，关键是这个男人，在爱，也在艺术，准确地说，他更沉迷于艺术，沉迷于由爱激发的灵感；而卡米耶却更沉迷于爱，这是所有女人的共性。其实，爱也罢，恨也罢，只要你还在做你喜欢的、你有能力做的工作，你就不会彻底毁掉。致命的是，女人常常把男人当成全部的生活，无论是自觉还是不自觉，一种惯性推动着使女人深深陷入。譬如，卡米耶，离开了罗丹，她也在工作，她曾发誓要为自己工作，事实上，她基本是发泄式地工作，无度的悲伤，无度的疲劳，无度的酗酒，生活彻底失去了控制，她更是在败坏自己的青春和身体。时光飞逝，又失去了青春的无畏，她的脑袋，装载了太多对往事的回忆、耽误的工作和种种忧虑。渐渐地，爱就化为怨恨，怨恨会从内部败坏一个人。她离群索居，坏情绪像毒素一样生长着，使她没有理智管理自己，没有理智完成欣赏她才华的人送来的订单。

在贫困和孤寂中，卡米耶真正感到了自己是个被遗弃者。

为什么感到委屈的、被遗弃的总是女人？因为一开始你就把自己置于被动的位置，在这个世界上，谁能抛弃谁呢？如果你我精神上、经济上、能力上，都是独立的，自足的。

女人总以为男人就该如山一样可靠，无论是女人，男人自己，还是社会，都要求男人像个男人的样子，实际上男人在本性上未必如此，如波伏瓦在《第二性》中讲的，女人是培养出来的，其实男人也是，但未必都能被培养出来。看看我们今天这个时代，尤其是知识、白领阶层，拒绝婚姻的女性越来越多，也就是说她们对男人的期望在很大程度上得不到兑现。当然这里有很复杂的因素。

卡米耶像要求一个普通男人那样，要求罗丹属于她一个人，朝朝暮暮在一起。天才男人是不愿意承担日常伦理的，这一点，年轻的卡米耶认识不到。他们年龄的差异，使卡米耶把来自人性的那些等同于道德品质去诘问，去伤心。同时，因为他是个天才男人，卡米耶才仰慕他，迷恋他，爱他，把他当成了艺术的化身。和卡米耶在一起，罗丹不是那么放松，他担心她对他做出判断，担心她有一天不再仰慕他。

那时他们还相爱，罗丹曾戏言：

> 如果我把所有(工作中)的秘密都告诉您，您会杀死我的，并且取我而代之，您将名扬四海。您的确是个天才，可惜没有为天才准备的教程，也没有经验教训可循。
>
> 您把我的肩膀做成了和阿特拉斯一样强壮。可不幸的是，我根本不可能像他那样托起整个世界。您适合跟随米开朗琪罗，而我不是。
>
> ——《罗丹的情人》

罗丹讲出了同类男人们的心。

卡米耶那种固执、伴她至死的舍我其谁的气势，只能托付给艺术；托付给任何一个男人，都可能是不幸的，更不要说托付给绝对不可能属于某一个女人的罗丹，天才的性情注定了他属于很多女人。

女人总以为“爱”就在那儿，是有形的，固定的，其实爱是变动不居的，像水，像风一样，随时在变化，或者在消逝。谁也不能以曾经要求今天。不得不承认，自然关系中，两性之爱非常脆弱，婚姻家庭另当别论。卡米耶曾经的美貌和才华一样耀眼，而今一切都变得黯淡，还有怨恨毁坏着一个人身上的美好，卡米耶的弟弟说："他俩的分手，是我姐姐以其可怕的暴躁性格和凶恶的讥讽禀赋加速促成的。"

一个人首先要爱自己——自我呵护，自我塑造，才能以一个美好的造型和心态去爱别人，也许，只有爱过，绝望过，又开辟了新生活的人，才能够这样明智。最初的爱，怎么能够这样清晰？伤痕累累以后，才真的懂得爱。几年前，我读《罗素自传》，那个细节，像从天边突然而至的闪电，让我一下看清了"一个世纪最具思想的头脑之一"，其情感生活的真相。

> 一天下午我骑自行车外出，当我正沿着一条乡村小路骑行时，我突然真正认识到，我不再爱艾丽丝了（罗素的第一个妻子）。而在此之前，我甚至没有察觉到我对她的爱正在减少，这一发现所暴露出来的问题十分严重。
>
> ——《罗素自传》（第一卷）（商务印书馆，2002）

爱和不爱的感觉都是非智性所能把握的，当我发现《西方哲学史》《数学原理》的作者也是这样，就知道真的不需要再验证了，这样缜密的头脑，尚且如此。当时，我感到单薄的身体裹不住心脏，把握不住一切，靠不住一切的那种心慌，但我知道，把握最彻底的事实真相，自我拯救才能更有效地开始。

因为你没有像男人一样工作

罗丹曾不止一次地说："你要像一个男人那样雕塑。别担心，你一定会成功。”假如卡米耶真的像一个男人那样雕塑，包括像一个男人那样为获取外部的成功做不懈的努力，那一段艺术史恐怕要重写。

也许男人更了解人类生活的运行规则，卡米耶的父亲曾悲伤地、一字一句地告诉卡米耶：自从你和罗丹在一起，你就没有自己的作品了！ 你要永远——有自己的作品！ 你要自己——是个天才！

卡米耶太年轻，并且正在热恋中，怎能明白这些话所包含的命运？ 她说，我在工作。 事实上，她没有为自己工作，她在为罗丹做着基础性的工作。 很多时候，女人就是这样一步步踏空的，在爱的奉献中，她失去了独立生活的基石，当有一天她发现这爱已不在，她已经太被动了。 一个太被动的女人，从内心到外形都已经没有了自信的光亮。 这时的卡米耶，有一次跌跌撞撞回家见到风烛残年的父亲，父亲在那坐着，冥冥中看着女儿将继续失败下去的一生，卡米耶伏在他的腿上愧疚地绝望地哭，她失去了一切，青春、时光、无畏的梦想、坚定的信心。

这一切已经无可更改。 伤心和谴责又有什么意义呢？

拯救只能从自身开始，譬如，工作，尤其是创造性的工作，与外部生活建立起适合自身性情的通道，为什么我们不可以像男人那样工作呢？

20 世纪的曙光初现之际，诗人里尔克来到罗丹工作室，成为罗丹的秘书，为写《罗丹传》，同时也是向罗丹学习怎样让艺术诞生于“工作的过程中”。 阴柔气息太重的里尔克，需要看到罗丹的力量和意志，罗丹的工作方式，来治疗自己思想无法集中的毛病，使自己不再白白等待灵感突发。 罗丹无须这样苦苦等待创作的灵感，工作起来总是一气呵成，边工作边从工作中汲取力量和灵感……

里尔克眼睛里的罗丹，每天早晨都有塑模和大理石等着他，催他干活；他的工作室，几乎到处都是石膏像。那简直是整整一个世纪的作品……是劳作的硕果。“罗丹在一个极度精神集中、悲剧性夸张的瞬间看见了《巴尔扎克》，就这样，他创造了他。”那劳动进行在工作室里，在脑子里，在黑暗中，他的一生光阴流逝犹如单单一个工作日。

罗丹在《法国大教堂》里写，“观察和劳作引我走上了正路。在我努力的过程中，我抓到了大师们思想的含义”，“只有通过理解才会产生激情，而并非基于感觉上突发的激动。要逐步深入地感受，要有持久的爱。理解不需要太快，慢慢地前进，才能在各个方向上提示预见性”。教科书上才讲灵感，把天才讲得很神，很夸张，事实上天才诞生于漫长的劳作，年轻的眼睛怎能看见，一个真正的雕塑家，也是一个热爱材料的打石工？到了一定年龄我才明白，无休无止的耐性也是天才必要的禀赋。里尔克跟随罗丹，为学习这耐性，这劳作。各种类型的天才男人，都能够用坚定的意志，清晰地、一土一石地锻造梦想。艺术史理应把最炫目的位置，给予他们——创造出了杰作的人。

实际上，卡米耶在离群索居的日子里，用伤残的心创作了大量的作品，其中包括《成熟的年代》《华尔兹》《壁炉旁的女人》等，渐渐闻名于世的诗人兼外交官——保罗·克洛岱尔，从国外回来帮姐姐举办大型个展，这本来是一次改变卡米耶命运的机会。突然出现在展厅门口的卡米耶，举着酒瓶，穿着夸张的劣质的衣服，脸上涂着厚厚的脂粉，讲着很不适宜那个场合的话，贫穷和伤心已经毁掉了一个人的容颜和信心，她把自己搞得不伦不类。整个展厅顿时一片哗然，蒙羞的弟弟悄然退去。保罗·克洛岱尔和卡米耶的发行商精心策划的这次展出，以令所有人失望的结果收场。

以后再也不能了！卡米耶疯狂地毁掉了自己的全部雕塑作品，这时她彻底地绝望了。

社会对女性有更感性的要求，一旦女人失去了看得见的美好，这个社会就不再对她感兴趣。罗丹曾说：还有比失去美更为严重的事情吗？当然这出自某种语境，事实上也是社会对于女人的要求。

毁掉卡米耶的，还有世人的势力与偏见，卡米耶最初出现在罗丹工作室时，那些男人划破沉寂的声音是："一个女人！"一阵哄笑，"长得还挺漂亮"。后来，无论卡米耶怎样努力，在众人的眼中，她仅仅只是罗丹的学生，还有就是罗丹的情人，整个上流社会都站在名扬天下的罗丹一边。卡米耶在这位大师的阴影里挣扎一生，这是和天才在一起的女人们普遍的命运。

相对于男人，女人在身体上总是律己，虽然也有异数，如杜拉斯，但世所罕见。两性自身的差异，和社会生活对于两性不同的期待，促成女性生活的局限性。

卡米耶本来可以有另外一种生活，另外一种命运，但她回避了，拒绝了。

她和钢琴家克洛德·德彪西，曾经有过闪亮时刻，但她不能如接受罗丹一样接受另一个同样独异的男人，德彪西看到卡米耶的眼睛深处，有一种走投无路的野兽般的光芒。卡米耶的作品《华尔兹》，表达了这段极其短暂的恋情：一对迎着死亡的微风踢踏起舞的男女，一种令人心碎的哀伤，如此令人心碎，以致她只能从死神的怀抱中来，或者从比死神的怀抱更为忧伤的爱情的归宿地而来。

卡米耶的身体为什么不可以再爱？ 我以女人的身心应答这个问题时，我感到来自身心内部的隐痛。

这座《华尔兹》，是卡米耶送给德彪西的礼物，爱还没有展开，就永远凝聚在了这座雕塑里，德彪西把它摆放在自己的壁炉台上，直到去世。 可见德彪西心之所系。

无论是作为女人，还是作为艺术家，卡米耶都是极其孤寂的。 三十年，没有书籍，没有泥塑，没有最基本的生存保障的精神病院生活之后，1943 年秋天，她在巴黎远郊的一家精神病院离世，身边没有一个亲人，墓碑上刻着号码为 1943—N0.392，这是一个精神病患者的代号。 无声无息地离去，如哈姆雷特说的最后一句话，“此外仅有沉默而已”。

保罗在姐姐的墓前悲凉地说：“卡米耶，您献给我的珍贵礼物是什么呢？仅仅是我脚下这一块空空荡荡的地方？ 虚无！ 一片虚无！”

多年后的今天，如果我们尊重这个天才女人的才情和艺术，我们应该这样简洁地称呼她：卡米耶·克洛岱尔，雕塑家。

创造者的道德豁免权问题

一个傍晚，在写作的缝隙里，我到附近的那家咖啡馆犒劳太累的自己。 在大厅的琴声里，我向穿梭的人群望去（那是遥远的无所顾忌的疫情前时代），我想起我的那些正在成形的文字，想起里尔克对罗丹深深了解之后所说的：只有这样的生命，才能产生那么丰富的行为，才能青春永健，不断地向着崇高的功业上升……随着年龄的增长，我已经不要求彻底、纯粹，而是理解了瞬间、丰富和暧昧，我甚至认同了罗丹，他要劳动，他的手、他的目光、他的身心都向塑泥而去，向他的那些未成形的作品、未成形的幻想世界而去，哪有时间拖延在俗世之中？即便是爱——秩序之外的爱，也会成为负与累。

我居然有些心疼起罗丹这个男人，这种男人。这样想着，我就流了泪。我知道自己已经不再年轻，年轻的自己也像卡米耶那样，要求爱的完整和彻底。在不懂得珍惜自己的生命时，在爱的幻影里——我们爱的很可能是心中的幻影，自伤、自毁，自我牺牲就有可能发生；因为一旦幻影破灭，早晚必然破灭，你爱的理念就随风而逝了，在这个世界上，突然找不到爱之信物的那种空，那种不堪承受的生命之轻，让人虚飘起来……

平时嘈杂的人声令人心烦，现在琴声笼罩了一切，穿梭的人影就有了种非现实的性质。在琴声里，一切都游动起来。这样的时刻，我感到艺术在日常生活中是那么重要，它让一个人在此刻能享受人生，把你从日常中拯救出来，进入一个默想与梦幻的境地。

在创造性的生活里，渐渐理解创造者的甘苦之心。几年前写作的朋友艾云讲福柯时，提出创造者的道德豁免权问题，当时这个问题在我的心里，还像一团雾，因为有一些并列的问题，是我那个时期想不透的，如：以艺术的名义就可以容许一切吗？怎样面对被天才伤残的心？

在时光飞逝中，以及和艾云的多次交谈中，我明白了很多问题是不可以搅在一起的，创造性的男人和女人，他们本身都不可能承担双重使命，既创造又使生活美满。如果以一般道德标准与之相处，彼此会是伤痕累累，也是对于天才的摧毁。不是说创造者有道德优越权，而是因为，真正的创造本身类似于某种信仰，他创造出来就是道德的。那些杰作，在我们心中唤起万千情绪，让我们发现从未觉察到的精神的宝藏。罗丹曾说，“真正的艺人其实是世间最有信仰的人”，“美的作品是人的智慧与真诚的最高表白”。葛赛尔评价罗丹：你使我们注意，在我们的时代里，再没有比我们自己的情操、幽密的思想更为重要的事物。(《罗丹艺术论》)

天才教我们以新的理由去爱人生，以新的方式获得深入事物的自由。

一个走向天才的人，必须有足够的消化生活的能力，和迎击情感事故的能力，否则就很可能受伤。

诗人里尔克，作为罗丹的秘书，曾细致地观察到天才生活的场景，在罗丹工作室，数百个生命只是一个生命——颤动着独一力量、独一意志。你必须跟上节奏。这是很日常的一幕：已经穿戴整齐，准备进城去的罗丹抱怨饭开晚了，罗丹夫人显得很疲倦，神经兮兮，衣着马马虎虎，她说：“我能到处都在吗？”接着，一大堆急促而激烈的言辞说个没完，声调倒不显得恼怒，但表现出她内心已深受损害，神经差不多要崩溃了。激烈情绪控制了她整个身心。她把餐桌上所有的东西都不知不觉移动了位置。大家只有认为午餐结束了。这个和罗丹在一起生活的女人，在罗丹盛名后，神经一直处于紧张和受损状态，烦躁和神经兮兮成为她的日常表情。这个和天才在一起显得过于黯淡的女人，也许本该过普通人的生活。

罗丹忙得连生病的时间都没有，葛赛尔在一个冬日到梅东别墅拜访他，他说这是他一年可以生病的时节，其余的时间，工作既多，杂务又繁，思虑亦不少，真是连呼一口气都不可能。“但平日积聚的疲劳，我终无法战胜，每当年终，我必须停止工作几天。”“工作是我们生存的意义与幸福”，可谓罗丹名言。罗丹一生，被天才的热情和永不满足的创作欲望驱动着，在生命快要结束的时候，他宣称自己才开始懂得雕塑的规律。作为艺术家的罗丹，你没有理由不爱他。

罗丹是个非常孤独的个体劳动者，赤手空拳地跋涉在那丰稔的长途。他年轻时，三次报考美术学院都未被录取，因为他的艺术表现不符合学院派的习惯，他与学院派的矛盾带来的压力与坎坷，贯穿他的一生。罗丹的朋友、雕塑家达鲁曾大声惊呼：“罗丹没有进美术学院，这是罗丹的幸运！”如果一个艺术家的气质是坚定不移的，他总能通过必要的学习而找到自己。直到30岁，罗丹还在为其他雕塑家做助手，多少日月，他忍受着精力的分割，一种浩荡无名的大沉毅支撑着他。他说，艺术家应该有足够的耐心，像滴水穿石那样。缓慢是一种美。罗丹在漫长的自我训练中发展起自己的天赋。

罗丹是在清净未名中独自发展起来的，他之所以像连着地心似的沉着坚定，是因为他的作品出世时已经完全长成，已经不是一件在演变中求人承认的东西，而是一个使人非承认不可的不能抹杀的现实，清清楚楚地站立在那里。因此，当众人怀疑他的时候，他对自己已经没有丝毫怀疑了。

作为一个艺术家，罗丹的一生都与现实相冲突，不向自己也不向别人妥协，以毫无顾忌的伟大的自白开始，与当时学院派盛行的趣味背道而驰。他的每一件重要作品都曾经是一场激烈的赌注，从《青铜时代》到《雨果像》和《巴尔扎克》……几乎都受到同时代官方学院派的压制和攻击。他超越时代给予的界限。他不断地向错误、向传统的惯例、向畏缩不前的状态挑战，他以天才的眼光经常对流行的看法表现出愤怒。郭沫若在诗篇《匪徒颂》中，称罗丹是“文艺革命的匪徒”。罗丹说：“没有一个人可以在不受伤害的情况下为人类作出贡献。”

这样一个以自由和艺术为生的人，35岁以后才把自己的第一件重要作品《青铜时代》公之于众，舆论界的反应是相当消极。罗丹已经感到时光的仓促，他那些宏大的雕塑计划，使他把人生双倍地过，最重要的是感动、是爱慕、是颤抖、是生活，贯穿这一切的，这一切指向的，是雕塑！

对于一个形体艺术家，美是他的最高伦理，是照亮他和劫持他的最有效事物。在他看来，生命是无尽的享受，强烈的陶醉；肉体永远是传达精神的。他走过人生的一切剧场，是为在石头上刻出爱的沉醉，少女的梦，欲望的强烈，默想的境界，希望的魔力，烦闷的痛苦。在他身上，精神性、反抗现实的天赋和肉体存在这三者完美结合。

你怎么去责备这身体没有承担世俗伦理呢？倘若它是在走向艺术之途中，这身体的沉迷也是艺术发生的时刻。

这个天才男人只有在艺术中，才不孤独。里尔克在《罗丹论》里写下的第一句话就是：罗丹在获得荣誉之前是孤独的。荣誉的到来，也许使他更加孤独。因为荣誉毕竟只是积聚在一个新名词周围的一切误解的总和。在社交场合中，他总是显得不自然，一谈到雕塑，他才恢复雕塑家的本来面目。这是一个崇尚自然的人，罗丹仅仅相信一种灵感——那就是自然，自然永远不会犯错误。他说：“只有艺术给人以幸福，而我把艺术称为对自然的研究。宗教、艺术和对自然的爱——这三个词对我来说是同义的。”（《罗丹笔记》）他把爱情和感官的愉悦也列入自然的范畴，他从中蒙受恩泽，获得和平、休憩和健康。在这个角度，火一样气质的卡米耶是不能理解罗丹的，她不能理解罗丹为什么和她恋爱，还要回到不再美丽的罗丝身边，那个陪伴了罗丹一路走过来的女人，也许不能再唤起罗丹的激情，但罗丹在她那里，可以是那个也许是问题重重、并不处处伟大的自己。

卡米耶离开罗丹以后，罗丹去看望她，卡米耶愣愣地望着这个男人，他首先走向她的作品，它们的凸凹、润展、力度、秘密，他都是要用手、用心去抚摸的；他不用眼睛，他沉入想象中。面对卡米耶的作品，他总是沉入迷幻之中，出于一个天才对另一个天才的赏识，罗丹去世前坚持罗丹博物馆（有的译为艺术馆）一定要有一部分展示卡米耶的作品，希望卡米耶的才华能为后世所见。如今该馆藏有15件卡米耶的作品。而他面对卡米耶这个人，是越来越不可避免地争吵和彼此伤害。

罗丹晚年也很悲凉。罗丹晚年租住在比隆大厦，这古老的漂亮居所，是巴黎热闹地带中的荒芜部分，里尔克说这大厦“极其优雅地俯瞰着一座荒芜的庄园”。这是罗丹休憩和接待宾客的地方，梅东仍然是他工作的地方，那里住着他雇用的粗坯工人，归罗丝监管。罗丹乘坐塞纳河上的观光船往返于两地之间。不幸的是，这风景如画的生活开始不久，一位公爵夫人就操纵了罗丹在比隆大厦的新居，或许罗丹从她那里找到了情欲的恢复，但他的身体和智力受到极大损害，公爵夫人纵酒欢宴，唆使他奉陪，还从他那里窃取非常优厚的物质利益，代替大师回访和接待，罗丹称“这个女人是我的坏天使”。这个女人使得罗丹的晚年，成了一桩“滑稽可笑的事情”（里尔克语）。追述罗丹晚年时期那些打断他生活的往事，也许需要整整一本书才能述尽。罗丹与公爵夫人决裂之后，生命只有五年了，最后还是罗丝陪伴着他。

由于种种原因，1916年，政府下令收回比隆大厦，所有房客都必须限期迁出。罗丹提议：“把我的所有石膏、大理石和青铜雕像，我的绘画作品，以及我收藏的古代艺术品，全部交给国家。我希望国家将毕隆公寓改名为罗丹博物馆，将我的全部作品和藏品保存在内，并让我在有生之年居住在此。”（《罗丹笔记》）很多艺术界人士联名为他请愿，罗丹曾于五年前主动提出的愿望被接受。由于政局和学院之间的利益之争，工作一直被拖延，在所有作品从梅东搬运到比隆大厦的紧张之际，1917 年年初，罗丹的老友，为争取有利于罗丝的遗嘱，还为心不在焉的罗丹举行了婚礼。这年冬天，罗丹在寒冷中去世。罗丹的晚年病痛缠身，穷困潦倒，“被剥夺了一切，他去世时是个穷人。也像穷人一样，他是冻死的”（《罗丹传》）。他让《思想者》陪伴他，把这座雕像作为他的墓石和碑文。

经纪商欧仁·布洛曾写信给精神病院里的卡米耶，说有一天看到罗丹在《成熟的年代》前，像个孩子似的哭了。他生命中的多少艳情都已如烟云，那是过度热情的天性所致。时间将使一切恢复原貌。

对罗丹来讲，真正的快乐来源于自由自在而又充满激情的劳动之中，来源于智力的增长和不断的发现之中。罗丹曾说，他一生最美好、最愉快的时刻，是在古老法兰西的宏伟杰作前度过的……他在《法国大教堂》里写，对人类天才的赞赏能够把精神不断带到更高的境界。他的那些不会说话的大理石雕像是他的伙伴，他对它们负有道义责任。那些石头，那些即将出世的作品，是唯一令他全神贯注的事物，是唯一盘踞在他心灵里的东西。

他们离开了此世，他们的作品在一起。

肉体之身的恩怨总要消逝，作品才是创造者真正的生命，那是他们持久的和最终的爱。

补　记

2019 年 8 月，在法国读书的女儿带着我，穿越迷宫一样的巴黎地铁站，来到罗丹博物馆，即罗丹生前最后的住所，迎面、右侧最醒目的位置，就是《思想者》雕像。不仅是现场，还有时光也在改变着我的关注点。

在午后的蓝天下，“思想者”凝神而缄默，仿佛他的全部力量都在沉思着；是的，他以全部的力量在沉思，那静穆的伟力，盖过人山人海的喧哗。他分明在低头沉思，但在我的眼睛里、镜头里、记忆里，他离蓝天那么近，一切尘嚣都打扰不了他，又仿佛他在俯视着、倾听着我等芸芸众生。我暗自惊叹：怎样的心力、定力，才能雕出这样深深陷入灵魂和思想中去的作品……

这个孤独的《思想者》雕像，如今也是罗丹的墓碑，可以说是雕像家罗丹一生单枪匹马推动艺术史的写照。

这个“思想者”形象可谓众人皆知，其仿制品遍布世界各地。但我好像没留心过它的来路，或者我糟糕的记忆彻底忘掉了，因为多年前我读过的有关书页上，分明有着铅笔标记。这个《思想者》雕像，却是源于更雄浑、奇异的《地狱之门》。

和《思想者》远远呼应的左侧，便是巨幅《地狱之门》雕像。第一印象它是黑夜一般的黑色，它和尘世的眼睛，似乎是双向的拒绝。几米远的地方，有一台高倍望远镜还是放大镜，我把眼睛放上去，瞬间像是被闪电照亮，那些青铜质地的人物或者魂灵，似乎都强有力地活着，挣扎着……我的眼与心都不足以坚韧，不敢迎视太久。

我有些颓然地坐在旁边的草地上，在我贫乏的经验以及贫乏的参照系里,想一想都觉得疲惫和无望——一个人用30多年的时间,去塑造一幅巨大的艺术品,最终成为未竟之作……真正的艺术家,也许就是这样,无视或来不及去想现实的种种得失。

这部作品伴随了罗丹的后半生。在这个漫长的过程中,也许罗丹深深地明白,这是一个永远也可以不完成的作品,他想把他无穷无尽的思考,他认为的异常重要的一切,对天才诗人但丁的理解和致敬等,都表现在这部作品里。这作品成了他艺术理念和内心的镜子,成了他艺术生涯里温暖至上的陪伴,也成了他的高山和大海。

在这个漫长的过程中,罗丹越来越偏离最初的订单——为巴黎装饰艺术博物馆的大门而设计。事实上,一开始他也没有考虑未来的博物馆与但丁《神曲》里的"地狱"有什么关系,是否合适。他当时心里装着伟大的诗人但丁,这才是最重要的。这部作品的构思,若即若离地以但丁的《神曲》为基础,因此,这《地狱之门》也叫《但丁之门》;他也借鉴了波德莱尔诗歌的构思。但丁和波德莱尔,是罗丹一生最欣赏的两位诗人。在但丁的《神曲》那里,"他看见无数异族的苦难的躯体在他面前挣扎……他看见一个诗人对他的时代的令人难以忘却的大审判";他视波德莱尔为自己的先驱,"一个不惑于面貌,而去寻求躯体里那更伟大、更残酷而且永无安息的人"(里尔克语)。

这时的罗丹,已经强大到不需要外部的承认,甚至不需要一个多么重要的作品来证明他的存在,他只希望把所有的时光留住,去倾听、去雕刻灵魂里汹涌的波涛。

因此,我们才能看到坐在"地狱之门"门顶上的"思想者",他强健的身体向着更强健的灵魂,内倾、再内倾,他似乎在寻思着无限怜悯的诗句、祷语?把人们从地狱深渊中拯救出来。这个"思想者”,是诗人但丁,也是艺术家罗丹自己的写照,更是跨越国界和时代的思想之人的象征。

可以说,《地狱之门》是雕塑家罗丹向诗人但丁的致敬,也是一个天才艺术家对另一个天才艺术家的再创造!罗丹也为诗人波德莱尔塑有头像。而诗人里尔克,为罗丹作品里的力量所撼动,心悦诚服地去罗丹工作室做了近十年的秘书,写下了深刻而透彻的《罗丹传》。罗丹在《法国大教堂》里写道:“对人类天才的赞赏能够把精神不断带到更高的境界。”是的,他们之间就是这么彼此照亮,理解、借鉴,并创造着艺术史里的辉煌。

还有罗丹其他著名的作品,如《巴尔扎克》塑像和《雨果纪念碑》等。尤其是《巴尔扎克》塑像,傲然立于罗丹博物馆庭院的草地上。对此,我找不出比里尔克更精彩的表达——“我们几乎明白了:并没有专为这些物而设的地点。谁敢收容它们呢?……这些在寂寞中把天空引到它们身上的璀璨的石头,还有那些屹立着没有屋宇可以容纳的(作品)”,本就是自然的一部分。

罗丹这个崇尚自然的人,曾在一片风景前说:“这些就是一切未来的风格了。”如今罗丹这些重量级的大块头作品,都安放于这庭院静美的林木间,蓝天白云下。

还要说一下这庭院之中的《加莱义民》群像(亦译《加莱市民》),因为,这是罗丹历史题材作品中最卓越的一个。一个艺术家,到一定年龄,总要涉足历史。

《加莱义民》又是一个违订单之作。罗丹可不是一而再、再而三,而是终生执拗于艺术和真实。不仅在精神上,在体格上罗丹也是重量级的,他似乎有着无穷的精力,在雕刀挥起之前,他是一个不知疲倦的走访者、研究者、专家,如果他写但丁、波德莱尔、巴尔扎克、雨果等作家研究,那将是史上独一份。

罗丹45岁时接到《加莱义民》纪念碑的订单，在这个作品动工之前，他读过各种古代法国编年史，他从大师的叙述中寻找灵感。《加莱义民》的故事出自英法百年战争，法国加莱市被英军围困，市民生命危在旦夕，经过谈判，英王爱德华三世提出残忍的条件：除非加莱市选出六位最富有的市民任他们处死，并规定这六个人出城时只穿衬衣、赤足、颈上套绳索，交出城门的钥匙，方可不毁灭加莱城。这是法国加莱市民永难忘怀的历史悲剧。加莱市政府在订单中要的是一尊雕像，而罗丹根据历史事实，只收一尊雕像的酬金，开始制作六尊雕像。结果加莱市政府感到不快，为此审议了两年时间。这组群像只能被搁置起来等候发落。

罗丹的一生总是这样，总是受到来自权威等的非议或拒绝，这似乎是艺术天才们共同的命运。如今一切非议、拒绝或者荣誉都成烟云。今天，世界各地的人们驻足凝视的镇馆之宝，就是罗丹的那些“违规”之作。

还有一个长长的玻璃展厅，我只是望一眼，那里布满了石膏模型，罗丹的每一幅重要作品都有不断修改的数个模型。这个人每天是怎样工作的？我早已明白，无休无止的耐性和劳作，也是天才必要的禀赋。

里尔克曾记下来访者和罗丹的对话：

“你曾经有过仇敌吗？”

“他们并不妨碍我工作。”

“光荣呢？”

“逼我工作。”

“朋友呢？”

“勉励我工作。”

“女人呢?”

“我的工作教我爱慕她们。”

…………

我就借用一下尼采的叹息吧:“瞧,这个人!”

博物馆室内的展厅,那座罗丹父亲的头像,本就瘦削的脸与颈,在褐色材质的表达里,更显骨瘦,那是贫苦、隐忍的生活塑造出来的。我在这苦涩的头像前,突然念及我的父亲,在他的晚年即便笑时,也掺着前面生活的凄苦。出身贫困的罗丹,年轻时代雇不起模特,他的父亲为他当模特,留下了这头像。不知为何,这头像在罗丹生前从未展出过。在他众多的杰作中,这可谓是他的练习之作,但每想起就有落泪之感。在卡米耶作品的展厅里,也有他们共同的作品,在我的印象里,这个展厅里似乎观者更多。真的是人与事都成烟云,唯有作品留下——他们的艺术之心、生命的激情和幻想留下……

杰作或者大师,启示我们以新的视角去观看人生,以新的理由去爱人生和艺术。那几日,正值国内“第十届茅盾文学奖”揭晓,文学朋友圈里满是祝贺,我有恍如隔世之感。罗丹博物馆里的这些重量级作品,让我感到真正的好作品,独自生辉,超越所有的奖项和时代,进入一代代人的内心……

参阅书目：

①彼埃尔·戴:《罗丹传》,管震湖译,商务印书馆,2002。

②里尔克:《罗丹论》,梁宗岱译,广西师大出版社,2002。

③朱迪丝·克莱代尔编著:《罗丹笔记》,迟轲等译,四川文艺出版社,2004。

④安妮·德尔贝:《罗丹的情人》,郑伟译,海南出版社,2004。

⑤罗丹述,葛赛尔著:《罗丹艺术论》,傅雷译,中国社会科学出版社,2001。

Toistoy's 托尔斯泰 Quotation 语录:

幸福的家庭都是相似的，不幸的家庭各有各的不幸。

——托尔斯泰《安娜·卡列尼娜》

04 家庭怎样才能跟上天才的方式

——由托尔斯泰夫人的晚期日记谈起

索菲亚·安德列耶芙娜·托尔斯泰娅(1844—1919),托尔斯泰常叫她索尼娅。为托尔斯泰的生活和创作做出了贡献的伟大女性,有音乐和文学方面的天资及造诣。她一生把做天才的忠诚温柔的妻子,做众多孩子的慈爱的母亲,作为自己的天职。因此,除了那些日记,她没有什么著述留给我们。

主啊！你看，我已经疲于

复活，生存，死亡

都拿走吧，可是留下这朵红玫瑰

——阿赫玛托娃

近年来，我一直关注艺术史背后的非凡女性，譬如柴可夫斯基背后的梅克夫人，瓦格纳背后的科西玛，她们作为艺术家的情人或妻子，几乎是无条件地接受了他们全部的优点与缺点，帮助他们实现梦想。她们对于艺术有着极高的感悟力和表现力，但她们只是出于热爱，并非为了名望与成功，因此，她们的名字消失在历史的烟云深处。而当我读了《托尔斯泰夫人日记》后，对人性、婚姻有了更为复杂和难言的感受。即便是一个时代最伟大的作家，一个最具有思想的头脑——列夫·托尔斯泰，也解决不好天国与尘世、道德完善与日常生活间的悖论，或者说，在道德完善和日常生活之间，他更心向前者、逃开后者。他在接近上帝、接近内心的标准时，却在身不由己地伤害着身边这个最关照他、最需要他的人——他的妻子索尼娅。

索尼娅晚年的处境

在索尼娅的日记里，托尔斯泰并不像传记作家及他的密友助手所写的那样：晚年的托尔斯泰生机勃勃，无与伦比。的确有过那样的时刻，但更多的时刻是这样的：他的肠功能迟缓，肝、胃都不好，肺部发炎，有时发作心绞痛。随便翻阅一则索尼娅的日记：

1901年1月14日

今年列·尼很明显地日益消瘦和衰弱,这使我非常伤心,什么也不想做,觉得一切都不重要,也不需要。我已经那样习惯于关心他……

在他生病期间,每天晚上,她都像照顾孩子那样,照顾丈夫睡眠:在他的腹部裹上用水和樟脑酒精浸好的压布,把牛奶倒在杯子里,把钟、铃给他放好,给他脱衣服、盖被窝,然后坐到隔壁的客厅里去看报,直到他入睡。“我以最大的耐心尽力使列夫·尼古拉耶维奇的病情日益减轻。”(1902-1-18)

比托尔斯泰年轻16岁的索尼娅,为了丈夫能健康地活下去,一切生活的乐趣都被搁置在一边了,全身心地守护着他;还有家务、开支、处理信件、接待客人、一切实际上的需要,样样都得考虑到,简直像生活在旋风的裹挟之中。倘若如此,也就罢了。情况要比这复杂得多。

晚年的托尔斯泰心力交瘁,精神彷徨,一直想放弃优渥的物质生活、舒适的家庭生活和声誉,到一个清净的地方,深居简出,像农民那样生活,找到自我和上帝。而一个为名所累的人,出走并不那么容易,每天都有那么多人关注着他;为他生了十三个儿女、陪伴他度过了四十多年的妻子还可能因此而自杀。这样一个内心剧烈冲突的老人,几乎有些神经质了。妻子对他的照料越是入微,他越是反感,因为这种善良和亲情是他出走的最大障碍。他对照护者无常的态度,使照护变得越来越困难。

1902年7月23日

……当你走到他跟前去帮助他或者服侍他的时候,他就表现出那副神态——别人妨碍了他,或者是在你要走开的时候,又好像他是在等着你要做什么……无论我怎样竭诚地、耐心地、注意地照护他,却从来也听不到亲切的或者是感谢的话,而只是一些唠叨。可是他对外人,倒是敬重的、感谢的,而对我,就只是发脾气。

1903年7月1日

……在一切方面我都受到我丈夫的责难:出售他的著作是违反他的意志的;雅斯纳雅·波良纳现在这样的管理是违反他的意志的;要仆人来侍候他是违反他的意志的;请医生来给他治病是违反他的意志的……总之,这些事情真是数不胜数……可是我却要异常困难地为大家工作,我的整个一生都是身不由己的。

这个全人类都敬重的大作家、布道者和精神导师,是属于大家的,他的妻子却是他精神之旅上的障碍,因为她坚守着正常的秩序,看护着他的肉体之身,她害怕失去这个感性的人,他能活着对于她比任何杰作都重要。一个妻子尽力让丈夫健康地活下去,有什么错误呢?错误在于她是托尔斯泰的妻子。尽管她也明白她是一个天才作家的妻子,可是她不能让疾病在身的丈夫走向寒冷和贫困,那样就意味着走向死亡。

这个可怜的女人一天到晚都在提心吊胆,担心不知道怎样对待丈夫才好;担心他的病情;病情好些时,担心他的出走;担心她最讨厌的切尔特科夫来家里,他是托尔斯泰出走的狂热的支持者、谋划者，对女主人很不礼貌。切尔特科夫曾很富有，还是近卫军上尉，他开始信仰托尔斯泰的不以暴力抗恶学说后，便辞去了军队里的职务。他和托尔斯泰之间有种互相依赖的关系，这种关系一直延续到托尔斯泰去世。他有一种能力，甚至能影响托尔斯泰，他不断鼓励托尔斯泰走得更远，使他更加执着地想去实践自己的学说。索尼娅在 1910 年 6 月 26 日的日记中写道："如果相信有魔鬼的话，那么，切尔特科夫就是魔鬼的化身。"他带走托尔斯泰的日记，那里有对妻子的无端指责，它的出版将使全世界的读者误以为托尔斯泰夫人神经不正常，对于一个伟大作家的生活是怎样的损害。事实就是这样，托尔斯泰把自己的日记锁起来，钥匙随身带着，这样做不是为了防范别人，恰恰只是为了防范他的妻子。甚至她的女儿萨莎也对她态度粗暴。孤独无助的索尼娅常常夜不能眠，心里发慌，想哭，不想活下去，不神经质才怪呢！她常常头疼、胸口疼得厉害，他们不得不把她的安眠药锁起来，害怕她过量服用而结束生命。

索尼娅在日记中哀叹："生活在世上真是艰难、痛苦。长久的斗争，紧张地处理家里家外的事务，教育子女、出版书籍，管理属于子女的产业，照顾丈夫，维持家庭平衡，所有这些事情都使我疲惫不堪。"身体的劳累，内心的痛苦，加重着她的精神疾病。

无论怎样，那个时刻还是来到了。1910 年 10 月 28 日早晨，82 岁的托尔斯泰出走了。几天后，在一个名叫阿斯达波沃的小站，他病得很重，在车站一间低矮简陋的平房里躺下来。静静地陪伴他的有他的小女儿、医生屠申，还有被索尼娅喻为"魔鬼"的切尔特科夫，是托尔斯泰让人发电报叫他来的。门外聚集的各色人等都不能进来，包括远道而来的索尼娅，这个和他相伴了48年的女人。

在最后的时刻，天才的心依然被更遥远的事物占据着，他用微弱的悲哀的声音说着：“农民……农民，他们是怎样死的啊！”眼睛里充满泪水。还大声喊道，“这就是死亡……”，“这就是终结，这不要紧……”，断断续续地，他还坚持表达最后的思想，他声明，地球上的芸芸众生，只有通过爱才能实现彼此间的交流。在神志昏迷中他不断地喊：“逃跑……逃跑！”这位天才人物，成了人类向命运、虚无和有限勇敢挑战的英雄，成了一名圣徒和超人。这个伟大人物的最后时刻，也像他的平常一样，属于亲人、属于索尼娅的成分很少。索尼娅在日记里曾忧伤地写：“我希望他只爱我一个人，而他却爱一切人和一切事。”此刻，这个为天才作家贡献了青春、活力和美，为他奉献了一生的女人，被允许来到丈夫身边时，丈夫已经觉察不到她的到来，她就那样悲伤地、绝望地看着亲人永远离去。

整个世界都在为托尔斯泰的出走而震惊，而感动，他依自己的信念和意志度过了最后的时光，完成了他生命中最后的杰作，而索尼娅却失去了所有的支撑。一个天才作家的光芒使一个女人再大的痛苦也显得微不足道，多大的委屈也没有理由去解释。

在波良纳，他的儿子们玩过的地方，一个绿树环绕的小山坡上，周围有九棵橡树，农民们挖好墓穴，来做最后告别的人群近一英里长，大学生唱诗班唱着《永恒的纪念》，没有演讲，没有礼拜仪式，所有的人在哭泣。此刻，这位人类灵魂的拯救者，能感到不带杂质的幸福吗？

之后，索尼娅的生活，就是收敛痛苦，或者在痛苦中着手编辑并出版托尔斯泰写给她的书信，为撰写托尔斯泰评传的作家提供他们所需的资料，校订他们的文稿，等等。为天才的生活贯穿她的一生，除此之外，她还能干什么呢？ 她又能干什么呢？时代、命运和她个人赋予了她这样一种处境，这样一个角色。

家庭怎样才能跟上天才的方式

英国学者、传记作家艾尔默·莫德在《托尔斯泰传》里总结道："可怜的女人！ 她多年来竭尽全力地履行她的职责。 如果她是嫁给一个普普通通的平庸的丈夫，她可能是一个模范妻子和母亲。 所以如果她在经受她力所不及的考验时垮了下来，让我们不要过分苛刻地判断她。"艾尔默·莫德前后在俄国居住了23年之久，精通俄语，多次拜访托尔斯泰，并多次在波良纳和他住在一起，讨论宗教、哲学等问题；在他翻译托尔斯泰的《艺术论》期间，在某个时段，托尔斯泰居然给他写了14封信，讨论有关问题；托尔斯泰曾用莫德夫妇汇来的《复活》英译本的版税，为波良纳的贫穷农民购买黑麦种子，等等。 可见，他与托尔斯泰的长期友谊和密切接触，对托尔斯泰的文学生涯和家庭生活有着非一般的见证，他在传记里也提到，托尔斯泰伯爵夫人还仔细地予以校订，她在口头上和书面上给了作者不少帮助。 即便如此，这个被公认为托尔斯泰研究的权威专家及其作品英译本的权威翻译家，还是站在优势的男人的立场上同情她，或者说简单化地原谅了她。 权威或历史的逻辑往往就是这样，来不及或不屑转身凝视焦点之外的人与事，这样，隐匿的东西就永远隐匿起来。

索尼娅作为宫廷御医的女儿，像她周围所有同时代的小姐一样，受过良好的教育。 她生性爱好文学艺术，写过小说，画过波良纳的风景画，能弹奏高难度的钢琴曲，很有艺术天赋及组织能力。18岁就放弃了大都市生活的一切快乐消遣，乘一辆轻便旅行马车，来到丈夫的家乡波良纳。取代她生活过的金碧辉煌的克里姆林宫的，是一座幽暗的院落；取代那些愉快的客人的，竟是一些过路的香客。年轻的妻子是不太适应这种新的生活方式的，但是那时有强烈的爱情。从某种程度上说，她是在丈夫的教育下成长起来的，这个男人无论阅历、年龄（托尔斯泰当时34岁）、眼界和地位都比她优越。

在托尔斯泰的长女塔尼娅的回忆录《往事如烟》里，可以看出：这个家庭里的孩子都曾受到过最完备的教育和培养，生活平静而幸福。父亲是一家之长，所有的人都无条件地服从他。托尔斯泰的内心失去平衡后，极大地影响了整个家庭的生活。

多年来，这个家长一直在引导他们，可是突然，这一切都得改变，需要走另一条新的、完全陌生的道路。这使母亲尤其感到痛苦和震惊，她困惑不解，张皇失措。她怎么也不明白，为什么要把如此完美的、她感到十分幸福的生活毁掉？

> 和谐幸福的家庭生活被破坏了，代之而来的是斗争，还有争吵，眼泪和相互责备。为什么要这样？……他究竟有什么权力一定要我们改变这种多年来他使我们习惯了的生活？母亲就是这样责备的。我们孩子们对发生的事情并不那么理解，只是为父母亲的不和而痛苦……不知道该怎样帮助他们……
>
> 他很少同我们谈起他的信仰。他独自一人改造着自己的内心世界。他思想的发展过程我们一无所知，一旦出现在我们面前的已经是成果本身了，对这一结果我们根本没有思想准备……他的论点只能使我们惊讶，而无法使我们信服。很可

能，是他的某种羞怯的心理阻止了他将自己最珍视的思想去告诉我们。也可能，他害怕强迫我们，强迫我们违背自己的良心。

——《往事如烟》

托尔斯泰和妻子索尼娅也都为相互理解做过很大的努力，但最终分歧越来越大。索尼娅写道："我们的生活是分着过的，我跟孩子们在一起，他和他的思想在一起。""丈夫所希望的事情，我实现不了……人们期待和要求他放弃私有财产，放弃对子女的教育和优裕的生活安排，这种异常困难的、难以捉摸的要求我实现不了……"

托尔斯泰的学说对于负责日常生活的妻子，意味着什么呢？她在日记里写："他为所谓的人民幸福所做的一切把家里的生活弄得一片混乱，对我来说，生活越来越困难了。他的素食主义意味着我要准备双份晚餐，这就要花费更多的精力和金钱……"天才对于日常生活是种负担，日常生活对于天才是种羁绊。

托尔斯泰作为人类精神的引路人，举着灯火走得太远了，妻子被孩子们围绕着，被环境和习惯左右着，不能走得更快一些。事实上，索尼娅在很年轻时就竭尽全力想从精神上接近这个天才丈夫。"如果说我不能站得和他一般高，那也要保持一个对他有所理解的高度，就这我已深深感到自己的无力了。"她依从丈夫的观念，为此付出了很大的代价，譬如 13 个孩子中有 5 个夭折，因为在波良纳没有得到及时的医治，那里没有良好的医疗条件。她特别喜欢音乐，但总是克制自己不沉迷于其中，因为她害怕音乐唤起心中的某些感情，使她不能回到现实中来。她告诉自己：做天才的忠诚温柔的妻子，做众多孩子的慈爱的母亲，是自己的天职。她在许多方面都压抑了自己。问题的症结就在于此。

这个写出了《战争与和平》《安娜·卡列尼娜》《复活》等名著，在小说中对男女情感、婚姻、家庭有深刻理解的大作家，面对生活中的爱、性和婚姻时，有更强烈的困窘，尤其是集中暴露了男人对待妻子时的弱点。譬如，很早托尔斯泰就意识到：“……她还年轻，我身上有很多东西她不理解，也不喜欢。为了我，她在许多方面压抑了自己，她会不知不觉把这一切牺牲记到我的账上的。”（托尔斯泰1865年的日记）但是他并没有鼓励或帮助妻子，从为他服务的生活里转移出来，发展自己的爱好，拓展自己的生活空间。他在《那么我们该怎么办》这部具有浓郁自传性质的著作里写道：妇女的真正工作是生养子女；不是模仿那些特权阶级的男人……而代之以“在银行、政府部门、大学、科学院和艺术家工作室里的”虚伪的工作。这部书以对多产的母亲的颂词而结束：“多产的母亲知道，真正的生活是一桩危险、费力和自我牺牲的事，她将在责任、服务和无私的道路上指导人类。”在这种观念的支配下，他的妻子生了13个孩子，差不多每隔一年半到两年就有一个孩子出生，而且还要亲自哺乳，身体几乎难以恢复。而他自己既不耐烦，也没有时间去操劳那些孩子，因为他要写作、读书——跟苏格拉底之类的大人物作精神上的接触，还要散步、骑马打猎。

看来这个19世纪的天才思想家，在某些生活观念方面，也不能超越他的时代，太男权中心主义。

他热爱真理和精神，他的爱最终是指向上帝的，当婚姻、亲人成了他自我完善之路上的障碍，他会越过去。

对托尔斯泰来讲，婚姻意味着什么呢？意味着爱情的篇章，也是结束无比痛苦的一切诱惑的手段。结婚还不到一年，他就得出了这样的结论：夫妻生活使他变得愚钝了，他为自己这利己的生活方式受到良心的谴责。家庭生活的喜悦整个地吞没了他，使他忘记了他早就认识到的“真理和精神的崇高”。

> 我成了一个渺小的、毫无价值的人。自从我跟我所爱的女人结婚时起，我就成了这个样子。

他像写祷文似的结束了这天的日记：

> 我的上帝！……请保佑我永远理解你，并永远意识到自己的力量吧……（1863-6-18）

作为一个思想家，他的宗教信仰和他的欲望一直在搏斗。他一生最害怕的恰恰是他本人，是他自己的旺盛精力。多年来他一直控制着自己放荡不羁的情欲，他深知自己是一个具有过多亢奋情欲的人，甘愿受到相应的惩罚。他通过打疲劳战来驯化自己的肉体，通过田间劳动这类高强度的活动，以及田径比赛、骑马、游泳，来消耗体力，把多余的能量释放掉。他在婚姻之外是个禁欲主义者。他为晚期作品《克莱采奏鸣曲》所写的跋里，谈到这篇小说想要说明的问题，性如果不以生育为目的，就是兽行，应当以纯洁的兄弟姐妹的关系代替肉体的爱。托尔斯泰接近宗教信仰时，影响家庭的不仅是物质方面，还有妻子的身心。比丈夫年轻16岁的索尼娅，对春天、音乐、身体还有相当的敏感，从此以后，恐怕要把自己的身体幽禁起来了。她在1897年6月18日的日记里感叹道：“多么艰难的时期啊！这就是他说的问基督教的转折！为此要受苦，当然受苦受罪的是我，而不是他。”可是你能责怪托尔斯泰吗？ 这个男人为了接近真理，一直在挣脱自己亢奋的肉身，他的灵魂、精神从物质、肌肉的包藏里一点一点地挣脱出来，他要让自己的行为和观念一致，无论是创作还是生活，他都不允许谎言的存在。

事实上，在他们一起生活的大部分时间里，索尼娅不仅为天才创造出了和平、快乐、舒适的环境，作为众多子女的母亲和庞大家庭的主妇，抚养、教育了一大群孩子，几乎承担了属于女人和男人的全部家庭事务，她还是托尔斯泰工作的“助手”，帮助他誊写、审校了一辈子手稿，参与托尔斯泰著作的校订出版工作，是托尔斯泰作品的第一读者和评论者……当托尔斯泰的妻子太不容易。

索尼娅在誊写丈夫手稿的过程中，在那些她认为卓越的文字里曾流下激动的泪水，为那些伟大作品的问世，做出了直接的贡献。 譬如，托尔斯泰写《战争与和平》期间，也是他们婚姻生活中最快乐的时期，他常常给妻子朗读一些章节，索尼娅发表自己的意见，托尔斯泰把这些意见都记下来，有时还参照这些意见修改原文。 索尼娅喜欢艺术性强的作品，不喜欢抽象的说教和伦理，她对于人和艺术的爱出自心灵，而不是出于理智。 索尼娅的外语水平很高，她曾把托尔斯泰的论文《论生命》译成法文，依托尔斯泰的要求，为他翻译一些英文、德文著作（托尔斯泰也精通德、法、英等语种，但他需更多时间从事创作）。 有时为托尔斯泰收集相关资料。 她用全部的才华、心力去履行她所说的“做一位天才的妻子这一崇高的使命”。

同时代接触过托尔斯泰夫人的艺术家，对她的才华都给予很高的评价。 著名作家列昂尼德·帕斯捷尔纳克在《不同年代的笔记》中写道：“根据我跟托尔斯泰一家结识以来的观察，我应该指出，尽管和千百位妇女，特别是和贵族阶层的妇女外表上很相似，但是她在很多方面都是一位卓越的、出众的人，称得上是列夫·尼古拉耶维奇的配偶。她有很高的判断力，从而能在分析艺术作品、写作事业上帮助他……索菲娅·安德列耶芙娜本身就是一位了不起的人物。”1933年获诺贝尔文学奖的作家蒲宁，同她结识后写道：“索菲娅·安德列耶芙娜很有艺术才华。”（《蒲宁文集》）

索尼娅对于现实中具体的爱情、婚姻比丈夫悟得更透，因为天才的心性不在于此，他关注的是：历史的意义，国家的力量，生与死的神秘，人类的爱和家庭生活的实质。托尔斯泰的感情虽然强烈，但他的理念更强烈，他的理念最终促使他接近宗教，远离感性的尘世生活。索尼娅在1902年3月13日的日记中道出了婚姻的真谛：

> 在天才的夫妻之间存在着真正爱情的时候，就像我和列夫·尼古拉耶维奇之间过去那样，妻子不需要多大的聪明去理解什么，需要的只是心灵的本能，爱情的嗅觉——一切就都是可以理解的了，并且两个人都会是幸福的，就像我们过去那样。我不曾去注意过自己的劳动——为天才丈夫服务的全部生活；我比较多地感觉到这种劳动是在这个时候——是在我读了丈夫的日记之后，看到他为了自己的伟大的荣誉，而在日记里到处都有斥责我的词句；他要为他自己跟我一起过豪华的生活（相对地）作随意的辩解……

完美的爱情在她心中开始破碎时，她感到了委屈，因为她的劳动不再属于天职，而是属于人为。她已竭尽全力，把一个女人的全部美德投入家庭之爱里，却发现得到一个天才持久的完整的爱是如此不可能。无论是索尼娅还是别的什么更杰出的女人，无论是美德还是美丽，都不可能永远牵住天才的目光，他要向前去，向彼岸去，这是天才的禀性；和天才在一起的女人，如果不能理智地调整自己，难免会神经质。而索尼娅，这个19世纪的俄国女人，她用心而不是用头脑去爱，她还不会聪明地善待自己，她的爱太炽热、太专一，以至把爱情烤焦。如果说托尔斯泰在思想、艺术和道德完善方面引导了人类，那么索尼娅的前半生在情感、义务方面呈现了女性在人类生活中的经典品质。

至于晚年他们之间的分歧与不幸，一些传记作家怪罪于索尼娅，说她虚荣、爱嫉妒，又神经质，拥有女人所有的毛病，不能理解和分享天才丈夫的高尚精神情趣，追求物质享受，目光短浅等。这种浅尝辄止的描述与判断遮蔽着读者的眼睛。托尔斯泰去世前几个月给妻子写了封长信，对他们的关系作了令人慰藉的解释：

> 主要的和致命的原因，是我们对于人生的意义和目的所持的观点互相冲突，对此我们两人都没有罪……重要的事实是，尽管有过去的一切误解，我从未不再爱你……我不能为了你没有跟上我的不寻常的精神生活进程而责备你，因为每一个人的内心生活，是他和上帝之间的秘密，别人不应该对他有任何要求：如果我对你表现苛求，那是我错了，我承认我的错误……但是我肯定要离开，因为我不能再象（像）这样生活下去……我亲爱的人，不要再折磨你自己了，这不是折磨其他人，因为你受的苦百倍于其他人的痛苦。(1910-7-14)

切尔特科夫团体和托尔斯泰家族关于财产归属、是否出走等方面的冲突，也是托尔斯泰晚年痛苦、不安的原因之一，两者的冲突使问题越来越复杂化，托尔斯泰本人亦无力左右，不得不陷入其中。虽然托尔斯泰后来也意识到：“切尔特科夫把我拖进这场战斗，这种战斗十分艰苦，我极感厌恶。”（“这场战斗”指切尔特科夫和托尔斯泰夫人争夺托尔斯泰和他的文学遗产、他的日记和手稿保管权等）还有，那些怀着崇拜之心从世界各地成群结队来到波良纳的信徒，他们通过阅读托尔斯泰那些带有说教性质的论著，想象着他简朴的生活方式，一旦发现不是那样，他们则向他表示失望，责备他的不彻底性，认为他必须与家庭决裂。如一位罗马尼亚男子在18岁时因读了《克莱采奏鸣曲》而自阉，后来他像托尔斯泰一样去务农，种地。当他30多岁来到波良纳，看到托尔斯泰的生活情形后，忍不住想哭，不停地重复说：“我的天啦！我的天啦！这是怎么回事？我回家怎么说呢？”诸如此类的刺激使托尔斯泰的内心备受煎熬，这些都加剧了他的离家出走。

个人自救

我并不想作伦理学上的判断，只是想发现人性的真实，想考察婚姻的容量，以及和天才男人在一起的女人是怎样的状况，怎样在一起更合适些？而托尔斯泰的家庭是典型中的典型，托尔斯泰极具道德感，以神性自律，婚姻生活中他没有在身体上背叛妻子；索尼娅把家庭生活看得高于一切，又能承担起全部事务。这两个极具美德的人在一起尚且如此，看来美德是不足以支撑婚姻的，真是“不幸的家庭各有各的不幸”。大部分天才男人属于另一种，也就是拜伦的唐璜，他们总是移情别恋，窥测神秘，以达到创造性的深度，他们的妻子，如同承受最初的欢乐一样，得承受天才的本质带给她们的持久的痛苦。

索尼娅成为托尔斯泰的妻子后，她逐渐发现，丈夫有他自己的、不为她所知的世界，她发现和丈夫之间有着很大的距离。尤其是托尔斯泰转变信仰以后，生活失去了秩序，索尼娅内心颇感痛苦、郁闷，她写日记大部分是为了宣泄烦恼（需要说明的是，那些和谐、欢乐的日子基本没有写到日记里），当然日记里也有极为珍贵的有关托尔斯泰创作生活的内容。索尼娅太遵守传统的性别模式了，她一生履行“做一位伟大天才的妻子这一崇高的使命”，她写日记，也并没有想到出版。如果索尼娅从家庭中分散出些心性，转向她喜爱的音乐和文学，或者别的什么，会是怎样的情形呢？生命是无法逆转和假设的。总之，索尼娅没有学会自救。

索尼娅后来的杰出女性实践了一些假设，如出生于彼得堡、后移居欧洲的萨乐美，她的一生都在寻找精神生活的志同道合者，寻找新的可能性。（参阅本书《记忆萨乐美》一文）然而，在她 74 岁时（去世前两年）和朋友的一次谈话中，她提出了两个问题：“我工作了一生，而且工作得非常辛苦，我的一生就是工作的一生。究竟为什么？又是为了什么？”这两个问题，像一群黑鸟，袭进她明亮的一生。这年秋天，她的乳腺癌复发，她是独自一人去医院的（精神伴侣丈夫已于几年前去世），在去医院的路上，那群黑鸟也许一直在她的头顶盘旋。萨乐美为自由和精神生活的一生，避开了母性和生育，不知她患乳腺癌是否与这有些关系。当然，无论怎样生活，生命总是要结束的。

也许是性别的差异，女性总有更多的犹疑和醒悟，更懂得承担名望以外的东西；总是不能像多数男人那样，刀枪不入——他们可以要孩子，甚至一群孩子，但是可以不管，因为他们有更重要的事情要做。他们的爱和生活，主要写在作品里，无暇呈现在生活里，生活是转瞬即逝的，而文字可以进入社会和历史。

索尼娅的后半生在恐慌、幻灭中看护着家庭，她面临的是和天才男人在一起的女人的宿命。萨乐美的一生靠内心的独立，对精神生活的迷恋，获得了自救，在晚年，她面临的是人的宿命。自救是有限的，一个人在接近生命的终点时，倘若没有亲人，靠什么来温暖凋零的身心？家庭跟不上天才的方式，最终站在上帝面前的每个人，或许又有接近一致的需求——希望握住亲人的手，这时精神是握不住的。当然，托尔斯泰这样接近神明的大人物除外。

我常常疑惑，谁来替我们的幸福着想？社会给予个人的名分，总是依他在公众生活中的地位而定，个人生活的质量，包括情感态度、伦理指向、对名望以外的责任的承担等，总是被忽略。人，怎样既能自救，又能获得最终的温暖？

赫尔岑《彼岸书》导言中曾有这么一句话，令我因共鸣而记忆："不要在这本书里寻找解答，统而论之，现代人没有解答。"但我知道，解答在寻找和理解的途中，当我的心一点点地靠近它时，也靠近着人生深处的感动，这是我流年中最留守的愿望。

从非凡的角度看天才

无论是哪一个时代，哪一个种族，人性中一些最基本的情感总是相似的，或者是相通的；无论是天才和平凡人之间，还是平凡人和平凡人之间，在两性关系中，都存在着悖论和困惑，至于消解、升华到何种程度，或许就看个人的心智能力了。

后来，我读以赛亚·伯林的著作《俄国思想家》，这个对各种观念进行反思的俄裔思想家，对众多思想家和各种观念显示出丰富而宽宏的同情，在他那篇著名的《刺猬与狐狸》一文中，我看到他谈论托尔斯泰时眼光的清明。他借托尔斯泰的历史观来看托尔斯泰这个天才，他说：托尔斯泰是人类皆兄弟的福音使徒……思想上刚健不懈而道德上长年自感一误再误，他满怀迫促之苦，惘惘不甘而终，成为无法调和、又不甘无法调和之冲突的人里最伟大的一位。终其一生，托尔斯泰的现实感都太善于破坏，与他的智力将世界粉碎而后建构的任何道德理想都无法并存。他毕生竭尽心智力量与意志力量，否认这个事实。既疯狂自负，又满腔自恨；既无所不知，又事事怀疑……既为整个文明世界所景仰，却又近乎完全孤立的他，是伟大作家中最富悲剧意味的一位。

抛开家庭伦理问题来看，托尔斯泰后半生的精神负重，是索尼娅以及别的任何人都不可比的，他面临的是更庞大的人类道德完善的问题，而不仅是个人自救。作为一个曾经窥探无底深渊的人，他再也无法把目光挪开了，他一刻也没有畏缩过，他独自一人去迎击人类面临的虚无，去寻找拯救现世人生的真理。那个写作《战争与和平》时的托尔斯泰，那个在写作和现实人生中能感受到强烈幸福的托尔斯泰，被上帝带走了，那时，他在“整个冬天都在激动中写作，常常流泪”。50岁左右的托尔斯泰，不再满足于描述人生了，他要做净化和激励灵魂的工作，艺术家托尔斯泰渐渐趋向于道德家托尔斯泰，在他的作品中，出现越来越多的道德说教成分。同时代作家屠格涅夫，在去世前不久，向这位亦友亦敌的故交发出祈求，请他抛却先知衣钵，重返他真正的天职——做“俄国土地的大作家”。屠格涅夫希望他莫做先知，专心文学。这个传诵一时的祈求，自有道理。因为，他不想让托尔斯泰浪费掉自己的文学天才。另一方面也说明，他对托尔斯泰终生在道德与艺术、文学与人生之间种种痛苦的挣扎，似乎并不很理解，也无法体谅。托尔斯泰的晚年实际上是很孤独的，亲人和很多同行对他的这种转向都保持质疑。

托尔斯泰曾说：“我的幸福是掺不得杂质的。”他一直以机警、苛求和怀疑的目光，研究着自己的精神状态。他自我批判的性情，使他对于自己动机的纯洁性所抱的质疑态度，远远超过外界一切责难他的人。在他生命的后30年，他一直问自己：我为什么活着？我怎样自救？我应怎样生活？他不需要别人告诉他，他的言论和实际之间所存在的距离，他比任何人都苛刻地自我评价着，他在日记中写：“你自己是否按照你所讲授的原则生活？”然后他沮丧地答道：“不，我极其惭愧，内疚，令人不齿。”他深信不疑的是，他应该离家出走，放弃一切现有舒适，像个朝圣者那样云游俄罗斯大地。然而，他一直不忍心抛开妻子儿女，30年中，他始终缺乏采取这一极端行动所必需的冷酷，两次出逃又两次返回，一想到自己的妻子可能会在绝望中自杀，他就再也不想披荆斩棘，这种妥协和返回显示了托尔斯泰性情中最美好的仁慈，一个民众导师身上的人情味。但是，“出走”这种念头一直盘旋在托尔斯泰的头脑中，他在两难的撕扯中度过了30多年，面对追随者的质问和谴责，他从不推卸责任，不自我原谅，那是怎样的精神磨难？

托尔斯泰的这种仁慈，初衷是不想伤害家人，实际上对家人的神经也是一个极大的折磨，因为他们总在担心他会出走，日复一日，年复一年，在惶惑不安中度过。伟大人物把人生中的戏剧性演绎得真是淋漓尽致，充满悲情。

托尔斯泰真的踏上朝觐之路时，他自己也知道余下的时间不多了，他在车站匆匆写了一段话，让马车夫带给他的夫人：“我现在所做的，是在我这个岁数上的老年人通常所做的——离开尘世生活，在孤独、宁静中度过余生。”

为了安静地度过生命中最后的时光，托尔斯泰斩断了和往日生活的一切联系——家庭、财富、声誉，还有自己知名度太高的名字，他不再叫托尔斯泰，他自称是T.尼古拉耶夫，这是一个想要走进新生活，并且寻求一种高尚的死法的人的名字。但是，知名度是他最可怕的终身伴侣、折磨者和引诱者，托尔斯泰出走的消息，很快便传开，无论到何处，他的名气都在等候着他，仰慕者、记者、好事之徒、警察、密探各色人等，把他包围。高烧和垂危才帮助了他躲避这些人（他们只能待在门外），使他能够在阿斯达波沃小站那个低矮简陋的房间里，较为安静地度过最后的时光——一张铁架床，一盏昏暗的油灯，是托尔斯泰所认为的不带杂质的死法。

一个享誉世界的大师，想选择一种和他的名声无关的方式，静默地离去，结果几乎是背道而驰，全世界的电报线路和海底电缆，都在忙着拍发关于这位伟大人物躺在那样不寻常的环境中正在离去的消息，数以万计的关于他的专栏正在撰写、排版和发行，从来没有一个遁世者在临终前受到过这样燃烧般的注目。这个伟大人物的遁世，被这个世界改编成了一场宏大的悲喜剧。

这就是托尔斯泰一生见证的一个命题：真理很少是完全单纯或清晰的，而且不像凡常观察者眼中所见那么浅显。这个一生充分辨清天地间万般繁复事物的眼睛，创造了一个比人生更真实的世界的头脑，也突围不了这个世界对他的安排。

排除托尔斯泰本人的意愿，这些安排并不是都要否定的，有戏剧的成分，更有严肃的成分——人们对于精神事件的盼望和激切反应，对于这位大文豪、民众导师的爱戴和纪念。

如果从非凡的角度，你怎么可能要求托尔斯泰承担世俗生活的完满，一个人不可能同时既是天才又承担着世俗生活的完满。托尔斯泰视真理为最高美德，他牺牲所有，供奉于真理；他舍尽幸福、安宁、家庭、道德与思想上的把握，最后，还献上了自己的生命。他广阔的道德，对真理狂热的追求，以身试法，使最困惑、最嫌恶他的道德说教的人也只能哑言。他的一生是人类生活的代表作，他不可能属于任何一位哪怕是再优异绝伦的女人，他属于全世界。正如罗曼·罗兰所言：我们时代最宽广的心灵就是托尔斯泰的心灵。

参阅书目：

①《同时代人回忆托尔斯泰》,周敏显等译,上海译文出版社,1984。

②塔尼娅·托尔斯泰雅:《往事如烟》,吴子浩等译,陕西人民出版社,1987。

③C.A.托尔斯泰娅:《托尔斯泰夫人日记》,晨曦等译,中国社会科学出版社,1984。

④亚·波波夫金:《列夫·托尔斯泰传》,李未青、辛守魁译,黑龙江人民出版社,1987。

⑤艾尔默·莫德:《托尔斯泰传》,宋蜀碧、徐迟译,北京十月文艺出版社,1984。

⑥斯蒂芬·茨威格:《三作家》,王雪飞译,安徽文艺出版社,2000。

⑦《欧美作家论列夫·托尔斯泰》,陈燊编选,中国社会科学出版社,1983。

⑧C.A.托尔斯泰娅:《托尔斯泰夫人日记》,张会森等译,中国社会科学出版社,2006。

⑨以赛亚·伯林:《俄国思想家》,彭准栋译,译林出版社,2006。

Beauvoir 波伏瓦 萨特 & Sartre's Quotations 语录：

女人并非生来就是女人，女人是被动地变成女人。

——波伏瓦

我只是一位作家——一位女作家，而所谓女作家，她不是一位会写作的家庭主妇，而是一个被写作支配了整个生活的人。

——波伏瓦

要成为一个创造性的艺术家……一定要透过蜕变期间的自由行动去理解文化……以自由的精神走向天堂。

——波伏瓦

我们之间的爱，是一种真正的爱。但是，如果我们能同时体验一下其他意外的风流韵事，那也是件乐事。

——萨特

（希望）确信我的心脏最后一次跳动刚好落在我著作最后一卷的最后一页。

——萨特

05 简洁生活与多重生活

——波伏瓦的写作生涯分析

西蒙娜·德·波伏瓦(Simone de Beauvoir, 1908—1986),享誉世界的法国著名作家,存在主义的代表人物让-保尔·萨特的终身伴侣。她的存在主义女权理论,对西方的思想和习俗产生了巨大的影响。波伏瓦一生写了许多作品,其中长篇小说《女宾》《名士风流》和被誉为"西方妇女的圣经"的论著《第二性》,构筑了她在20世纪法国文学乃至世界文学中的不朽地位。

20 世纪 80 年代的一个下午，我从武昌街道口书店出来，已是夕阳时刻，我抱着萨特的那本厚厚的《存在与虚无》，步行回桂子山的校园。那时我不知道萨特为什么那样言说，只是感到那是天边外的华彩篇章，是一种魅惑，一种席卷，连带着尚未显形的意义，但是让我买下那本书的真实因由是：扉页上的几个字“献给卡斯道尔（Castor）”，Castor 即海狸，萨特对他的终身伴侣波伏瓦的昵称。

那时的我，一脸憧憬地遥望着萨特和波伏瓦式的人生方式，奢望着有朝一日去学习和实践。80 年代，中文系的学生有不少在做着写作梦。回过头来看，那时并不懂何为写作，或许因文学和青春的幻想匹配，或许还有时潮的推动，那时文学在整个社会生活中像一面旗帜在飘扬。

多少年过去了，我发现自己尽管尽了很大的努力去挣脱，也依然不同程度地在某种链条上——社会生活的、义务的……有时候想，或许一生就是这样了。一生真的很快，中年以后，年如月，月如日，日子不是在过，简直是在飞逝。对于一个写作者，仅仅没有时间保障已经够致命的了，更何况心境的破碎。我发现，众多的写作者，在世俗生活中，都挣脱不掉各式的不自由感，既不能太充分地写作，也不能太充分地生活。模糊而中庸，无论是人生还是写作，都见不出风清月朗的精神气，这是一个写作者内里的溃败。

当我把一年又一年收藏的萨特和波伏瓦的书，聚集在一起阅读时，我发现这样两个创造了爱的神话和时代自由精神的人，之所以能够创造和支撑这种传奇，在于他们一开始乃至于一生都坚定地把自己置于没有把握、化名自由的幸福之中，内心最深处的存在就是他们的现实，他们靠思考和写作创造出可以踏入其中的世界，自由和写作是他们的伦理，也是他们的信念。无日不写作，是一种习惯，也是一种仪式，支撑一个作家的一生。

从顶点开始

我深感，命运从童年时代就开始了，那些成为作家的人，在某种意义上，也是把童年里的光亮或晦暗延续最为充分、最为持久的人，他们有种脱群的天性，和向着高贵事物凝神的心性。

波伏瓦在回忆录里，讲到少年时代自己的视觉理想："我最大的幸福，就是在清晨撞见那苏醒的草地……我独自一人承载着世界的这份美丽和上苍的这份荣耀……"再大一些以后，她很清楚自己要爱什么样的男人，"等有一个男人能以他的智慧、学问和他的威信征服我，我便会去爱"。对于"以后想做什么"这个问题，她很绝对地选择"当个作家"。

再看在未来等待她的那个人——萨特。萨特在自传体小说《文字生涯》里讲：我是在书丛里出生成长，外祖父的工作室里到处都是书……我早在不识字的时候就已经崇敬书籍，这些竖着的宝石，有的直立，有的斜放，有的像砖一样紧码在书柜架上，有的像廊柱一样堂而皇之地间隔矗立着，我感到我们家是靠了书才兴旺的。书不离身，使我有一个清净的过去，也使我有了一个清净的未来。少年萨特的信仰就是：没有任何东西比书更为重要。他最大的幻觉就是万物谦恭地等待着他的命名，也就是等待他的写作。

对抽象高远的事物这样迷恋的两个人，相遇是偶然，也是必然的。一旦相遇，就会有不凡的开始，就像萨特的戏剧，从一开始就表现情境即将达到顶点的那个确切时刻。

1929 年，24 岁的萨特向 21 岁的波伏瓦，充满柔情地提出理智得几乎寒冷的吁求，也就是后来被世人传诵的那个爱的协议：亲爱的，让我们定个为期两年的协议吧。

“协议”，还是很有限的“两年”，多么没有保障啊！ 还有更深入的补充，使这契约式爱情完全置于开放之中，萨特建议：“我们之间的爱情是一种必然的爱情，但我们也可以有一些偶然的爱情。”也就是说，我们是最亲密的生活伴侣，但是各自有发生偶然爱情的自由。 这个男人，他要的是自由，甚至是绝对的自由。 但是他非常的诚恳，这使他的自由拥有了品质，他希望，“双方不仅不应互相欺骗，而且不应互相隐瞒”。 自由、诚恳、透明，年轻的萨特，未来的存在主义哲学家、文学家萨特就这样要求。

如果这是对于一个没有心智力量的普通女子，肯定是一种尴尬，甚至是一种羞辱，因为你明确地不保证，不承诺，还有发生偶然爱情的要求，这怎么可以呢？ 把我的命运置于春日的薄冰之上，把我的心置于伦理道德的撕扯中，我怎么能消受得了那么多情感的暧昧、道德的模糊呢？ 一个普通女子对于两性之间的这种超秩序、超常规、超伦理，是没有力量化解开的，那将是一团乱麻，一片泥沼。

可萨特面对的是波伏瓦，一个心存浪漫、迷恋自由、在思想的力量中感到幸福的女子，一个有着足够的心智力量与之相呼应的女子，一个能把二人关系从所有常识和常规中提升至绝妙高度的女子。 波伏瓦从一开始就明白了她不是唯一的，他们之间的情感关系只能以其自身的力量和持续时间来维持，而不是靠任何其他东西来使其正式化。 波伏瓦迎视这不确定性的未来，因为她所寻找的正是萨特——这个激烈地把思考和写作当作世界上的一种基本力量、当作自己的生命的人。波伏瓦说："他类似我，在他身上我看到自己。和他在一起，我可以永远分享一切。他还给了我另外一件重要的东西：面对未来，我突然再也不是孤身一人了。""我们之间存在着某种别人不可能有的东西"，那就是两人之间既幸福又危险，既透明又神秘，既是结合在一起的灵魂，又是放浪的形骸。

在两性关系中，他们只保留情感的部分，不要家庭，不要孩子；在生活中，他们避开了精神生活以外的生活负担和社会责任，每个人都有自己独立的居所。他们省去了所有的现实关系，把自己押上了自由和悬念之路。

如萨特所言："一旦冲破束缚，便能腾空而起。"这样一个突破当时社会习俗的开始，这样一个高难度的开始，对于他们未来的人生都是一种挑战，尤其是对于在社会生活中处于弱势的女性，这要求一个女人不仅要有足够的心智力量，还要有足够的独立生活的能力、勇气、承受力，等等。波伏瓦这样一个年轻美丽的女子，将怎样持续这样一个非常的开端，以至于成就一种非凡绝伦的人生，这人生又怎样促成20世纪销人心魂的杰作？

靠文字穿越极端处境

一个写作的人，怎样定位自己的生活、自己的伦理，在以后的人生之旅中，关键时刻将影响他的选择。他的心性，他最初的渴望，他生活的定位标，已经内化为某种类似本能、直觉的东西，在万般撕扯中，理性难以掌控的情形下，它们会帮助他，及时做出明智的选择；并且会帮助他抵御各种负面情绪，使他具有一种向明媚事物仰望的坚定性。

1939 年，萨特和波伏瓦这对 20 世纪最著名的知识分子伴侣正处在辉煌的起步阶段，历史刮起了风暴，第二次世界大战全面爆发。 从事写作的教师萨特，作为普通士兵被派往战争前线，等待这位自由知识分子的是：临时寝室里的集体生活，专制统治的礼仪，在某气象单位服役。 简单地说，就是紧急军事状态下的处境。 尤其是萨特在战俘营时期，那里不管做什么，都是成千人一起做，行动单位是一千人。

萨特意识到，他的处境代表着人类的基本处境，他没有寻找战争，但军事动员毫不犹豫地把他送往前线。 他置身于那不可忽视的集体力量之中，历史的高压使他顿悟到，作为他哲学和生活的自由理论是多么必需！ 他不能让自己太被动，在某种程度上，他也塑造战争，他要从中有所作为，他的思考不断向前推进，他把在这场战争中体会到的“存在与虚无、自由理念与外部理念”之间的关系，写进他最初的哲学巨著《存在与虚无》。

在阴暗困顿的营地寝室里，萨特用所有可能的时间去写作，其写作的强度令他的战友们惊诧。 在战俘营里，一片空虚之中，萨特也在安排他的生活，没有桌椅，就躺在地铺上读书和写作。 他开始写长篇小说《理智之年》，记下许多哲学随感，也就是后来的《存在与时间》的雏形。 他还写日记和书信，都是写给波伏瓦的，他把陌生环境中的生活详情寄往被战争阴霾笼罩着的巴黎，波伏瓦把巴黎的生活细致入微地写给萨特，通过文字，他们参与对方的“直接生活”（萨特语）。 这双倍的生活，都将成为他们思考的资源，更是他们爱情耐火的铰链，“您就是我”，文字把他们水乳交融地联系在一起。

像很多女人一样，波伏瓦给营地的萨特不断地邮寄烟草、巧克力和香料蜜糖面包，如果可能，还要相当大的数量，因为那些男人要分享一切。所不同的是波伏瓦给萨特的邮包里，总是有大量的书籍，萨特所需要的一切书籍，还有墨水和稿纸。那是萨特进入文字世界必需的工具。

波伏瓦所喜欢的这个男人，深信写作即存在，这样一种信念居然使他能抵抗住那场“奇怪的战争”，他在日记里写：“哲学在我的生活中，足以克制战争带来的忧患、阴沉和悲苦的情绪。现在，我不想用哲学来保护自己，那是卑劣的，也不想使生活适应我的哲学，那又何其迂腐，但真的，生活和哲学在我身上成为密不可分的了。”

应该说，是波伏瓦的呼应，萨特才能兑现这种生活哲学。萨特给波伏瓦的一封信里讲：“我在这里最难受的——不过并未为之痛苦——是失去了优雅的姿态和心灵的滋润。”波伏瓦有一次想尽办法去看他，士兵要在晚上 9 点前回驻地，波伏瓦留在阴冷的小旅馆里彻夜读他的手稿，第二天早晨，萨特见到波伏瓦的第一句话就是：“您读了我给您的那一百页稿子吗？”这就是萨特！隔着一壶浓热的咖啡，他们共享偷得的好时光，类似在火山上跳舞，终于萨特又可以谈他的写作了，可以听到懂他的人以爱和尊重的方式来理解他，鼓励他，批评他。萨特感到自己又活过来了。他迷人的海狸（他一生都这么喊她“海狸”），迅速变化的表情，直入事物内里的洞察力，捕捉他的理论体系不平衡处的本事，令他陶醉。这魅力具有一种别样的深沉和持久。

萨特喜欢在咖啡馆里和波伏瓦面对的时光，每次休假在巴黎和波伏瓦的相聚，都给战争期间的萨特以心灵的滋润。他们在一起，可以看得更远，他们带着一份明晰和极度的敏锐感知这个世界。

萨特感谢波伏瓦："您让我能够直视每一种未来和每一种生活。""因为您，我才能去直面不可知的未来和无论怎样的命运。"

战争使萨特更深地体会到海狸对于他的意义，他在一封信里写道："假如我们中有一个突然死去，我们曾经走过的日子还是那么美好。只有一样东西不需要时间再去验证，它是那样完美和平静，那就是我们之间的爱情。除此之外，我的生活再没有什么成功之处。其他都还需要时间的验证。"

他们无法回避战争，但他们改写着战争，潜伏在战争底处写作，在那冷雨腥风的几年间，萨特写出了他的恢宏巨著《存在与虚无》；他的话剧《苍蝇》《隔离》上演，舞台上说出的每一句话，都仿佛是一次争取自由的回响，萨特的戏剧被视为抵抗运动最强有力的象征。波伏瓦的第一部小说《女宾》出版，并被推荐给法国久负盛名的文学奖——龚古尔文学奖。

战争改变了波伏瓦对世间万物的看法，她学会了把目光投向更为广阔的人生。萨特宣称，"战争使我懂得了必须干预生活"，等等。作为萨特学说最善解的对话者、最坚定的支持者和直言不讳的批评者，波伏瓦锐利地指出：你的介入仅限于思想和创作，而朋友尼赞战死在比利时沙场，博斯特加入野战军受伤，那才是行动上真正的介入。波伏瓦的批评非常触动萨特，他从战俘营回来后积极参与抵抗运动，义无反顾地介入社会，参与了所有重大的社会政治活动，并提出了"介入文学"的理论，即主张文学对于现实生活的介入，"任何文学作品都是一种召唤"，即向读者的自由发出召唤。

也许从战时起，波伏瓦已经是无可替代，他们之间不仅是爱的关系，还是写作上的精神盟友，对文字生涯的迷恋，对社会问题、人类现实的关注和介入，使他们在对方身上更清晰地看到自己，“您就是我”。

简洁与多重/作家为何要这样生活

简洁与多重这两个词，在作家、艺术家的生活中是应该放在一起讲的。他们省去现实生活中的种种麻烦、约束，包括常规伦理的约束，为生命的丰富性留下了更多的可能，从时间、精力尤其是自由度或许可性上，都获得了可能。

有了时间就可以写作吗？倘若一个人处于身心倦怠之中，就很难进入良好的写作之境。一个昏昏然的日常中人，怎能抓住天外飞来的语言？怎能从心中扯出最柔美的语言？怎能遇到最广阔的语言？写作，尤其是持续有力的写作，需要饱满流畅的身体状况，和超日常的心境。

然而，肉体之身总会倦怠的。一代一代的写作者把尼古丁、咖啡作为提神的日常用品。我的一位写作的女友，一边吸着尼古丁，让神经适于工作状态；一边吞食着维生素，弥补尼古丁对身体造成的伤害。写作期间，一连几天不下楼，不讲话，是常态，直到把人写得恍惚。在这个人人都倾向于娱乐的时代，写作者真是另一种意义上的民工。直到我自己需要提神的时候，我才相信写作女人手中的烟卷，绝非装饰，而是生理性的必需，这样，也许意味着把健康押上去。

一些大作家用比尼古丁、咖啡更提神的致幻剂，也就是毒品，他们可不仅是把健康押上去，而是把命押上去。譬如，福柯、萨特，年轻时萨特为了让神经超速运转，达到过热的状态，曾注射过一种名叫麦司卡灵的毒品，这毒品刺激了一场视觉的暴风雨，为萨特后来左眼的失明埋下了隐患，他的右眼在3岁时就基本丧失视力了。

偶然的爱情，也是作家的兴奋剂，如果排除了世俗的麻烦，当然是和毒品性质迥异的兴奋剂。

即便在和波伏瓦最初相爱的那些年，偶然的爱情在萨特的生活中也是不断出现。有言在先嘛，这个男人对自己的秉性太了解了。不能说偶然的爱情是为写作，虽然那一切最后都导致了写作的发生，或者成为写作的内容。萨特是在天性里喜欢女人，他宁愿与女人“谈论琐碎的小事，也不愿与（男人）阿隆谈论哲学”。这个个子矮小的男人，可是讲话性感的大师，尤其是在同女人们交谈时。他借助语言的力量，满足他的童年幻想，他曾说，“谁写作，谁就在拯救和引诱”，“一切沟通都是引诱”。他毫不掩饰地说，“如果我的生活中有什么东西是始终如一的，那就是我从来不愿意正襟危坐地生活”，“我的全部生活不过是一场游戏”，“我写作一向是为了勾引女人，包括写剧本，也包括写小说和哲学论著”。尽管这些话充满了诙谐，不可全当真，但萨特这个法国男人，的确不喜欢在人生这场短暂的戏中表演得太枯涩。而且这个才情卓越的男人，是以全部的力量去爱一个人，不仅是为情欲所驱使，而且是从内心生发出的爱，这使他有极好的女人缘。据说，萨特每访一国，都结下一段情缘。

萨特一生到底有多少风流韵事？这个统计数字并不重要，重要的是他一边爱情，一边写作，在多重关系中，他和写作的关系是最重要的关系，他常对某个女友说：“你来得太晚了，我没有空了，不得不用工作的时间来见你。”她们知道，这个写作狂一样的男人，他的时间表就是法规。有一天，这位女友带一个木匠来修书架，她小心翼翼地说明：你别担心，我让他来是“占用我的时间”。

萨特和其他女人的故事，只有讲给他的海狸听，他与这些女人的故事才会有意义，甚至才会存在。这是什么感觉呢？就像一个放纵的孩子，他的一切行为都带有光荣展示的意味，可这是两性之间，乃至涉及性爱细节，这“透明”和“诚恳”是否太过以致变了质？让一个女人怎样去面对？尽管那最初的约定，多少避免了两人面对时的尴尬。

波伏瓦这个女人，之所以经久不衰，原因之一，就是她能创造性地去理解，不受任何既成观念的影响，她从生命内在的渴望去理解，以健康、生动、激情作为生命伦理，她甚至为萨特创造爱的机会，她不想让他盛年的身心在自律中变得呆滞。她认同萨特，也是认同自己。她不想挑剔任何人的瑕疵，“嫉妒远非我所能有的感情”，因为她有更重要的事情去做，她敞开身心，迎接激荡的岁月。

看看这令人眼花缭乱的关系：波伏瓦和她的女学生奥尔伽，萨特和奥尔伽以及和奥尔伽的妹妹旺达，奥尔伽和波斯特，波斯特同波伏瓦……就知道在二战前和二战后一段时期，他们偶然的爱情生长得是多么茂盛，并且波伏瓦也是一个主动者。真是多重生活呀！

曾有一段时间，萨特和奥尔伽、波伏瓦组成三人共同生活的“三重奏”。他们相互给予的这种绝对自由，并没有经得起日常生活长时间的考验，并且毁了他们之间的和谐，就算是一次对人性考察的试验吧。作为代价，波伏瓦耗尽了精力，患严重的肺炎被送进医院；萨特情绪低落两年之久。

后来波伏瓦在回忆录里，谈到“三重奏”期间的生活：“有些经历是每个人必须亲自体验的……如果我说我们是一体，那我就是在撒谎。两个个体之间从来不存在和谐，它得一再地重新争取得来。”

写作是治疗忧郁的最佳良方，波伏瓦总是能通过写作清理内心的冷与暗，她曾说：“当生活中有什么脱离常规时，文学就出现了。”波伏瓦把这一切难言的经历写入她的长篇处女作《女宾》。今天我们在这本书的扉页上看到波伏瓦的题词是“献给奥尔伽”，而不是萨特。或许不仅仅因为书中的女主人公是以奥尔伽为原型，还因为波伏瓦对于同类的相惜，她对于女性在以男性为中心的社会生活里的极其不易，深有感触。

因为《女宾》源于当时现实生活中罕见却非常真实的故事，这个故事体现着一种独特的人性需要，一种独特的性爱关系，并且波伏瓦以非常好的艺术表达，呈现了这种独特组合关系下的情感状态和内心困顿的形式。或者说，因为波伏瓦的身体力行，她把自己抛入天堂和深渊，然后用文字把自己救赎出来，她痛彻地写了自己，因此，这部作品在当时引起了强烈反响，而成为波伏瓦的成名作。不是为写作去生活，但生活的创新、断裂、再生，的确导致了写作。

“两个个体之间从来不存在和谐”，萨特以转喻的形式把它写入《存在与虚无》。萨特是一个在精神空间中对女人操心的男人，这也是波伏瓦最不愿离开他的因由之一。在波伏瓦颓丧时，他总是激励她写作，相信她会成为一个大作家，在波伏瓦写《女宾》之前，萨特提议：“为什么你不把自己写进作品里去？”在这方面，萨特是个很大度的男人，他才不在乎暴露自己的生活呢。萨特不仅仅是对波伏瓦，他对他所喜欢的每一个天资聪颖的女人都用心，“三重奏”解体后的二十年里，萨特为了让奥尔伽和她的妹妹旺达得到角色，不知疲倦地为她们工作——写剧本，对哲学和绘画很快厌倦的姐妹二人，因此都成为演员。命运真是充满戏剧性，萨特的这些戏——《苍蝇》《隔离》《肮脏的手》，也成为他最成功的作品。

和这样一个男人在一起，生活真是在奔腾的河流之上搭桥。你要迅速、敏锐、智慧地完成每一个动作，才不会被激流冲走。

在一次又一次的情感事故中，波伏瓦不断地建立新的平衡。

40岁以后，萨特如日中天，万人瞩目。作为女人，波伏瓦也不例外地发现了身体脆弱和衰老的信号。以后的岁月，波伏瓦还能从纷纭的人事中吸取教益吗？也就是把一切转化为各式各样的幸事。她还能够保持萨特心中的海狸形象吗？——“您始终体现真正的完美，您总是在合适的时间做合适的事情，有合适的想法，说合适的话。如果我的生命中存在有价值的东西，那一定是所有与您有关的东西。”这人生基调定得太理性了，保持下去需要多么大的心智，还有隐忍。

1945年，萨特两次访美，第二次是为见一个名叫多洛莱斯的女人。这个娇小俏丽的女人，当时在纽约的“战地情报室”当记者，是法国人，让讲着蹩脚的英语、唯有讲他的母语才不可抗拒的哲学家萨特极其兴奋。这一次，萨特陪伴多洛莱斯四个月，才回到巴黎。他告诉波伏瓦：“以后，我每年去美国和她过两三个月。”看来萨特真的是爱得迷狂。他还告诉波伏瓦，多洛莱斯完完全全分担了他的反应、他的情感、他的愿望、他的不耐烦，当他们散步时，她跟他同时产生停步或继续迈步的兴趣，他们有一种生命节律深层次上的和谐。在波伏瓦看来，这表明一种深沉的接纳。而性爱激情，在中年以后的波伏瓦和萨特之间已几乎不存在。波伏瓦感到了从未有过的威胁，这偶然的爱情几乎要取代他们必然的爱情了。

在他们彼此相伴了 15 年后，波伏瓦第一次如此惊慌和怀疑，问了萨特这样一个发烫的不合适的问题："坦白地说：我和 M 对你孰轻孰重？"这是一个普通女子习惯问的问题，看来再优秀的女人也有茫然四顾的时刻。萨特的回答非常暧昧和智慧，他说："M 对我非常重要，但我要和您守在一起。"

在波伏瓦的回忆录里，多洛莱斯是唯一被用符号称呼的女人，或许是波伏瓦不愿让这个动摇了她生活的女人进入她的文字。

波伏瓦再次靠写作自我疗伤，她不停地写她的长篇小说《人都是要死的》，把阴郁的感觉转化到作品里。波伏瓦在词语中苦苦挣扎，颓丧和虚无消耗着她的心理能量，她写得很慢，但坚持了下来。在《年龄的力量》里，波伏瓦讲到作为她生活重心的写作，"除非在旅行中，或发生了非同寻常的事件，否则一天不写作，那一天便索然无味"。

波伏瓦并不总是躲在一隅自我疗伤，她和阿伦特相似，有着自己明媚的行动哲学。

1947 年，波伏瓦作为法国文化界名流，应邀赴美国作讲座，波伏瓦抵达纽约的第一件事就是约见多洛莱斯。波伏瓦已有充足的经验，和萨特的情人面对面，或者成为密友。波伏瓦还是一个有策略的女人，她要消除多洛莱斯在她和萨特之间的神秘感，或许，还要发现自己的优势。波伏瓦很快就给萨特写信：

我很喜欢她。我能理解您对她的感情，也为您的这种感情而自豪。同时，我没有一点不舒服的感觉。

波伏瓦又开始讲而且又能够讲合适的话了，聪明绝顶的女人才会这么做。你不是还爱着这个男人，想让他回到你的身边吗？那么，就从他的眼睛去看他的生活，这样做，并非放弃独立性立场，而是因为在两性关系中，针锋相对，只能两败俱伤。波伏瓦多么清楚，如果她伤害了萨特，伤害了这共同拥有的生活，也就是伤害她自己。作为感情伙伴和事业伙伴，他们的关系越来越成为一种形象，那些不了解真相的人，甚至把他们的关系看成是一种神话——所有爱情关系中人们最渴望的神话：自由情侣。波伏瓦不是杜拉斯那种彻底的狂怒和彻底的狂喜，波伏瓦不要彻底断裂，不要粉碎，她只是调整，她的理智和野心要求她无论发生什么事，受到多大伤害，都不会去破坏她和萨特共建的神话。

从此看去，波伏瓦内心真的是很隐忍，很艰苦。她在《第二性》中讲："事实上要成为一个创造性的艺术家，靠举行展览，收集资料，做培养工作是不够的，一定要透过蜕变期间的自由行动去理解文化……以自由的精神走向天堂。"作为一个女人，波伏瓦一开始就放弃了传统，选择和萨特的契约式生活，学习在自由中生活，但是积极的自由更多属于萨特，她更多的是无奈的自由。

因为内心总需要得到安抚，仅仅靠写作是不够的，生命之间的激情和温暖，任何别的方式都不可替代。

是偶然，也是无奈促成，波伏瓦在美国讲学期间，多洛莱斯已经应萨特之邀悄悄到了巴黎，就在波伏瓦按原计划返回巴黎的时候，接到萨特的信，这个男人是绝对不隐瞒的，他希望波伏瓦最好推迟归期，因为多洛莱斯还要在巴黎待一段时间。接下来，就是波伏瓦和美国作家奥尔格伦的恋情，这是一个俊美的男子，事态的发展超出了波伏瓦的想象，这位美国情人懂得如何让她欣赏大自然的美，欣赏他的广阔的国家的那些树木和光影，尤其是波伏瓦从他那里，又复苏了身体的激情，有接近完美的性爱感觉。就像萨特所描述的，他和多洛莱斯有生命节律的深层和谐，波伏瓦和奥尔格伦现在也如此。

在萨特的众多情人中，唯有多洛莱斯无视萨特和波伏瓦的契约，她要求和萨特结婚，她以为通过尖锐化可以赢得优势，她威胁萨特，如果不能在巴黎一起生活，就分手。在两性交往中，萨特是一个畏惧纠缠的男人，或者说他不愿意让任何一个女人成为他的负担。同时，他又非常的人性，他自己在情爱之中时，他也真心希望波伏瓦另有欢乐，这个男人真的是遵循自由伦理。

在本质性的时刻，在无法收场的时刻，波伏瓦以“女人的敏感和男人的智慧”（萨特给波伏瓦的评语），诙谐地促成了这场戏的结束。她陪萨特逃到巴黎郊外的一家乡村旅店过了几个星期，留下多洛莱斯在他们的寓所，然后回她的纽约。

波伏瓦和奥尔格伦的恋情，也因奥尔格伦坚持非此即彼的方式而毁坏，作为作家的他们，谁也不能将对方从母语和最亲密的环境中拉出来，到对方的国家去。在他们的越洋情书中，奥尔格伦感叹：“你不会远离你的祖国来到芝加哥，我也不能去巴黎，因为我总要回到这儿，回到我的打字机旁，回到我的寂寞中。”尤其是波伏瓦，她怎么可能放弃萨特呢？波伏瓦在给奥尔格伦的信中，曾这样疼痛地表白：

> 了。我甚至相信和你分手对我来讲比对你更难,我比你想象的更痛苦地想念你。但是你也必须了解萨特在哪些方面需要我。我是他唯一真正的朋友,唯一真正理解他、帮助他、和他一起工作、给他一些平静和平衡的人。近 20 年来他为我做了一切,帮助我生活,发现自己,他为我牺牲了许多东西。现在,四五年以来,是我可以回报他为我做的一切的时候了。我可以离开他一个时期,或长或短,但不能把整个生命交给别人。我实在不愿意再提此事,我知道失去你对我意味着什么。(1948-7-19)

无论是奥尔格伦还是萨特的那些情人，他们都不能在写作的意义上真正理解萨特和波伏瓦，也不能像他们两个之间那样彼此全方位地理解，成为各种角度的合作伙伴。波伏瓦不喜欢女性把写作和魅力混为一谈，在对待写作的态度上，她和萨特相似，在自由生活的表象下，他们都是拼命工作的人。萨特每天必须上午三小时晚上三小时伏案，或者更长；波伏瓦曾在国家图书馆度日，时间有时超过馆员。在这方面，他们非常自律。自律和自由是他们生活的正反两面。在《七十岁自画像》里，米歇尔·贡塔问萨特："为什么你的生活这么有规律呢？"萨特回答："生活必须有规律，才能从事大量的写作。"实际上，萨特在任何方式、任何条件下都可以写作。天才总有巨大的胃口，不仅要有质量，萨特也像巴尔扎克那样，也要通过数量达到惊人的优秀。而同样作为作家的奥尔格伦远远不是这么自律，这么投入。

多年来，萨特和波伏瓦在日复一日的写作生活中，已经形成了知己知彼的默契，真的如萨特所言，任何人都不会像他们一样"密不可分，形同一人"。

但和奥尔格伦情感淡出的那段时间，波伏瓦还是真的很痛苦，她靠镇静剂入睡，她在回忆录里写道：

> 在我适应老年和我的结局之前，我还在奢望把光与影分开。突然之间，我发现自己正在化作一块石头，钢刀正不停地劈在这块石头上；啊，这就是地狱。

萨特和波伏瓦从各自的恋情顶峰上跌落，接下来是相互安慰。这两个人之间的关系既透明又复杂，他们既是美好意义上的伴侣，又是合谋者——虽然他们都是本色性情的演员，投身其中，几近焚身，但曲终人散，客观上，他们是真正的导演，是游戏规则的操纵者。简单地讲，他们只是想体验偶然的爱情，他们最终要回到必然的生活中来。那些对抗他们游戏规则的人，结果都很被动和受伤，譬如奥尔格伦，从此生活就很不快乐，他颓丧地认为，波伏瓦只是想从他们的关系中获取写作灵感，他也没有太严肃地对待写作，在酒精的浸泡里，先于波伏瓦离开了人世。

萨特和波伏瓦有坚定的基石，那就是写作。萨特晚年总结自己的一生时说，“我一生唯一的目的就是写作”，波伏瓦也是，他们都是有宏大目标的写作者。在波伏瓦看来，那些伤心的日子，既不是荒谬也不是随意，而是他们的生活所必需的。一个对生活有特别消化能力的人，才会这么理解人生。萨特这样安慰波伏瓦：“别伤心，我们俩在一起，这是最重要的！工作在等着我们。而且杂志（《现代》）需要您！”

他们用文字留住不断伤逝的人生，甚至可以说，为了文字的生成，他们必须这样生活。这写作的逻辑不能演绎到社会生活中去，它只适合于创造性的人生。

他们有自己的表达方式和感恩方式，萨特把他的剧作《肮脏的手》题献给了多洛莱斯，波伏瓦把她两卷本的小说《名士风流》题献给了奥尔格伦。这是作家所能给予的最情感、最高级别的馈赠。

盛年以后/自由和名望的阴影

波伏瓦35岁左右，也就是《女宾》出版后，她才感到自己真的可以写作了，可以是个作家了。40岁以后，波伏瓦的《第二性》出版，她才在世上找到了一个有限的但是真实的立足点，内心有了坚实的自信和清晰的方向，从精英男人群中浮现出来，成为独一无二的这一个。

波伏瓦为什么能写出《第二性》这部使她名扬四海的大书呢?

40岁以后的萨特成了众人瞩目的人物，成了异乎寻常的权威，作为女人的波伏瓦，与和大师在一起的女人们有着类似的命运，那就是你在他们光芒的阴影里。尽管波伏瓦一开始就是以独立、理性、智慧、写作出场，尽管她本人早已从萨特思想和才华的辐射下走出来，但是世人可是看不见这些，或者忽略这些。波伏瓦曾被称为“女萨特”或“萨特的圣母玛利亚”，被当成一个与存在主义者放浪作乐的女人。

这样的场景已是日常。有一次，波伏瓦和萨特、加缪一起欣赏音乐会，会场上全是巴黎的名流要人，加缪由自己感兴趣的一年轻女歌手作陪，他对萨特说：“想想吧，我们有办法让她明天一跃成为这种公开场合的名角儿。”他一边说，一边得意地环视着会场。这位《战斗报》的创办人，年轻俊美的作家，后来获得了诺贝尔文学奖的作家，曾是萨特和波伏瓦共同的朋友，他对波伏瓦，也并不是很尊重，涉及一些严肃的话题时，他的态度总是提醒她，你只是个女人。加缪对于女性的态度，让波伏瓦明白了传统的重负有多大。当时，左翼知识分子和议员们，都忙于政治、介入和社会主义，没有人关心女性的生存处境，波伏瓦当时孤立地待在一个知识男人的圈子里。

还有萨特的风流带给她的失落与心痛，使她切身体验到男女的处境、心境之差异，包括她自己多次卷入偶然的爱情之中，那种既欢乐又苦涩的心情，都促使她从不同的角度去思考两性问题。

波伏瓦寻思这部书的那些年月，她在国家图书馆，从一本书到另一本书，从一个世纪到另一个世纪，波伏瓦发现，几千年来，没有人为女性的处境提出过抗议，女性的痛苦被湮没在历史的尘埃中无声无息。

波伏瓦在《第二性》中，提出了她最著名的论断：“女人并非生来就是女人，女人是被动地变成女人的。”她避开那些理论的和抽象的对抗，她涉及的是活生生的日常生活。她在《第二性》第一卷的题名页上，题写了她生活伴侣的一句话“我和所有人一样，一半是同谋，一半是受害者”，表达人生境遇之暧昧。

《第二性》出版后，引起的强烈反响，远远超出波伏瓦的想象。人们把她当成冷嘲热讽的对象，对准她的道德和社会信念进行攻击，各种低俗的言辞涌向波伏瓦，在餐馆、咖啡馆，波伏瓦成了被指点、被议论的对象。因为，在人们看来，这个女人暴露了法国男人们的滑稽可笑；她的客观冷静，使一向具有优越感的男人们失落和尴尬。波伏瓦在回忆录中分析："我平静地发表自己的见解。假如我喊出的是狂热的呼救，表现的是一颗受伤心灵的反抗，他们会以一种感动和怜悯的恩赐态度呼应。正因为不能宽恕我的客观，他们才作出不信任的样子。"

波伏瓦总结社会生活中的自己："我的社会生活史本身就包括我的著作史、我的成功史和失败史，也包括我受到的种种非难和抨击的历史。"

波伏瓦一生一直用两套笔墨写作，一是虚构写作，即小说创作；一是智性写作，或者说思想性写作。波伏瓦曾说："我的小说所反映的是由包围着我的处境的全部以及细部使我陷入的惊愕，我的论著反映的是我的实际选择和我在理智上的信念。它们分别与两个不同的感受系列相适合。"

波伏瓦的虚构写作总是带有自传的性质，以至于人们竟固执地把《名士风流》看作一本写真事的书，他们哪里知道，作家应该在谈论整个世界的同时完整地谈论她自己。无论人们怎么认为，甚至无论萨特怎么认为，波伏瓦都坚守她的写作愿望：我总是讨厌精巧的情节，因为它们显得虚假；我想写出生活的杂乱、模糊和偶然。实际上，波伏瓦每一次出版作品，在得到肯定和荣誉的同时，都引来了风波或者攻击。

《名士风流》，波伏瓦写得很艰难，她每写一本书都要花两三年时间。这部作品，她用了四个春秋，写作期间，她每天都要伏案六七个小时。可是，对于不懂文学的人们，对文学的想法可比这浪漫得多，人们之所以有种种浪漫之见，恰恰因为文学不仅仅是一种职业，它同时是一种热情，或者说是一种梦想。至于那些对文学持轻率态度的人，他们从来就不懂文学是生命之中的事情。事实上，对于一个真正的作家，她在写作的同时也在塑造她自己。萨特也曾说，有的作品使写作之前的我和写作之后的我不一样了，只有这样的作品才是重要的。

《名士风流》因对战后知识分子精神历程的出色描写，在它出版的当年（1954 年），就荣获了龚古尔文学奖。波伏瓦用这笔奖金给自己买了一个单间公寓，除此，这荣誉或许没有给她带来更多的快乐。

那些给波伏瓦带来毁誉参半的作品，使她和萨特在一起时，更招人注目。

时间长了，名望或者荣誉便有一种苦涩的味道。

波伏瓦在回忆录中讲，自从他们为众人所知之后，无忧无虑的日子就一去不复返了。早年经历中的冒险的一面永远地消失了；他们不得不放弃所有的心血来潮，放弃选择时的一切偏颇离谱。为了保护他们的私生活，他们不得不垒起篱笆，把旅馆和咖啡馆生活抛在身后。“我曾那样喜欢生活在人群中并与他们融为一体。我见到过很多人，但绝大多数人已不再像跟其他人说话时那样跟我说话了，我们之间的关系已经变得不自在了。”

在波伏瓦看来，虽然成功没有使萨特变成另外一个人，但是，他为了把自己与世隔绝而创造的那种气氛，也在一定程度上切断了他们的联系。他不再去当初他们酷爱的咖啡馆了……当初无名的终身伴侣如今成了知名人士。仿佛有人正从她身边把他带走。种种研究，耗尽了他一整天一整天的时间。《名士风流》中，作者通过女主人公之口道出当时她的心情：“因为我感受不到快乐，所以我不快乐。”

虽然他们年轻的时候，都渴望成名，一旦名望到来，在很多时候却希望回到无名中去。萨特后来认为波德莱尔、司汤达和卡夫卡的孤寂是他们发挥才华所必须付出的代价，因此，巨大的名声使他不安。1964 年，萨特因《文字生涯》荣获诺贝尔文学奖，他谢绝了这一来自官方的荣誉。

他们避免在消遣场所露面，却比以往更多地介入到社会生活中，乃至介入到同时代很多国家的生活中。作为知名作家，他们拥有许多明显的优势：不必为稻粱谋，只需干你想干的一切。他们被邀请到世界各地，参与各种文化活动；他们被大量必须起草或签名的声明、抗议、决议、宣言、呼吁和电报压得喘不过气来，与作为一个整体的世界保持着联系。他们多次加入到游行队伍中，抗议法国政府进行的阿尔及利亚战争。波伏瓦说："1943 年以后，我的快乐与一系列重大事件连到了一起。""在阿尔及利亚战争期间，我好像在经历一场个人的悲剧。"

在波伏瓦的回忆录里，更多的笔墨首先是她和萨特对于社会生活、政治风波的参与和见证，其次是在世界各地的游览，个人情感部分倒是文字量很少。波伏瓦是那种很大气的知识分子型作家，属于人类的作家，当她认清了人类的真实状况——三分之二的人在挨饿，她说："我再没兴致在这个原有奇迹已消失殆尽的地球上到处旅行了。"萨特被誉为"战后法国知识界的一面旗帜""世纪伟人""世纪的良心"等，事实上，波伏瓦也和萨特一起参与了那些影响历史进程的抗争。

在很大程度上，波伏瓦正是为了澄清事实真相，才一次又一次，一年又一年，写下她那多卷本的回忆录。其中《时势的力量》占了很大篇幅。她说，"我只是一位作家——一位女作家，而所谓女作家，她不是一位会写作的家庭主妇，而是一个被写作支配了整个生活的人。这种生活自有其前提、秩序和目标"；"我的种种感情产生于与世界的直接接触，我从事的工作要求我自主地作出大量决定，我并不是以他（指萨特）为媒介而生活的”。可见，在写作生涯中，波伏瓦很不希望人们把她和萨特捆绑在一起说。但是世人始终这么说。

波伏瓦50多岁时讲：“直至现在，我始终相信尘世的成功是虚无的。”“尽管内心深处淌着那股不信一切的潜流，尽管所有关于责任、使命和拯救的概念都早已土崩瓦解，尽管我已无法确信我在为谁又是为了什么而写作，但写作这一活动本身现在对我来讲却比以往任何时候都更有必要了。我不再认为写作要有什么正当理由，但若不写作，我又会感到自己在道德方面亏理。”

造成波伏瓦这种心境的原因有很多，譬如她发现了世界上太多深重的苦难，靠个人的力量又无法改变；包括她的个人生活，她正叙述的那个阶段，她和萨特关系中的种种缺点暴露得已很明显。她和萨特的契约式爱情，成为一些青年男女的向往和追求，从20世纪50年代到80年代，在法国乃至整个西方社会，影响达三四十年之久。到80年代，这种生活方式在某些西方国家甚至开始合法化、普遍化。但是波伏瓦目睹那些仿效者，因为在爱情之外，他们没有其他的精神支撑，或者说没有消解生活中种种问题的能力，他们因各自的自由、不忠而变得针锋相对，彼此成为施虐和被施虐者。尤其是她自己，葱茏火旺的岁月，或许她会感到正在经历的、即将消逝的那些时刻是独一无二的，是属于他们的辉煌时刻。但是盛年以后，曾经坚固和明朗的东西，现在开始出现了裂缝和阴影。她在《名士风流》中写：“我感到自己不能只为爱情而活着。然而，每日清晨醒来，没有任何人需要我，日复一日毫无意义地承受着时间的重负，我已极为倦怠！”虽然这不能等同于波伏瓦本人所言，但表达着她那个时期的心情。

因为，在波伏瓦看来，萨特这个男人，世上没有任何力量可以迫使他干什么，不干什么；而且他生来就不善怀念。夸张些说，只要给他纸张与时间，他就什么也不缺了。萨特没有像波伏瓦那样写漫长的回忆录，他的自传体小说《文字生涯》只写到了童年结束。原因之一，或许是这个男人来不及回忆，他一直向前冲，他在写《辩证理性批判》时，每天工作十小时，服用苯丙胺类药片，最后每天吃 20 片，这使他的思想和写作至少是正常速度的 3 倍。去世时，他还没完成他那该死的断续写了 15 年的多卷本《福楼拜》研究。波伏瓦说他在“与时间、死亡作精疲力竭的赛跑”。

这是怎样一个刀枪不入的男人，他从不消沉，即便晚年他唯一的一只眼睛失明以后，用他自己的话讲，就是他存在的理由被夺走后，他依然保留了笑的能力。他通过对话、录音、电视节目这些勉强的方式记录下自己的思想，他实践的是快乐哲学，如柏格森的箴言，哲学旨在让我们变得“更加快乐和更加强大”。

为什么女人总要回到感性的温暖中？

或许这永远是一个说不清的话题。

如果波伏瓦不写那些回忆录，而去写一部或者几部长的、紧凑的、更重要的著作（也很难说什么更重要），或许会推迟一些暮年感的到来。

因为回忆不断地刺激这一切、那一切将不再有，文字加深着岁月的刀痕，加速着荒凉气息的扑面而来。

衰败感是导致波伏瓦晚年心境虚无的重要原因。在回忆录里，尤其是在每一卷的前言中，那种衰败感浸透在字里行间：

> 当我看到衰老正一步步向我进攻，而我身体内部的一切都措手不及的时候，我被吓垮了。

曾记得有一天,我对自己说"我四十岁了"。还没等我从这一发现的震动中定过神来,我已经五十岁了。当时攫住我的那种恍惚还留在我身上。

我已经开始厌恶自己的外表,我的心境也受到了影响。我的乐趣也随之黯淡无光。

我变老了。它带来了很多变化。首先我周围的世界变了样,它变得越来越狭小了。青年时代,萨特和我经常遇到一些"水平比我们高的人",他们有着我们在孩提时代就感受过的魔幻般的力量,现在这种神秘感的实质已经揭开了。不再有什么奇人奇事,人群已失去了使我陶醉的力量。

写作的女人对岁月的流逝、生命的衰败,比一般女人更敏感。 波伏瓦 50 岁以后,情人朗兹曼渐渐与她疏远,或许波伏瓦从那时开始,感觉到了老之将至。 波伏瓦和美国情人分手后,和年轻一代的朗兹曼的恋情,曾使波伏瓦复苏了对万事万物的兴趣。

谁能像爱情天才杜拉斯呢? 真的是爱到死,写到死。

写作支撑了波伏瓦的大半生后,如今已抵挡不住逝水流年的侵袭:

创作是历险,它意味着年轻和自由。但是,一离开写字台,过去的时光就重新在我身后积聚,我再次与我的年龄发生碰撞。

更重要的是现在萨特也老了,他眼睛失明,过度用脑和过多恋情损伤了他的神经和心脏。 虽然他自己并不怎么在意,但与之相伴了一生的波伏瓦还是很惊恐,也许因为她的眼睛太属于生机勃勃的事物，她不能接受自己的衰老以及与她最关联的这个男人的衰老，但她知道他将一直老下去，直到整个身躯都彻底变样的那一天为止，而且很可能将先于她离开这个世界。

女人真的是很依赖感性的生命，女人，即便是波伏瓦，进入文字和历史的渴望也不像萨特之类的男人那样强烈，包括她的写作，也总是想在生活中抓住什么。我想应该承认这种差异，不是谁轻谁重，而是两性的自然条件和天性导致的不同吧。肯定了差异，才能找到更恰当的互生互长的方式。

“不是我在跟我曾欣赏过的一切告别，而是它们在一个接一个地弃我而去”，生命的被动和惊慌或许就在于此。在你还没有准备好的时刻，你与世界相连的纽带已经一条条、一节节地被磨穿了，它们正在或者很快就会断掉。

因此，波伏瓦说，“我们的死亡就在我们体内。我的书，我得到的种种评论，无数信件，与我谈话的众人，本该使我快乐的一切，如今却完全成了虚空”，“我只想在自己在世时，被人阅读、被人尊重、被人热爱”。

这和萨特的那个重要命题“存在主义是一种人道主义”是相通的，只是男人喜欢抽象和宏大的表达，而女人在自身之中去表达普遍。写作的女人总是在这个世界上寻找温暖的事物。

一旦虚无过了

漫漫流年以后，对“虚无”这个词，我才有了积极的理解：它通向本质和真实。一旦你敏感地强烈地体验了虚无，你对任何一种人生方式的不完美，完成了俯瞰以后，你反而安定了，不那么被动和惊慌了，不在情绪中负消耗了。你面对人生的这种有限性写作或者生活，都更具有了现世温暖的性质，你只是希望一个小时比一个小时干得更好，而一切的荣耀皆属于随风飘逝的事物。

萨特晚年也承认，自己骨子里是理想主义者，把概念当现实，把写作当成存在本身，他说他用了三十年的时间才摆脱这“唯心”，在强硬的政治面前，最后他发现“文化救不了世，救不了大众，也维护不了正义”。但写作已成为他的习惯，他的职业，他还得继续写下去，而且只有这面批判的镜子让他看到自己的形象。从幻觉里走出，但不还俗，萨特用劳动（写作）和信念拯救自己。萨特的这一“虚无”，真的是挽救了文学。萨特经历了十多年坎坷的社会活动家生涯以后，出版了代表他最高艺术成就的自传体小说《文字生涯》，真的是如萨特所愿，以美的形式表达深刻的思想。

在所有的繁华之后，萨特所希望、所确信的是，“我的心脏最后一次跳动刚好落在我著作最后一卷的最后一页上”，一个真正视写作为生命的大作家才有这样的气象。

萨特 70 岁时接受米歇尔·贡塔的采访，谈到波伏瓦对于他的重要性，他说：“我所有的想法还在形成过程中的时候，都对她阐述过。”

问：因为她的哲学思考达到与你同样的水平？

答：不仅因为这个，还因为唯有她对于我自己、对于我想做的事情的认识达到与我同等的水平。因此她是最理想的对话者，人们从未有过的对话者。这是个独一无二的恩赐。

把自由、名望思考得非常彻底以后，这样两个人到后来可以说是相互签发“出版许可证”，他们对有幸爱着的这个人的批评，是最大限度的严厉。外部的评价也许会带来高兴或者不高兴，但对于他们，已经都不是真正重要的了。

波伏瓦支撑了萨特失明的晚年，无论是日常生活，还是为他读书、读报、记录他的思想等精神生活。

萨特去世后，波伏瓦写出了她著作中最重要的作品之一《告别的仪式》，以自己的归山之作向萨特作最后的告别。她把这本书献给“所有爱过萨特、爱着萨特、将会爱萨特的人”。

他们在一起，经历了五十多年的风雨后，波伏瓦伤心地写道：“这是我的第一本，无疑也是最后一本，在付印前没有让你读到的书。它整个都是献给你的，但你却感受不到它的存在了。”

现在真的是总结一生的时候了，波伏瓦这样总结时，她一定是没有什么遗憾了，“我一生中最成功的事情，是同萨特保持了那种关系”。经历了盛衰与光影，最终这爱情又和那样一个顶点的开始相呼应，成为世人遥望的神话。

借蒙田的一句惊世格言：“因为他曾经如此。因为我曾经如此。”我写作过，我生活过，我什么也不遗憾。这是福楼拜讲的，这是萨特讲的，这也是波伏瓦讲的。

面对时间和历史，他们最终是平等的。

补 记

或许今生今世，我们也没有更大的力量去创造一种切合心性的生活，但是经由萨特和波伏瓦的传奇人生，我们或许可以改变对于人生的看法，对于“爱情”“忠诚”及两性关系等，或许会有更进一步的理解，更美好一些的实现。如果说再好的婚姻生活也有眼泪，那么就让这眼泪变得更有意义一些，更有尊严一些，把我们的脸庞转向生命中真正重要的事情。回望他们的一生，今日的我更尊重作为西方女权运动引领者的波伏瓦，她的一生，尤其是她的理智、智慧之书，被誉为西方女性“圣经”的《第二性》，为改变女性的处境、为两性真正的平等及人类文明的进程，做出了前所未有的探索和发现，至今仍可照亮不同国度女性的现实。

参阅书目：

①萨特:《萨特文集》,沈志明、艾珉主编,人民文学出版社,2005。

②克洛迪娜·蒙泰伊:《自由情侣:萨特和波伏瓦轶事》,边芹译,译林出版社,2001。

③西蒙娜·德·波伏娃:《名士风流》,许钧译,中国书籍出版社,2000。

④西蒙娜·德·波伏娃:《女宾》,周以光译,中国书籍出版社,1999。

⑤西蒙·波娃:《西蒙·波娃回忆录》,陈际阳等译,江苏文艺出版社,1992。

⑥西蒙·波娃:《第二性》,桑竹影、南珊译,湖南文艺出版社,1986。

⑦西蒙娜·德·波伏瓦:《萨特传》,黄忠晶译,百花洲文艺出版社,1996。

Salome's 萨乐美 Quotations 语录:

如果你不能赐予我更多的快乐
至少你还可以赐我痛苦
（后来尼采为这诗句谱了曲）

爱就是：了解一个人，接受他对事情的看法，这样当事情发生在我们身上的时候，我们就不会感到陌生和惊讶，也不会感到冷酷和空洞。

如果真正经历过了，那么命运如何便不重要了。

普通的人通常逐渐达成与命运的平衡和适应，而非常的人则会产生对生命本身的质疑。

所有的想象，连同它的后裔——艺术，都只不过是表达手段，服务于我们最强健的内心，服务于对现有事物的不满。

那把我们远远地带离战争状态的，别无其他，就是共同开发人类灵魂的本质。

06 谁在创造精神事件中的高贵与美好

——记忆萨乐美

露·安德列亚斯-萨乐美（Lou Andreas Salome，1861—1937），德国作家。出生于圣彼得堡的贵族之家，青年时代旅居欧洲，被誉为"19世纪末20世纪初欧洲知识沙龙共享的玫瑰"。萨乐美是一个理论和创作并行的作家，除多部小说作品外，还有思想类随笔：《弗里德里希·尼采和他的作品》《师从弗洛伊德——我的私人笔记》《莱纳·玛丽亚·里尔克&与里尔克一起游俄罗斯》《在性与爱之间挣扎：萨乐美回忆录》等。

萨乐美的生涯属于那些难以描述的生涯之一，况且还有文化艺术史里沿袭的势力，世人思维的惯性或惰性，因此，萨乐美这个名字进入我们的视野时，被简化为尼采的追求者，里尔克的情人，弗洛伊德的密友。萨乐美与德国精神史上这三位光芒四射的人物的特殊关系，使她的个人形象在一定程度上受到遮蔽。这是一个女人在劫难逃的命运，无论她是非凡还是一般。萨乐美作为一个时代最自由的头脑之一，作为一个精神生活者所产生的力量，尤其是在人生的历程中，她几乎克服掉了人性的全部弱点，开启着艺术的秘密通道，分担着另一个人超凡而罕见的命运，修复着精神事件中的不美好，为上帝担当……要还原这一切，方可看清萨乐美的轮廓，看清这样的女性对于人类精神生活的意义。

萨乐美与尼采等人的"共同生活"：超越伦理学困境

萨乐美于1861年出生于圣彼得堡的一个贵族之家，伴随她成长的人们天性里都倾向于内心生活。萨乐美20岁后旅居欧洲，受到了当时欧洲各国时代精神的感染，外部的风雨助长着她内心自由的风暴，她的一生都在寻找思想上的志同道合者。

21岁的萨乐美实践着一个奇异的计划，也是梦中的生活——"共同居住和工作"，建立一种蕴含丰富的友谊、超凡的人之亲情、分享心智生活的快乐与哀伤的共同生活方式。怀疑论者雷埃和巴塞尔大学的教授尼采加入进来。37岁的尼采见到萨乐美的第一句话是："我们是从哪颗星球上一起掉到这里的？"这神圣的充满命运色彩的问候语，不久便被尼采改写了。

从总体来讲，尼采具有铁一般的意志；从细节来看，他又很容易被情绪所左右。尼采曾评价自己：“我不是人，我是炸药。”他身上的狂热激情和伤害欲望随时会引爆，他数次向萨乐美求婚被拒绝后，加上他妹妹的醋意诋毁，还有情敌雷埃的存在，尼采就失去理智，丧心病狂地谩骂，毁坏萨乐美和雷埃的名声，彻底摧毁了三个人的关系。萨乐美对此保持沉默，远离所有这一切，拒绝听取与此有关的更多的东西。她不愿意和人性的弱点较劲，她看到了这个具有宗教本性的哲学家致命的限度，因此，她要保持人性的尊严。萨乐美曾说，可能只有尊严才是我的故事的主题，尊严这个词始终是其他一切内容的基石，稳稳地，默默地。

萨乐美实实在在地坚持“不是爱情、崇拜、调情和私通，而是工作、研究和哲学思考”。男人们怎么可能遵守这个契约呢？即便尼采感叹：“我从来没有遇见过一个人像她那样对我的问题没有丝毫的偏见，具有真知灼见，而且是有备而谈。从那以后，我就觉得在和其他人交往的时候我仿佛注定要么保持沉默，要么就采用虚伪的方式……”“她是目前我所认识的最聪明的人。”（《萨乐美的一生》）“她的理智像鹰的眼睛一样锐利”，“那是一个在呼吸之间就能把自己具象化的灵魂”（《尼采传》）。他自认为自己所做的一切都是不可原谅的，他也绝不会为挽回这个精神伙伴而努力，他说：“宽恕朋友比宽恕敌人要艰难得多。”这个惯于自我吹嘘的男人，面对世人，不会把这个年轻的俄罗斯姑娘作为精神对手，自然会把她作为情欲的对象。他说：“伊莉莎白够美丽，但她是我的妹妹。萝够聪明（有时有点太聪明），但是她拒绝与我结婚。”这个颇受争议的唯意志论哲学家，自有他的道理：“一旦哲学家拥有女人的身体，他就拥有悸动着的人类身体；拥有存在的实体，不是阴影；拥有实际的经验，不是陈腐的哲学抽象。”（《我妹妹与我：尼采佚失的最后告白》）

三人同盟解体后，萨乐美和温情善良的雷埃定居柏林，为原本的梦想而努力，他们的圈子包括了各类学科的代表人物——自然科学家、东方学家、历史学家、哲学家。这个圈子里的氛围是健康、明朗的，他们并非都很了解尼采，尼采那时用一本格言集把自己变得举世闻名，像一个潜藏的阴影，一个看不见的形象，在他们中间。那个时代的一种风气就是要把逻辑学的精密变成心理学的精密，显示出某种特别的自负，几乎可以称之为“哲学的英雄时代”。而尼采以白热化的形式，点燃了那个时代灵魂中的兴奋点，“英雄”“斗士”“超人”“权力意志”是尼采作品中的关键词。那时雷埃在写《良知的起源》，萨乐美在写具有研究性质的小说《争夺上帝》，这写作清理了尼采带给她的病毒，她的“昏厥、咳嗽和发烧终于过去了”。

萨乐美曾为尼采写过令尼采称之为“伟大“的诗句：“如果你不能赐予我更多的快乐/至少你还可以赐我痛苦。”后来尼采为这诗句谱了曲。萨乐美很早就体会到，要迎接呼啸而来的生活，痛苦是不可避免的。

萨乐美懂得自救，或者萨乐美的自足使天才男人也很难太伤害她。谈到尼采悲剧性的一生时，他的追随者们都认为，那个叫萨乐美的女人应当承担主要责任。尼采给萨乐美造成的伤害，却一直被忽略。尼采在以女性为主的家庭环境中长大，成年以后，母亲和妹妹对他的情感依然过度占有，尤其是妹妹伊莉莎白，自命为尼采及其作品的监护人，以至于兄妹二人一生相伴，关系和情感都越了界。尼采缺乏一个具体的父亲式的人物，来完成对男性的认同，进而学习怎样去爱女人。谈及这些，已远离了萨乐美的初衷，她不是一个道德主义者，她不要求承担或赎罪，她会把这些作为人性分析的资源。

萨乐美的性情里有更多清洁、自省的成分，和尼采相识十几年后，她出版了《弗里德里希·尼采和他的作品》一书。在这本书里，萨乐美没有为自己辩解，没有进行“清算”，也没有公开和眼下已成名人的尼采的私人交往，那些不是她的风格；她依然能对尼采做出客观的中肯的独一无二的评价，帮助人们更加深刻地认识尼采的人性和他的精神世界。她这样描述尼采：“他个人的处境、深度的悲惨遭遇变成了熊熊燃烧的熔炉，他就是在这一熔炉中锻造他的求知意志的。这种形式的白热化创作造就了《尼采全集》。”在尼采的那些预言中，“他把自己撕裂，让自己去承担所有的苦难和压力——把自己变成了上帝”。

萨乐美以敬重、惊叹及客观评价的态度，和这颗激情动荡的灵魂一起进入思想幽暗的深处和光亮的顶峰，强调尼采哲学和他的性格、内心观念的一体性。她摒弃了个人情绪性的因素，以思想者冷静的理性对“类”进行关注，经由尼采，她对人类性格中的分裂性进行了深度分析。

这就是萨乐美，她让一切都进入理解和分析之中。伦理学的困境好像从来没有妨碍过她。

她的著作所产生的力量也在于：把以激情为固有气质的艺术家引向对艺术富有理解力的知识分子，把控诉者引向灵魂的分析家。

曾说过“到女人身边要带一根鞭子”的尼采，晚年在精神病院中，也渐渐低下了绝对傲慢的头颅，试图重建萨乐美在他生命中的地位，他在最后的手稿里写道：“由于我像笛卡儿一样陷入绝对怀疑论的深渊，所以我以渴望的心情抓住萝那帮助我的手，她在二十岁时已经能够剖析笛卡儿思想的基本错误。我思故我在是本末倒置……我在故我思……我的这位女弟子变成了我的老师。”尼采也依然没有忘记补偿一下自己的权威感。

“在伊莉莎白以及萝之后，什么样的女人会在这间可怕的温室的微光中让我快乐呢？”（《我妹妹与我：尼采佚失的最后告白》）（这部书译名为《我妹妹与我》，或许是为满足读者的窥视心理，事实上，副标题《尼采佚失的最后告白》更准确些。）

影响尼采一生的女人除了他的妹妹、母亲，还有就是萨乐美，那是品质迥然不同的影响。尼采写道：我为失去一个所爱的女人而哀伤，这个女人是很有美德的，因为她超越美德……因为她超越慈悲，把我归还到我自己身上，归还到我的真正与统一的生命上……让我想要在有足够力量而能扫除废墟时，去做重建的工作……但是我够强有力吗？

尼采晚年对萨乐美的思念，比对任何其他活着的人的思念，更能温暖他阴湿孤独的灵魂。他甚至学会了理解与宽恕，“抑制我的报复本性，抑制我恶魔似的怒气……在永恒之眼中，短暂的怒与恶变成了时代的爱与善”。

尼采吁叹：“这是真正的道德，真正的美德。”他借一位诗人的话：“美德就是能把真正的价值提供给事物，让我们在其中生活与移动。”（《我妹妹与我：尼采佚失的最后告白》）

尼采这种超人，也是在时光中，在丧失中，才获得接近本质的理解力。

谁会爱尼采这炸药似的人物？谁又能在爱中创造奇迹？在这个男人的魔性中介入美好，而又不自我毁灭，我想只有萨乐美这样的女人可以。萨乐美回忆录的第一句话就是“我们最初的体验是对失落的体验”，我们的神圣空间从出生的那一刻起，就回不去了。萨乐美过早地领会了生命的不幸，因此她能够在广阔的背景中理解尼采，她接受这个生命最绚烂的部分，也接受最无望的部分。萨乐美一生没有孩子，但她包容万象，让一切向着美好转化，她是一个真正的有母爱情怀的女人。

我看到了萨乐美眼睛中的尼采：这个一生无法与世界达成共识的人，灵魂深处全是孤独的语言，像一个无家可归的逃犯，还有偏头痛导致的疯狂，他在这个世界上，备受煎熬。就这样，他还在爱着自己的命运。

在尼采生命的最后时光，有人给他看瓦格纳的肖像，他说：“他，我非常热爱。”一天，坐在他身边的妹妹忍不住哭泣。尼采轻轻反问：“伊莉莎白，你为什么哭呢？难道我们不幸福吗？”（《尼采传》）崩溃的理智无可挽救，但纯洁的心灵向着美好敞开，他还在说“热爱”“幸福”，这些表达人生奢侈的词语。萨乐美爱的是这样一个生命。

萨乐美与里尔克：深度交往中的独立与成长

1897 年 5 月，他们相识，22 岁的里尔克手捧玫瑰花颤抖地走在城市街头，寻找“可怜的玫瑰的母亲”——萨乐美。36 岁的萨乐美并不喜欢里尔克对她夸张的抒情，她用训练有素的理智约束着他喧闹的情感和尚不太鲜明的个性，那时里尔克给人的印象是“男子汉的优雅”，而不是日后大诗人的气质。

萨乐美艰辛地克服着自身的弱点，开始对这个惧怕日常生活的年轻人负责任。她发现里尔克一旦苦思冥想起来就会毫无节制，失去控制。她建议里尔克干点别的什么，譬如学习俄语，学会有条理地工作和研究。1899年春天，萨乐美和丈夫安德列亚斯，偕同里尔克，到俄罗斯旅行，回到德国后，她和里尔克一起研究文学、艺术史和俄罗斯文化，为下次更加广泛的俄罗斯之行做准备。萨乐美把谈情说爱的关系引向共同学习和研究。一年以后，她和里尔克又踏上了俄罗斯的土地，他们去波良纳庄园拜访托尔斯泰，看到很多人从很远的地方赶来，朝拜托尔斯泰，里尔克开始注意每一个前来的俄罗斯农夫，希望在他们身上找到质朴与深刻的融合。最后，他们到了里尔克所向往的伏尔加河沿岸。里尔克曾作过如下描述：

> 在伏尔加河上，在这平静地翻滚着的大海上，有白昼，有黑夜，许多白昼，许多黑夜……原有的一切度量单位都必须重新制定。我现在知道了：土地广大，水域宽阔，尤其是苍穹更大。我迄今所见只不过是土地、河流和世界的图像罢了。而我在这里看到的则是这一切本身。我觉得我好像目击了创造；寥寥数语表达了一切存在，圣父尺度的万物……

他感到了一种内在的需要，把自己最个人化的需要和热爱，投入到俄罗斯广阔的大地、苍穹、历史和神话中，而不是把宗教中的上帝简单地引入新发现的事物中。他在后来的日记里写道：每件被真正看到的事物，必定会成为一首诗。诗集《祈祷》，就是他对于俄罗斯的深刻印象的表达。从此俄罗斯这片土地，成为他赖以生存的神秘保证之一，成为世界万物向他展开的一个开端。

这次旅行结束后，萨乐美强烈渴望得到安静，有更多的时间，独自一人。这段爱情太缠绕她了，她感到内心力量的源泉开始枯竭，她再一次听从了内心的呼唤，必须让里尔克彻底离开。她懂得及时脱去爱情的盛装，穿上最普通的衣服，躲到角落里去创作，永不失自我。这一时期，除创作关于俄罗斯印象的《罗丁卡》外，她还完成了《关于爱情问题的思索》一书，在此书中，萨乐美强调，恋爱“不是为了奉献自我，而是为了战胜自我”，以达到最大程度的自我发挥。洞察了人世的作家总是能说出人生真相，作家福克纳从写作的角度也表达过类似的意思，“不要伤脑筋去超越你的同辈或是前任，努力超越你自己”。

萨乐美的写作极其真诚，和她的生活一样，她不想成为女德的典范，不想成为任何人的榜样，也不指望自己的思想能被人接受。她迅速、直接地进入经验或人性的真实，规范、知识在她那里都没有用，她要坚守思想的诚实，记忆的诚实，发现和创造生活的最高尺度。初识里尔克时，她还在书信里写过：“爱就是：了解一个人，接受他对事情的看法，这样当事情发生在我们身上的时候，我们就不会感到陌生和惊讶，也不会感到冷酷和空洞。”爱与最清醒的心智集于一身，的确会促成更优美、更高贵的人生方式。一百多年后的今天，我们甚至还没有准备好这样面对爱情，总是一不小心就陷入伤害与被伤害的泥沼里，不能获得萨乐美那样的自救。

萨乐美和里尔克中断私密交往后，里尔克建造了自己的房屋，建立了家庭，他的太太是罗丹的学生，年轻的女雕刻家克拉拉。由于无法背负起自己应承担的责任，不久家庭生活就成为他的羁绊，里尔克在给萨乐美的信里写出了天才男人们对于家庭的残酷的通感：

我的房子是什么？是一个我必须为之付出劳动的陌生的场所；我亲近的人是什么？是久久不肯离去的客人。假如我想从他们身上得到点什么，就必须失去自我；我一再地离开我自己，却又无法到达他们的地方。(1903-11-13)

里尔克这样的诗人，难以融入群体，也难以融入亲人，他永远不在现实之中，现实中的一切——屋宇、亲人、荣光、舒适，都不能收容他孤独的内心。他对于外界没有安全感，他需要在内心拥有一个庇护、安宁之所，他承认自己生来不能同时拥有两种生活。萨乐美清晰地看到里尔克的艺术家特质，她说里尔克太过于倾听内心发出的恐惧声音了，他的身体越来越成为万象的痛苦载体，焦虑——绝对的焦虑，是里尔克的命运，这使他对人类的哪怕是最微弱的要求都能感同身受，这是其他任何人都无法达到的。

里尔克视萨乐美为同一源泉之人，为内心空间的共享之人，他曾写信说：我们应该是一条大河，我们应该聚集在一起，形成湍急水流。所有可能成为我的故乡的东西都应是你所了解的。

在里尔克的信件里，总能看到被萨乐美所焕发的那个里尔克：

我必须找到一种力量，把整个的原本的生活置于一种安宁之中，置于孤独以及工作日的安静中，只有在那里，你在我身上所预示的那些所有东西才会发现我。(1903-8-11)

后来里尔克师从罗丹，罗丹给予里尔克的是一种现实感，以直接而踏实的方式进行工作，由此里尔克用适度的客观性代替了过度的敏感，在诗中注重意象的准确性与可感性，摆脱了以往无节制的感情陶醉；对于自身，他感到重要的已经不再是被爱，不再是只寻求属于自己的东西，而是把目光从自身转向更广阔的事物。这也是萨乐美曾经启示他的路数。里尔克心智的成熟为他们恢复交往提供了可能，分手两年半后，他们开始了书信往来，在他们更加平等的交往中，里尔克逐渐显现出大诗人的气质。从此，这神奇的友谊和爱持续了一生。

里尔克曾写过这样具自传色彩的诗句：

> 谁能解释说出
> 我们之间到底发生了什么？
> 我们寻回了一切，
> 而时间总是不够。
>
> ——《我还是太开放了……》

从萨乐美的故乡，从罗丹那里，里尔克学会了观看。我曾惊叹于这双眼睛，他看到“风景是确定的，它没有偶然性，每一片树叶，当它落地时，执行了宇宙的一条最伟大的规律。这种规律性是从来不犹豫的，每一瞬间都在悄悄地、不动声色地完成着”，“天空反映在每一片树叶里。一切事物似乎都在关注天，它是无处不在的”。（里尔克《沃尔普斯维德画派》）这文字通向造物的神秘和永恒的法则，有种不可名状的力量。萨乐美在她的回忆录中，对里尔克做出了无可替代的准确表达，他要“对那些几乎无法表达的东西作出抒情性的表达：目的是要通过自己诗歌的威力说出那些无法说出的东西”。

里尔克为追求艺术的完美，付出了身心和谐的代价。在他被疾病折磨的晚期，萨乐美是最能给他带来安慰的心理分析师，那时萨乐美已经从事精神分析研究十余年。萨乐美对悲痛的东西绝对不采取逃避的态度，她人生态度中的力量感，减缓着里尔克日常及离去前的惊恐。

里尔克离世前的最后一封信，是写给萨乐美的，与她依依惜别，写得很凄冷，也很不忍：

> 我无法告诉你我所经历的地狱。你知道我是怎样忍受痛苦的，肉体上以及我人生哲学中的剧痛，也许只有一次例外一次退缩。就是现在。它正彻底埋葬我，把我带走。日日夜夜！……你俩都好吗？多保重。这是岁末一阵多病的风，不祥的风！

最后他用俄文写下："永别了，我亲爱的。"

里尔克离世后，萨乐美写下了大量关于回忆、评论里尔克的文字，文字精辟、切实，有种超凡夺目的气度，那时萨乐美已经60多岁。就像里尔克的《罗丹传》无可替代，萨乐美的《莱纳·玛丽亚·里尔克：与里尔克一起游俄罗斯》也属独异，有谁比萨乐美更理解里尔克呢？

萨乐美眼睛里的里尔克，首先是属于诗的：为什么这个常常茫然无措的人竟会成为许多人的咨询师、协助者甚至引路人？这是因为，即使在千疮百孔、零零碎碎的内心矛盾中，他仍然显露出一个雄伟壮观的内在，他给人以勇气，令人着迷。他的额头之所以散发着异彩——即使他已经长眠于地下，就在于：没有任何人像他那样，怀着如此神圣的忧愁。

萨乐美对罗丹和里尔克比较研究后写道：没有人对荣誉的反应会比里尔克更加智慧、更加不虚荣。这种天生的艺术家特质，渗透在他的每一个毛孔，使那些与他有关的印象和经历，即使是最简单的形式，都变成了令人难以忘怀的事件。萨乐美是最能体会里尔克诗句的同时代人，里尔克《时间之书》中的诗句“让所有的事物都降临到你头上吧：美丽和恐惧”，也可以当成是萨乐美生活的写照。

萨乐美描述天才诗人的一切，也是在描述自己的心迹。她曾说：“所有的想象，连同它的后裔——艺术，都只不过是表达手段，服务于我们最强健的内心，服务于对现有事物的不满。”

萨乐美和里尔克在一起的时间，比和任何别的异性都长，萨乐美是里尔克的姐妹，里尔克是萨乐美的兄弟，彼此更是身心伴侣。在《莱纳·玛丽亚·里尔克 & 与里尔克一起游俄罗斯》里，萨乐美最后写道：他走了，这个孤独的人，死亡最终使他变得孤独。当他离我们而去时，我相信，今天的人们会在他的作品所具有的最深沉的、潜移默化的影响中最直接地感觉到他的存在。

萨乐美与弗洛伊德：什么是我们生命最成熟的岁月

50 岁以后，萨乐美转向精神分析学，第一次世界大战的爆发，里尔克的去世，促使她更深地投入到这一研究领域。一战期间，弗洛伊德曾写信给萨乐美：“虽然你天性快乐，但你是否能再度彻底地高兴？”萨乐美显然是不能了。她看到战争摧毁了年轻一代，岁月削弱了她的同时代人。战争使她的旅行岁月成为回忆，她曾和不同的游伴一起，在各种各样的地方和民族之间无忧无虑地旅行，现在她要开始后半生的“工作”了。

如果说萨乐美的前半生主要是在自由中去爱和写作，漫游世界，享受快乐，那么她的后半生则是在为人类承担了。她曾给里尔克写信，阐述对战争的感受：“任何一场战争，除了军旗以外，还有各种各样的乔装打扮，人们用大话、信念、理想之类的东西来点缀战争，于是便鼓起了人们摇旗呐喊、冲锋陷阵的勇气。让人不可理解的是到处都是这样，狭隘的观念和过时的道德观横行一时……但是不能因此就调转身，回避现实。”战争的最大特点就是残忍，精神分析学所要揭示的就是残忍行为背后的紧张心理。萨乐美在回忆录里写道：“那把我们远远地带离战争状态的，别无其他，就是共同开发人类灵魂的本质。”战争期间和战争之后，萨乐美都参与到了弗洛伊德的深度心理学之中，分担他那超凡而罕见的命运。

萨乐美感到，生命在战争中受到的伤害，在岁月中受到的磨损，通过精神分析或许能够得到些疗救或缓解。

1912年，萨乐美到维也纳参与以弗洛伊德为中心的学术圈子，一年多后回到她哥廷根的住所，后来哥廷根和维也纳之间就有了密切的书信、稿件往来。弗洛伊德把萨乐美的来信看成是具有“双倍价值的奖赏”。精神分析学注重“性”、身体，注意到了身体与精神的表达并不一致，令同时代人甚感难堪，嘲讽声铺天盖地，使弗洛伊德的工作变成了一种殉道行为。还有来自自身的冲突，作为精神分析学家的弗洛伊德和作为自然之人的弗洛伊德，不可能分离；以及来自精神分析学派内部的分裂，使弗洛伊德非常孤独、悲观，乃至迷茫。作为父亲，弗洛伊德的三个儿子都参加了战争，他给萨乐美写信，认为自己的悲观主义得到了验证，已没有任何理由“分享她的乐观主义”。萨乐美仍然坚信：只有抱着最后的信念才能度过艰难。处于人生荒漠之中的弗洛伊德在后来的回信里感慨道：“您坚不可摧。时代的艰难夺去了我们多少人的创造力，而您似乎不受任何影响。”

萨乐美不断地给弗洛伊德带来惊讶，作为弗洛伊德最富有理解力的合作者，她曾给予过弗洛伊德准确的评价：“他从心灵的痛苦中发掘出了科学的道德伦理。”“弗洛伊德的作品和发现都是纯粹人性的结果，他是以人性的方式进行研究的。”她指出，弗洛伊德以理性的研究方法，最终产生的却是非理性的发现。她感动于弗洛伊德思想的诚实，“他乐意把自己敞开，尽管这跟他的期望完全背道而驰，但他毫无保留地把自己奉献给那个在尽头等着他的终极目标”。“弗洛伊德惟（唯）一要求我们的是：在决定性的观点上，我们要表现出一点耐心，即我们要静静地坚守那份思想的诚实。”（《在性与爱之间挣扎：萨乐美回忆录》）这对同时代人对弗洛伊德简单的理解，无疑是一种深刻的矫正。

当时，精神分析学领域门派林立，壁垒森严，萨乐美参与到这一纷争的领域，以其透明和诚恳消解不同门派之间狭隘的论争。萨乐美认为，精神分析者只有把所有科学的最高原则诚实提示为自己的生命准则，让学院派狭隘的心理学服从于生命的需要，才会产生有效的影响力。她强调，为了使科学研究充分有效，必须求助于人的内心活动，诚实而严厉的思想肯定和人精神的积极介入有关。萨乐美以其深刻的诚实态度、超越宗派主义立场，讲出了深度心理学的本意。因此，弗洛伊德后来说萨乐美参与到这个领域，为分析学说的真理内容又注入了一个新的保证。

深度心理学既是一种科学研究，也是一种治疗方法。在哥廷根的“露夫里得”，萨乐美开设了自己的精神分析治疗诊所，那是她和丈夫安德列亚斯的住所，房子坐落在半山腰上，周围是美丽的乡村景色。与弗洛伊德的怀疑态度不同，萨乐美对精神分析治疗抱有非常积极的态度，她对任何形式的精神疾病都提供治疗。有一段时间，她每天要接待病人十多个小时，甚至在她手术住院期间让病人到她的病床前接受治疗。当弗洛伊德得知她收取极微薄的报酬或者免费时，“威胁”她如果再不向病人收取合理的报酬，他就要断绝和她的关系。此时，德国经历着严峻的通货膨胀，萨乐美也面临着沉重的经济压力，弗洛伊德给予了她不少帮助。

萨乐美投入精神分析的时间越来越多，文学创作的时间则越来越少。在她对里尔克的分析里，她已意识到，精神分析对富有创造力的人来讲是一种威胁，干预就意味着规范，甚至摧毁，魔鬼和天使将一起不翼而飞，能够愈合艺术家心灵创伤的或许是艺术创作，而不是精神分析。弗洛伊德曾询问萨乐美投入精神分析的动机，她强调探索生命的根源及其完整性即精神分析，对她来讲，犹如人生的馈赠，在探索的过程中，她自己的生命也被照亮。这个女人，她不追随名望与光荣，也不渴求进入历史，她听从内心的召唤。为人类承担，不是她的初衷，但是客观效果。她没有留下记录自己分析治疗的第一手资料，她没有名人意识。她在给弗洛伊德的女儿安娜的信中曾说：“如果真正经历过了，那么命运如何便不重要了。”如里尔克在《罗丹论》里所言，在人性变得非常伟大的地方，这种人性总是希望把自己的面孔藏到一般的无名的伟大之怀中。

无论外部世界如何变化，萨乐美都选择最富有活力和尊严的生活。希特勒上台后，纳粹对“犹太科学”的态度，使敢于继续从事精神分析的人只余下几个，当时弗洛伊德在德国的许多支持者都逃离了自己的国家，弗洛伊德的著作在柏林被当众焚毁。萨乐美不仅继续从事精神分析，还在公共场合对精神分析的创始人弗洛伊德表达敬意。纳粹把尼采的超人哲学用于他们的政治目的，这时，尼采的妹妹向当局揭发萨乐美是芬兰犹太人，朋友们纷纷出逃，萨乐美选择了留下。她再一次开始用写作表达自己的存在。

1937 年冬末，那个名叫死亡的东西还是来到了 76 岁的萨乐美面前。她留给人们最后的记忆依然是非常优美的仪态，清澈坚定的目光。她完成了一个生命艺术家的完美造型。

弗洛伊德（两年后于流亡中离世）在给萨乐美的悼词里总结道：

> 这是一个杰出的女人，她把自己人生的最后二十五年贡献给了精神分析……当她加入到我们这个既有合作又有纷争的队伍中来时，我们都感到了一种莫大的荣幸，并感觉到分析学说的真理内容又注入了一个新的保证。
>
> 我们知道，她在青年时代就和弗里德里希·尼采之间有着深厚的友谊，对这位哲学家的大胆想法有着深切的理解……而且人所共知，在后来的数年之中，她成了莱纳·玛丽亚·里尔克这位伟大的但在生活中茫然无措的诗人的缪斯女神和无微不至的母亲。但是她的个性却仍然是一个不解之谜。她有着超凡的谦虚的品质，严守自己的个人秘密；她具有惊人的诗人天赋和文学家的才华，但是她却从不提及。她显然十分清楚，何处才能寻觅到人生的真正价值。凡是了解她的人，都能强烈地感受到她那真诚和谐的本性，都会惊讶地发现，女人，或者说

人的所有的弱点要么在她身上根本就不存在，要么就已经在她人生的历程中被她全部克服掉了……

我更相信是“克服掉了”。里尔克曾这样描述她：“这位女子善于发现的是多么辉煌的事物，她在与人和书适时相遇时获得怎样的好处！她的理解力是一个奇迹，对爱的理解使她英勇顽强地穿透最热烈的奥秘，这些奥秘不是给她造成痛苦，而是以其清纯的光芒照耀着她。”晚年的尼采也更深地理解了萨乐美，重建萨乐美在自己生命中的地位。

萨乐美与尼采、里尔克和弗洛伊德之间的命运交织，彼此所焕发出的独一无二的内心力量，很大一部分是由萨乐美巨大的领悟力、创造力及忍受力来完成的。因此，对这个高贵的诡异的女人，他们发出上述叹息般的赞美。

后来，我读美国女作家卡森·麦卡勒斯的《伤心咖啡馆之歌》，有一句话瞬间又经久地迷住了我的眼睛：“任何一次恋爱的价值与质量纯粹取决于恋爱者本身。”经历了多年尘世的风雨之后，我深深地认同这句话。

一个人与一个精神团体，乃至与一个时代

萨乐美为何能够这样爱，这样生活？谁能够以理解这个世界，分担天才超凡而罕见的命运，作为自己一生的事情？

我这样想着，写下这些问句，身体就传遍想哭的感觉。

我知道，这精神生活的维系是很奢侈、很贵族的事情，甚至不属于这个时代，这个国度。满眼望去，我们并不乏奢侈浪

费，但是，何处去寻找高贵的气息？

也许曾经有过，但被时光、被时代的大潮等裹挟而去，流散在天南地北。譬如我所在的这个内陆城市，地理上的中心，文化上的边缘，在20世纪80年代末90年代初，也曾有精神生活的华彩部，那时以鲁枢元教授的文艺心理研究室和他金水河畔的宽敞居室为聚集地，时常有属于心性的场景。记得第一次我坐在那个没有窗帘更没有空调的教研室里，双手放在最廉价的浅黄色桌面上，听王鸿生、耿占春他们谈大概是雅斯贝斯还是维特根斯坦，更主要的是他们的声音、他们的专注、他们沉静的热烈，让20多岁的我，我们这些中文系的研究生，感到了神往，感到了一种遥远的召唤，那是秋天的一个下午，秋天的气息和沉着又幻想的气息袭入我年轻的心。那次记不起艾云是否讲了，艾云更属于审美和艺术，她带给现场的是视觉的理想，是一种飞扬感，她的眼神，她的神情，她整个的人，挣脱尽了凡俗的痕迹，她让在场的人感到绝对的自由和温暖，因为她以极其诚恳睿智的方式，保护或者发现他人的尊严。她们，还有曲春景、张婷婷，作为一个精神团体，有时去外地会见另一个精神团体，譬如去武汉，会见主攻西方哲学的张志扬、陈家琪、萌萌等。（当时除了大家共同称呼“鲁老师”，其他人均直呼其名，尤其我的个性的师兄，喊“占春”“鸿生”喊得亲如兄弟，其实他们都是真正的指导老师，可见当时这个团体的自由与平等。）

那段是为精神而精神的生活，肯定也有生存的压力，但是大家没有太把那些压力当成压力。或许也有一些别样的问题，但我单纯的眼睛看不见。在我的印象里，他们似乎是一瞬间离开这个城市的，最初是艾云迁居广州，鲁老师迁居海南，这个团体的气就散了，因此我感到他们是同时一瞬间离开这个城市的，实际上是前后经历了好几年，他们才全部迁走。

那些日子，我走在街上，感到像走在一个空城，当然这种感觉只对我个人是真实的。我知道，一个人早晚要学会自救、自足，即便是理性地意识到，但要真的学会，还得经历时光，还要等待心性的成熟。

很多年后的今天，我才发现，我从时潮的各种诱惑中挣扎着一次次撤退，像陈丹青的《退步集》，像刘亮程《一个人的村庄》里的人生，以不变应万变，最后选择了独居一隅、不怎么受体制约束的生活，与那些年，那个精神团体对我的影响有一定的关系。尽管有各种客观的、家庭的理由，但最终的理由来自天性、内心，来自曾经的召唤，那从属于幻想的心在关键时刻并不配合我投入时潮中，我感到牵扯和疼痛，我告诉自己算了吧，随心而去。

国内有多少璀璨文字的创造者，诗性的哲学的头脑，在 20 世纪 90 年代中后期，因介入特聘教授、博导等学术职务的行列，越来越没有了自由思考、自由生活的时间保障，当然学术地位、经济条件在飙升，可创造力和思想的光芒在黯淡。当然永远不排除个别，以及他们身份的转变派生出的另外意义。

当我发现萨乐美特立独行的一生，一生都在追寻自由，创造精神事件中的高贵与美好，我就感到这绝非偶然，有天性的因素，更有时代和文化传统的因素，在俄罗斯有这种以诗性、思想性为生活基调的传统。只要看一看俄罗斯文学艺术的星空，哪一颗星都是真正重量级的，与之伴随的是思想界的清亮。譬如，别尔嘉耶夫，20 世纪俄国最有影响力的哲学家之一，他在《认识自我：思想自传》里写：我用自己的全部生命来思考自由问题，自由是沉思和创造，是在我之中发现宇宙的道路。我用

“个性”反对“类”，任何时候我也不同意把自己归入任何类别之中，我是很少社会化的人，我痛苦地感到与环境、所有的集团、所有的学派、所有的党派格格不入。我一直像是从另一个世界来的，并要到另一个世界去。在我的灵魂深处，一直没有进入现实性之中。很多人喜欢说他们醉心于生活，我却任何时候也不能这样说。我说自己醉心于创造，醉心于创造的狂喜。这是俄罗斯思想家的方式，这是世间最个性、最自由的灵魂之一，要知道他一生被囚禁数次，本是一个断续失去人身自由乃至失去性命的人。只有这样的灵魂，无论怎样极端的处境，改变不了、压不垮、摧不毁的自由灵魂，才能创造出人类精神生活的代表作。

任何一个精神生活的热爱者，或许都能感受到萨乐美带里尔克漫游俄罗斯大地的意味。萨乐美在《莱纳·玛丽亚·里尔克 & 与里尔克一起游俄罗斯》的结束语里写：经历了这么多年，无论我走向何方，无论我取得了怎样的发展，在某种意义上，我都将沿着这条河（伏尔加河）的岸边继续前行，走向故乡。萨乐美是一个有精神故乡的人。

萨乐美说，伴随她成长的周围的人们天生都倾向于内心生活。在俄罗斯文学中，不管是大作家还是小作家，他们都以基本的、深刻的诚实态度，以几乎是孩子似的直率语气，说出了人的终极关怀。萨乐美由初恋找到的不是婚姻，而是内在的自由。萨乐美十七八岁时，遇到在圣彼得堡的一名荷兰籍传教士——基洛特，他极富个性的演讲，清晰而理性的思想，并且给了萨乐美哲学上的系统指导，引导萨乐美走向内心深处最深沉的情感，是萨乐美期待的“真正的男子汉”。但是萨乐美几乎是本能地拒绝了他的求婚，多少年后，萨乐美给基洛特写信：我不能根据某个模范来生活，我也永远不想成为任何别人的模范。我不想为任何理由放弃自由。署名是“您的小女孩”。这初恋情人更像是萨乐美的精神导师，后来萨乐美与安德列亚斯的婚礼，也是基洛特主持的。萨乐美所处的文化环境，和她所遇到的对自由、情感有深刻理解的男人，使她一生依内心自由而生活的愿望成为可能。

最后必须要说安德列亚斯这个名字，我和萨乐美的心情一样难言，她把回忆录的最后部分留给了她的丈夫安德列亚斯，我把他们之间的人生推到最后来讲，因为我不知道怎样能够更人性地讲述这名为婚姻的生活。

在关于安德列亚斯的这部分，萨乐美一开始就讲：较之于凡夫俗子，伟大人物似乎要比平常人更有包容性，不仅容得下他整个人，而且还容得下他内心所有的矛盾和欲求。所谓“天才”通常源自一个人内心的戏剧性，唯有尽了最大努力，才能使对立得以调和，从而达到内心的安宁。这是萨乐美对“伟大人物”和“天才”的解释，纯粹出于内心的标准，倘若是依外部的标准，譬如，依作品的影响、广泛的知名度等，安德列亚斯显然不属于这镁光灯照耀之列。

安德列亚斯具有伟大人物的品性和天才的工作方式。他在没有政府赞助的情况下，为研究东方学，在波斯一待就是六年，长期在强烈的阳光下辨认碑文，落下眼疾。在他看来，理性的验证之路是无穷无尽的，他热衷于彻底和完美，不愿意出版自己的研究成果，这个东方学者在“大象无形”“大音希声”之境界，他知道，完美的表达只在我们的内心深处，它会弥漫我们的一生。因为没有出版著述，安德列亚斯在哥廷根大学的教授职位很晚才评定，用现实的眼光来看，这远不是一个成功人士。

这个一生都向着超凡事物而去的人，在85岁生命将要结束时，还像个不谙世事的孩子。

随着时间的推移，这个男人美妙的品质日益被萨乐美所珍惜：他的包容性，内敛，单纯的善良，分享别人快乐的能力，阳刚之气，对精神事物的迷恋。在40年的婚姻生活中，萨乐美完全地自主，他们的婚姻生活在许多方面是有问题的，但他们之间的默契抹去了任何可能会发生的危机。他们之间的情感方式不是天才之间的那种——暴烈，而是思想者之间的那种——深度理解后的默契。安德列亚斯懂得双方拥有共同的基础，而且这基础是根本的、首要的，他从不动摇这基础。譬如，有几年，萨乐美到处旅行，有一次，萨乐美问丈夫："我能告诉你从那以后我这里发生的事情吗？"没等萨乐美说出下一个词，他立即说："不，我不想知道。"

他要的是另一种完满，我找不到更可感的词汇去描述这个伟大男人的心境，只能引用他们共同喜欢的一首诗，安德列亚斯时常用狡黠的快乐的声调念诵它：

> 你看到头顶的明月了吗
> 我们只见到一半
> 但它已足够圆润美丽

他们之间的婚姻，类似伍尔夫的那种，属于一生最明智的选择。难以想象，如果萨乐美选择了别的天才人物，譬如尼采，将会是怎样最最真实的悲剧。萨乐美曾说：我们相互间的爱情是一件救生衣，它有助于彼此去学习游泳。在我们最为成熟的时候，爱与最清醒的心智长在一起。

安德列亚斯去世后，萨乐美在这个世界上又生活了七年。那时她已身患多种疾病，糖尿病、心脏病、乳腺癌，她对自己的健康状况不愿多言，谈论疾病和身体的衰老是她最不愿意做的事情。她在 40 岁的时候就开始为老年做准备，她相信对生命的爱是避免死亡的唯一有效的办法。

由萨乐美的一生，我看到了怎样更高贵地去爱这个世界，爱那些特立独行的生命，当然也在同样的水平上爱自己。

虽然这个才情卓越的女子没有像伍尔夫、杜拉斯那样创造出更多世人皆知的作品，但她对那些精神团体、对改善一个时代的精神品质所做的贡献，同样不可忽略。我们应该以精神的方式而不是一般现实的方式，去言说她，去怀念她。

参阅书目：

①伊尔姆嘉德·徐尔斯曼:《萨乐美的一生》,刘海宁译,安徽文艺出版社,2000。

②萨乐美:《在性与爱之间挣扎:萨乐美回忆录》,北塔、匡咏梅译,上海人民出版社,2003。

③斯蒂芬·米肖:《露·安德列亚斯-萨乐美:生命之友》,刘阳、蔡宏宁译,广西师范大学出版社,2003。

④萨乐美:《莱纳·玛丽亚·里尔克 & 与里尔克一起游俄罗斯》,王绪梅译,华东师范大学出版社,2006。

⑤萨乐美:《师从弗洛伊德——我的私人笔记》(1912—1913),王绪梅译,华东师范大学出版社,2006。

⑥尼采:《我妹妹与我:尼采佚失的最后告白》,陈苍多译,文化艺术出版社,2003。

⑦丹尼尔·哈列维:《尼采传:一个特立独行者的一生》,刘娟译,贵州人民出版社,2004。

⑧赖纳·马利亚·里尔克:《艺术家画像》,张黎译,花城出版社,1999。

阿伦特 Arendt's Quotations 语录：

即使是在最黑暗的时代，我们也有权去期待一种启明，这种启明或许并不来自理论和概念，而更多地来自一种不确定的、闪烁而又经常很微弱的光亮。这光亮源于某些男人和女人，源于他们的生命和作品。

男人们总是喜欢尽量去产生影响，而我只想去寻求理解。

我同我的政治思想都不属于任何一个当今的或是流行的类型。这不是因为我想显得很独特，事实总让我看到我不合时宜。

“天才”这个词，应该是劳作之人的最高证明。

07 你怎样穿越人类生活的风暴

——政治天职、哲学天职、爱的天职

汉娜·阿伦特（Hannah Arendt，1906—1975），20 世纪最重要、最具原创性的政治哲学家和社会理论家之一。曾师从海德格尔和雅斯贝斯，获哲学博士学位。1933 年纳粹上台后流亡到法国，1941 年到了美国。自 1954 年始，在美国一些著名大学开设讲座，后任芝加哥大学教授等。主要著作有《极权主义的起源》《人的条件》（又名《积极生活》）《精神生活·意志》《黑暗时代的人们》等。

最强烈的情感之中有一种是天才对于真理的爱恋。

——拉普拉斯

弗洛伊德最知心的朋友、英国精神分析的宗师琼斯曾说：“我们对于一个人所持有的基本感情，即其爱情态度，若没有半点的认识，则要去了解他的心灵以及其人格的主脉，那是不可能的事。因为在人的一生中，很少有像爱情那样，能够对一个人心灵的和谐加以如此严厉的考验，所以再也没有什么，能像在爱的领域中所见到的各色各样的情感反应那样，可以深刻地、毫不保留地把一个人的人格内涵显露出来。”

阿伦特和海德格尔，这两个世界性的传奇人物，他们的关系，已经超出私人生活的范畴，成为20世纪哲学史中的重要事件，人类精神生活中的重要事件。我们总是习惯于分开来谈情感态度、思想活动、政治世界，它们好像是完全不同的领域，受不同的规则支配，事实上，它们隐秘相联。

在第二次世界大战的腥风血雨中，个人命运处于飘零中，作为思想家，他们怎样定位自己的生活，怎样定位自身的哲学热情，以及对曾经的恋人是怎样的态度？这其中的光与影，对于我们今天的私人空间和公共空间，有着怎样的照亮？怎样的提醒？对于写作者而言，将有怎样的推动？

你将是我著作中的秘密存在

那是怎样的相遇？谁能不被席卷？

德国最重要的哲学家之一伽达默尔，回顾自己的哲学生涯时说：当我遇到海德格尔以后，一切都变了样，海德格尔的出现，不只是对我，而且对那时的整个马堡来说都是一个决定性事件。他那种一语道破的思想力量，语言表述的朴素力量，发问时极端的简洁性，使像我这样一个或多或少能玩一点范畴和概念的人无地自容。当时的伽达默尔已经是哲学博士，却如一片风中落叶，被海德格尔思想的风暴席卷。他说，海德格尔思想的激情以一种无可阻挡的魅力弥漫了整个讲堂。20世纪50年代，海德格尔在海德堡做一个荷尔德林的报告，报告厅里，听众多得随时都有挤死人的危险。海德格尔每次在公众场所亮相都会发生类似的情况。更何况18岁的阿伦特，这个渴望认识生命本质、喜欢秩序之外离奇事物的姑娘！

1924年秋天，阿伦特慕名来到马堡，师从海德格尔，当时海德格尔吸引了一批来自欧洲各地的学生。阿伦特后来忆起当年海德格尔引起的神话效应，他的影响、他名声的传播，没有什么外力推动，而是大家传抄他讲课笔记的手抄本，那些学说是很难重复的，能一再传播的几乎就是一个名字：

> 但这个名字就像秘密国王的传说一样传遍了整个德国……关于海德格尔的传说很简单：思想又复活了；人们认为已死的昔日文化瑰宝又获得了言说，在此过程中，人们发现这些瑰宝所呈现的事物完全不是人们先前认为的那样无足轻重。终于有了这样一位教师；人们也许能够从他那里学会思考。
>
> ——《纪念马丁·海德格尔八十华诞》

海德格尔，激活了同时代人的头脑，直到1969年，阿伦特还记忆犹新：

> 我们过于习惯理性/激情、精神/生活的老套对立了，而在（海德格尔的）富于激情地思考的观念中，思想和活力合而为一了，这让我们多少有些手足无措。

35岁的海德格尔以哲学天才的力量，成熟男人的从容和睿智，很快就使阿伦特的命运向着激流涌荡的方向而去。这时的阿伦特还不知道等待她的将是怎样浩瀚的重负。

那时的马堡并不开放，发生在哲学天才和年轻女生之间的爱情事件是不可以公开的，况且海德格尔已经结婚，还有两个儿子，更何况处于理智之年的这个男人，真正狂热追求的是他作为哲学家的“存在”。

那时海德格尔正在写将要给他带来世界性声誉的辉煌巨著——《存在与时间》，弗莱堡的托特瑙山上黑森林之中的小木屋是他“工作的世界”，空闲时间，他需要独自一人在那里度过。粗粝的大自然和异常简朴的小木屋构成了他思考哲学问题时需要的氛围，海德格尔曾记录这样的时刻：“在隆冬的夜里，当一场猛烈的暴风雪咆哮着铺天盖地而来时，接踵而至的就是哲学的美妙时光。”思想需要时间，需要孤寂，需要摒弃所有多余的东西，包括爱情中带来现实麻烦的那些内容，海德格尔从一开始就使阿伦特明白，无论如何也不愿颠覆自己现有的生活。一个每天都要做事的中年男人，他珍惜时间的连续性，也就是他工作、冥想的连续性，他不愿放弃婚姻、有秩序的生活，相似的范例还有天才雕塑家罗丹。天才，即便是伟大的天才，也不是他的每个方面都伟大，总有和普通人相似甚或不如普通人的地方，这是一种缓冲，使他们的肉身不至于太受摧残，创造性的时日能够更持久一些。

阿伦特比罗丹的恋人克洛岱尔要理性得多，如海德格尔所希望的，阿伦特曾说：“我对你的爱不使你感到沉重，事情就应该是这样。”

这场非现实的情感风暴，在现实的秩序下，向着哲学的天空刮去。海德格尔给阿伦特最初的信：

> 今夜我必定要回到你的身边，对你的心灵诉说。
>
> 我们之间的一切都应是简单、明晰而纯粹的。唯有如此，才不辜负这场相遇……
>
> 我永远不能够拥有你，但从今以后，你将成为我生命的一部分，我的存在将因你而获得提高……
>
> 年轻的你未来的道路还是隐匿的。我们要服从它的召唤。唯愿我的真诚有助于你对自己的真诚……
>
> 我们友谊的恩赐已成为一种责任，我们将因之而获得成长……
>
> 仍然，我要谢谢你，并吻你纯洁的前额，带着你本质的完美开始我的工作。
>
> 1925年2月10日

表达得多么完美！在这一切之后，“带着你本质的完美开始我的工作”，才是天才海德格尔真正要想的。更为极端的天才尼采认为，“人应当愿意全身心地感受重大问题”。多年来，我一直在想，该怎样理解他们，这些人类精神生活星空中璀璨的星辰？如果我们更看重思想的结果——他们留下的唤醒了一代又一代人想象力的恢宏巨著，而不是更看重思想之路上的那些源泉，那么就会不苛刻于他们。初涉写作之道的我，看到更多的夜与昼，他们牺牲了世俗的享乐和温存，忍受着思的孤寂，以期达到思的事物。

他们为无与伦比的思想而活，作家艾云曾描述他们是“赴历史之约”。持久地思想，是他们所能承担的最好的保证，其余都以这个为重心。海德格尔向阿伦特保证，“从此以后，你将是我著作中的秘密存在”，并提示她“有阳光的地方才有阴影”。

年轻的阿伦特在忧郁和焦虑中，感到心中“坚定的爱”只能像镜花水月；并且海德格尔把阿伦特看成是忠诚的情侣和他著作的聪慧叹服者，心性高远的阿伦特感到他们之间缺少某种更重要的东西——彼此精神维系的东西，如果她不能摆脱海德格尔的影响，她在这个世界上就没有独立的位置。

对内心生活有非凡要求的这样两个人，有了这场相遇和碰撞已经足够，如海德格尔所说，“我们将因之而获得成长”。如果有一个世俗的完满，那么后来那个托起历史重负的阿伦特也许就不可能出现。

他们心照不宣地就这段恋情达成默契，是选择，也是无奈，阿伦特离开马堡，到海德堡师从海德格尔的朋友卡尔·雅斯贝斯，是为挣脱海德格尔，挣脱阳光之地的阴影；也是另一种方式的爱，她给海德格尔的一封信中写道，她之所以做出这个决定，“是因为我对您的爱，而其他事情都算不了什么”。

如果说海德格尔是一个智性的激情的天才，那么雅斯贝斯更像一个令人敬重的父亲，阿伦特从他那里学到了她过去全然不了解的东西——绝对理性或者绝对坦诚，学会了在自己的已知经验中去理解历史。阿伦特在她的哲学博士论文《奥古斯丁爱的观念》中，寻找海德格尔所忽视的“世界”的一个维度——作为情人来感知的世界。

这场相遇将怎样影响一个女人的一生，取决于她心智的抗击力、领悟力以及转化力。怎样把消极的影响变为积极的影响，怎样把阴影变为思考的资源，怎样寻找在哲学天才的思想和生活里都欠缺的部分……

1927年，海德格尔的《存在与时间》发表，1928年，胡塞尔退休，海德格尔接任弗莱堡大学哲学讲座教授，这是海德格尔更为荣耀的岁月。不久，海德格尔突然终止了这段风流史，这之前他们还鸿雁传书，或在马堡到海德堡铁路沿线类似威斯特小说中的小车站偶尔相聚。这里面有个人的因素，也有政治的因素，当时德国反犹太主义的浪潮在萌动，美丽的阿伦特可是犹太人身份。对这苦涩消息的回应是，阿伦特带着复杂的情绪，给海德格尔的信里这样写道："你给我指引的道路漫长而艰辛，超过了我的想象。它将占据我漫长的一生……"

惊颤已经掠过阿伦特的心头，但更庞杂严酷的现实还没有在她的面前展开，她还处于自然之爱的阶段。

第二年，阿伦特和曾是海德格尔学生的斯特恩结婚，他们曾一起去拜访海德格尔，从1930年阿伦特写给海德格尔的信中可以看出阿伦特被割痛的心："看到你的那一刹那，我就无比清楚地明白我生命中最重要的事情就是，请容许我说出来，我们的爱情的延续。"有什么办法不爱呢？在爱和痛中学会成长吧，学会自我拯救，除此没有更好的办法来不辜负这相遇，不辜负对自己的真诚。

二战结束后，也就是20年后，他们的友谊重新恢复，海德格尔向阿伦特表示了感谢，说她曾经是"他的生命的激情"，是他许多思想的灵感之源。

那一切都写在了《存在与时间》里。这部存在主义的代表作，也是20世纪最重要的哲学著作之一，不仅影响到西方20世纪若干重要的哲学流派和哲学家，而且对本世纪的文学批评、社会学、神学、心理学等都有强烈影响。它最初的入思之源，与那段灼热而悖论重重的生活有着关联，那些哲学概念——海德格尔入思的桥梁——“烦”“畏”“良知”“罪责”“召唤之领会”“沉沦”“时间的有限性”等，在某种程度上，带着一个男人人生深处的表情。只是哲学天才海德格尔的转喻能力太强了，他能把个体经验变成世上独一无二的哲学表达，带着人类普遍的本性或本质，如同他在课堂上把一个已逾千载的传说，重新激活，发现它们就是活生生的当代问题一样。他的学生们称他为“梅斯克尔希的魔术师”（海德格尔出生于巴登地区的一个乡村小镇梅斯克尔希）。

我明白了，20世纪80年代末，书架上那两本大书为什么令我望而生畏，一本是海德格尔的《存在与时间》，一本是萨特的《存在与虚无》，不仅仅是这两本书，而且是他们名字下的所有文字，对于我都像是天书，令我面对不下去，那时中文系的研究生案头都摆着这两本书，但很可能都没有读进去。其中一个很重要的原因是我们还没有准备好。事实上，很多书是要在漫长的人生中，带着自己全部的生命体验去读，而那时，学生气的我们，只能把它们当作抽象的知识体系去读，感觉不到大师们原来是更激情、更具生命感的人物，我们找不到通向大师精神世界的入口。

带着生命的温热苦痛去阅读，学会以大师的方式接近大师，伽达默尔回忆课堂上的海德格尔时曾说，“你简直弄不明白，他是在讲自己的事还是在讲亚里士多德的事，这是一个伟大的阐释学真理”，基于此，在无数人谈过、写过他们之后，你我依然有重新阐释的可能和必要。

马堡的生活，海德格尔的情智，更是潜入阿伦特的思想和文字。1960年，阿伦特最具哲学抱负的著作《人的条件》的德文版《积极生活》出版时，她把这本书送给了海德格尔，所附的短笺上写道：

> 它源自弗莱堡最初的时光，在这个意义上，它是源自你的……我仍然要以某种方式至少告诉你事情的真相。

如海德格尔所许诺的，“从此以后，你将是我著作中的秘密存在”，天各一方分别几十年后，海德格尔仍是阿伦特著作中的秘密存在。

对于以精神生活为要旨的人，彼此在对方的文字中存在，是至上的馈赠，也是最靠得住的存在。

当思想者遇到暴政/政治天职、哲学天职、爱的天职

1933年1月希特勒上台后，海德格尔离开他黑森林中的小木屋，就任弗莱堡大学的校长，并且发表了很不光彩的“就职演说”，他在演说中公然用自己的哲学语言表达了对纳粹接管大学的支持。带着浪漫主义的传统，以一个可怕的口号结束他的演说：“为了新德意志觉醒的光荣和伟大。”在私人领域，他和包括自己导师胡塞尔在内的所有犹太同事都断绝了关系，40年代初，他甚至删去了《存在与时间》中献给胡塞尔的致辞，后来又

悄悄补上。雅斯贝斯曾质问海德格尔："像希特勒这样一个没有教养的人怎堪承担统治德国的大任？"海德格尔回答："文化并不重要，他才能非凡。"从此，海德格尔再也没与这位老友相聚。

海德格尔突然的政治转向，不仅让人想到他给舍勒的精彩悼词——"一条哲学之路再次沉入黑暗之中"。更让人震惊的是，这个已经名扬天下的思想者，他为什么还要借助外力和强权来膨胀自己？他的同时代人，包括他的朋友雅斯贝斯，他的恋人阿伦特都有些惊呆，这个被公认为以一己之力复兴了真正哲学思考的人，这个致力于探索诗意生存的人，歌德、荷尔德林和里尔克的创造性传人，为什么犹如魔鬼附身，做出这样荒谬的举动？

真的兑现了海德格尔自己的定理，他曾说："谁的思想伟大，错误也一定巨大。"

阿伦特这样表达她深深的绝望：

> 问题……不在于我们的敌人做了什么，而在于我们的朋友做了什么……可以这样说，在知识分子中间，德国社会的纳粹化就是法令。而在其他人中间，却并非如此。我从来都忘不掉这一点。

阿伦特看到了自己被抛弃的处境，那是远比爱的背弃更黑暗、更严酷的背弃。几乎在一夜之间，德国知识界团结在了新政权的周围，她的哲学界的亲密同事——德国的知识精英，大多成了出卖她的人，而她原以为他们是最不会出卖她的人。

1933年，阿伦特流亡巴黎，阿伦特遇到的大多数逃亡巴黎的犹太人都不愿意仅仅是犹太人，他们竭力适应周围的环境，使自己不太显眼，希望自己成为所在国的公民，希特勒“不能容忍他们”，就使他们相当难堪。阿伦特对同类在政治上无力把握自己的命运感到震惊，她认为，所有犹太人必须面对现实。阿伦特孤立地，但是坚定地做出政治反应，她想“投入实际工作……最终也只有她能做的，犹太人的工作”。被迫流亡美国之前，阿伦特在法国的七年中过着生计艰难的日子，还曾被拘禁入集中营。在集中营低劣的、没有一点点希望的环境中，阿伦特曾听到过集体自杀以示抗议的呼唤，但是阿伦特认为，在集中营里自杀是一种极端无能甚至可笑的行为。她坚定地活下来，这一切还要等待她去清理。

1941 年，当战火蔓延到欧洲以外时，阿伦特去了纽约，与海德格尔和雅斯贝斯完全失去了联系。阿伦特开始为德语杂志《建设》写专栏——“这就是你”，她用利斧般的文字，表达对极权、自由、民族命运的看法。这是一个积极生活的女人，一个逐渐伟大起来的女性——她将要撑起人类的良知。她除了谋生，做社会工作，还尽快地学好了英语，用英语探寻政治问题和人类的边界。阿伦特在美国最具有自由思想的杂志《党派评论》发表一系列文章，她曾从精神史中来评价海德格尔的国家社会主义：海德格尔的整个行为风格同德国浪漫派的行为风格正好遥相呼应，他是最后一个浪漫派，是一个极具天赋的施莱格尔或亚当·米勒。海德格尔事件体现了浪漫派超凡脱俗的风险，体现了得势者与生俱来的狂妄自大和错觉：“一个精神层面的游戏，部分是出于对伟大的幻想，部分是出于绝望。”

阿伦特设法出版卡夫卡的日记，当时卡夫卡在美国几乎默默无闻，曾有人在晚会上问阿伦特：“弗朗西斯·卡夫卡是谁？”

卡夫卡是以文学的方式，阿伦特是以社会思想家的方式，发现、讲述一个人该怎么面对一个犹如上帝一般决定着是非曲直的机构或未名物。阿伦特还要寻找纳粹极权的根源。

阿伦特在《极权主义的起源》这部为她带来国际性声誉的专著里，对她所处的时代表达了深刻的理解，她的文字里有种从容不迫的气质，她说：审视和承担我们这个世纪加在我们肩上的重负——既不否认它的存在，也不毫无骨气地屈服于它的沉重。专心致志地直面现实，无论它是什么。阿伦特正视了20世纪的三种破坏性力量——反犹主义、帝国主义和极权主义，尤其是对于极权主义，阿伦特掌握了大量的现实细节和历史资料，独一无二地把握住了它的鲜活特点。她把极权主义视为20世纪最重要的政治现象，认为极权主义是一种结构和实践都空前绝后的政治游戏。她指出：斯大林当局和希特勒当局在性质上不同于传统暴政，作为一条规则，传统暴政在国内和平时期保留了驯顺的公民人口，而这些现代独裁政府却没有这么做，他们坚持全面动员的精神，要求其臣民积极串联，他们最欣赏的画面是希特勒和墨索里尼导演的群众集会。极权主义统治的可能性并没有随着某个独裁者的死亡而终结，它是人类历史上一度出现的一个现实，并且仍然是人类世界的一个威胁。

1960年，在逃的前纳粹分子，曾在犹太人大屠杀中扮演主要角色的艾希曼被捕获，将在耶路撒冷接受审判，正在休假、其实是正在写作的阿伦特，要求以《纽约客》记者的身份前往耶路撒冷报道对艾希曼的审判。阿伦特对整个审判过程很失望，每论及艾希曼在灭绝犹太人种所起到的作用时，其结果总是，他并非灭绝的组织者，而只是一个执行命令的人，正像他不断申辩的那样，他仅仅承担他的职责。这个小丑一样的人物，在整个审判过程中惊慌失措，答非所问，满口陈词滥调。阿伦特疑惑：

为什么一个像纳粹这样的专制政体要靠艾希曼这样粗鄙又肤浅的人物来支撑？ 阿伦特收集了七包艾希曼被逮捕以来的审讯记录，她坚信，思考必须从经验开始。

1962 年，56 岁的阿伦特遭遇车祸，九根肋骨和左手腕骨折，头部缝了三十针……不久，阿伦特就开始给《纽约客》赶写关于艾希曼审判的报道。 艾希曼审判牵动了世人的目光，尤其是犹太人的目光，人们本以为身为犹太人的社会评论家阿伦特会替他们发出极其愤怒的声音，但是阿伦特在《纽约客》上发表的一系列讨论文章，极其冷静、理性，触动了一块尚无人触摸的犹太人的伤疤，在纽约引起一片骚乱，很多犹太人对此感到愤怒，阿伦特寓所的电话铃声爆响，邮箱里塞满了邮件，还受到犹太组织的挑战，他们把阿伦特描述为“犹太民族的背叛者”，甚至有些好朋友也开始躲避她。 和平岁月，阿伦特却再次陷入混乱的处境。 阿伦特曾说，为世界的自由忘却个人生活的忧虑。 作为一个政治哲学家，阿伦特要尽她的政治天职——那就是说出最后的真相，说出最终的本质。

阿伦特从最坚实的经验出发，以一种毫不含糊的独立思考的方式，触及“整个黑暗的历史之中最黑暗的章节”——阿伦特指出：没有犹太人委员会的积极配合，有计划的犹太人大屠杀就不可能达到已经发生的那种规模。 阿伦特拒绝把艾希曼描述为残暴的恶魔，艾希曼本人并未下达那些卑劣的命令，他只是满足于屈服和传达。 阿伦特认为，他是无本质性的，是一个体现着“平庸”的恶魔，清楚地显示了一个人不加思考地言说和行动时，会发生什么。 但是，没有进行思考并不足以为一个人开脱罪责，她说：“在政治上，服从和支持是一回事。”

尽管许多人反对阿伦特的分析，认为她在为艾希曼开脱罪行，但是阿伦特对于艾希曼的分析揭示了独立思考对于维护人类生活的重要意义。她的分析清楚地表明，哪里的人们能够看清自己不幸处境的根源，哪里就有着对纳粹暴行的抵制。

阿伦特经由残酷的现实建立起她的行动哲学，她承认，黑暗时期个人的反抗的确没有现实的可能性，留给个人的只有一个机会：为了不被牵扯进犯罪之中而遁入自己的内心世界。然而，这种逃遁却没有救世效果。只有通过建立在广泛基础之上的反抗，暴政之网才有可能被摧毁。

在文字之外，阿伦特还到各地做讲座，在大学开设研讨班，以及通过电台传播自己的思想。阿伦特认为，一个思想者仅仅把自己的著作呈现给公众，然后便退到私人生活之中去显然不够，他应该让公众了解自己的个性并且对此负责。这样公开自己并不意味着放弃自己的个性，使自己消失在群众之中。正相反，恰恰是在公众之中个人才能得到发展。阿伦特与大多诗性思想者不同，她创造了积极生活的哲学，为自由生命注入了新的意义，她提醒我们：行动和思考之间的关联，仅仅沉思是不够的，还要积极行动，改变我们生存的境遇。

阿伦特这个睿智的女人，在不同的生活间清晰地穿梭，她懂得私人生活领域和政治生活领域的界限，爱对于她来说完全是私人的事，与政治无涉，而犹太人的命运则是极其政治化的问题。那么，战争结束后，阿伦特怎样重建与海德格尔的关系？

1950年，阿伦特作为犹太文化重建的代表人物，返回欧洲，与海德格尔和雅斯贝斯久别重逢。当时海德格尔仍然被禁止参加德国的大学生活，作为纳粹的同流，他的声誉受到了无可挽回的损害，他需要一个可靠的公众人物和内心善良的调解人，阿伦特作为一名具有国际声望的犹太知识分子，作为极权主义的主要批评家，和海德格尔恢复交往，以及对海德格尔的支持，有助于缓解人们对纳粹时期海德格尔言行的持久指责。

作为往日恋人，阿伦特依然对海德格尔充满温情，尽力相助。当时，海德格尔落寞而困窘，打算拍卖他的《存在与时间》手稿，阿伦特努力促成《存在与时间》在美国的翻译出版事宜。作为一个思想者，阿伦特坚持自己的独立立场，50 年代末，她把《积极生活》送给海德格尔时，在一张纸上这样写：

> 《积极生活》
>
> 这本书的献词是空缺的
>
> 我该如何把它献给你呢
>
> 我最信赖的人
>
> 我依然忠诚于
>
> 和已不忠诚于的人
>
> 一切全然是出于爱

《积极生活》一书，与海德格尔对政治与哲学的存而不论不同，阿伦特通过捍卫公共领域"积极生活"的尊严，反对自以为是的"沉思生活"，努力将纯粹哲学与政治思考区分开来。她明白哲学与政治领域存在着不可避免的紧张，她希望"用不曾被哲学蒙蔽的眼睛"去审视政治。阿伦特作为一个政治思想家，清晰地看到了包括海德格尔在内的德国知识分子思考政治时的问题，她说他们在万物中都看到理念的作用。阿伦特与海德格尔思想的背驰，同她的忠诚一样，全都是出于爱——对真理的爱，和对讲台上那个迷人的男人的爱。雅斯贝斯曾经批评海德格尔的哲学里没有爱，阿伦特希望能够影响海德格尔，将爱尤其是对世界的爱，融入思想中。

但是海德格尔，这个影响了 20 世纪后半期许多重量级思想家的人物，哲学家们的老师，谁能影响他？ 影响决不会轻易发生。 对于阿伦特的著作、献词，海德格尔几个月内没有任何回应，也许是因为他只是把阿伦特当成学生和情人，难以在内心承认她已经成长为具有国际影响力的知识分子，也许还因为阿伦特与他思想的背驰。

阿伦特在海德格尔面前不谈自己的著书立说，“好像我从来没写过一行字，也决不会写一行字似的”。 两性之间，无论是非凡还是日常的两个人，总有惊人的相似之处，女人把自己的社会身份隐匿起来，以自然身份出现，男人才感到舒适。 阿伦特和雅斯贝斯不同，虽然她不能容忍海德格尔在政治上的固执己见，不能容忍他退到伪真理之中，但她从未正面问过海德格尔政治问题，她更为关心的是作为哲学家的海德格尔，她觉得自己应该是这位哲学家内心宁静和哲学研究的保护人。 她一次次出现在海德格尔身边，唯恐海德格尔再次跌入沮丧之中。 这是一个女人的爱。 尽管阿伦特比很多人更明白海德格尔其人其文的阴影，但是她从不否认海德格尔和纳粹合流之外哲学生涯中最光芒的部分，她给后来的丈夫海·布吕歇尔的信里，曾这样提及海德格尔的《林中路》：这是值得一读的好书，我会带给你。 书中有许多令人惊奇的描述，有的近乎荒谬、疯狂，但对内心的描写却很感人，跌宕起伏，令人难以置信。 我会努力促成该书在纽约出版。

如果仅仅是这样，阿伦特就只是海德格尔生命中最温暖的人物，而不会是那个对 20 世纪的思想界产生重大影响的人物。

阿伦特思想的出发点是理解，她曾说，男人们总是喜欢尽量去产生影响，而她只想去寻求理解。 阿伦特的思想，都是从理解出发，以描述或讲述真相的方式开始，或许阿伦特没有企望过自己要影响这个世界，她只是努力去爱这个世界，去理解这个世界，并由此进入她的思想和写作。 阿伦特常常引用的一句话——“他以对真理的激情抓住了假象”，这也是她对海德格尔最终的看法，她迷恋他的知性激情，但对他无力区分显然的真理与显然的假象这一点看得很清楚。 她知道海德格尔在政治上是危险的，而助燃了这危险性的，也许还有他构建哲学王国的激情，善良的阿伦特看到的是悖论。 阿伦特在她后期的著作中，一直探讨哲学难题和政治难题的解决之道，在某种程度上，也是探讨“海德格尔问题”。 阿伦特在不断的理解和追问中，不断地发现同时代人看不见的真相。 我想，这应是阿伦特作为一个思想者温暖人心、照亮思想界的因由所在。 事实上，阿伦特也在照亮“平庸的恶”并没有消失的今日世界。

作为一个爱者，阿伦特内心通透，她采用最终能使对方感动的方式，哪怕那个人是海德格尔。 1967 年，阿伦特到海德格尔的家乡弗莱堡演讲，意外地发现海德格尔在后排坐着，在众多很可能是讨厌海德格尔的听众面前，阿伦特以对海德格尔的欢迎作为演讲的开始，给了海德格尔最大可能的尊重。 海德格尔很感动。 从此以后直到阿伦特去世，他们之间的交往，才真的是更深意义上的彼此尊重，似落日余晖的温煦。

如荷尔德林的名言：“你怎么开始，也就会怎么继续。”在庆祝海德格尔八十华诞时，阿伦特表达了无与伦比的敬意，她这样结束对海德格尔学术生涯的回顾：“……他们世纪的暴风雨最终把他们驱使到哪里都是无所谓的事，因为如同柏拉图的著作在千年之后仍向我们劲吹不息一样，海德格尔的思想掀起的风暴也并非起因于某个世纪，它来自远古，臻于完成，此一完成如同所有的完成一样，又归于远古。”

作为一个女人，一个犹太女人，阿伦特被剥夺了作为一个人的权利，流落为一个没有家园的人……阿伦特受到了太多的不尊重——来自海德格尔的，来自她的时代的，但这些没有影响阿伦特对海德格尔、对这个世界持久的诚恳。勇气、感激之情和诚恳贯穿阿伦特的一生。

1975 年，阿伦特去世前几个月，她知道自己的时间不多了，她打点起全部勇气，又去了一次弗莱堡，看望海德格尔。这一次，阿伦特发现海德格尔突然间真正老了，那个在讲台上令所有人心醉神迷的老师，那个具有巨大原创性的人物，用尽了一个世纪的语言仍嫌不够的激情玄想者，那个酷爱滑雪的山地男人……消逝在时光的默片中。如今，他耳聋得厉害，过着退隐的生活，拒绝与人交往，海德格尔也老了！此情此景中的阿伦特，也许感到了这个世界扑面而来的苍凉，爱这个世界的阿伦特，她爱的人都已经离去或老去。对这个世界，阿伦特已经尽了爱的天职，余下的是随时可以离去。

什么样的人才能彼此把那些严肃的关系贯穿一生

阿伦特在《积极生活》中这样思索：如果我们是积极的，我们到底应该干什么？

无论在哪个时代，无论你作为一个思想者还是普通人，在一生中都该有这样的自问。

思想者阿伦特用她的一生回答了这个问题，阿伦特通过积极行动和思想的介入，在主流、制度、凡俗和学派之外，实现了思想探险的自由，成为身体力行的知识分子的一盏灯，以其独特的光芒为我们照亮了认识时代生活的路径。

阿伦特去世后，她的朋友约纳斯，一个生命哲学家，也是海德格尔的弟子，以他与阿伦特五十多年来的友谊见证，这样回忆：每当你严肃地建立起一种人际关系时，这种关系就会贯穿你的一生。你忠诚守信，你始终如一。失去了你，我们所有人都变得贫乏了；没有了你的热情，这个世界也变得冰冷了。

阿伦特一生的言行都由她对这个世界的爱所激发，那么谁在给予阿伦特精神支持？什么样的人彼此才能把那些严肃的关系贯穿一生，出于生命最深处的认同和热爱，彼此分担和共享命运？

这里要说说雅斯贝斯。雅斯贝斯、阿伦特、海德格尔，这三个光耀的名字彼此有着密切的关联。20世纪20年代，他们因对哲学共同的激情而同气相求，建立起友谊。雅斯贝斯，这个对万物投去明亮而观察的目光的哲学家、道德典范、师者、朋友，他怎样面对纳粹时期的海德格尔，面对风雨之中的阿伦特？

雅斯贝斯在《哲学自述》中，表达了自己因没能阻止海德格尔“越轨”，而有种负罪感。实际上，雅斯贝斯曾作过努力。雅斯贝斯和阿伦特的处境接近，1937年，他被解职并陷入可怕的生存困境，一直持续到战争结束。原因在于，雅斯贝斯反对纳粹并娶了一位犹太女子。他被禁止离开德国，这期间雅斯贝斯夫妇一直随身携带有毒的胶囊，以备遭遇不测时主动结束生命。战后，海德格尔接受审理，窘迫之中的海德格尔，希望老友雅斯贝斯能够出庭做证，为他担保。雅斯贝斯绝对坦诚、冷静，阿伦特曾感慨过他的这种品质。他和阿伦特一样，忽略自身的受辱，以明亮的心对待朋友。

雅斯贝斯为这位老友做了辩护，希望海德格尔获得一次“真正的重生”，雅斯贝斯相信，海德格尔的弱点不是来自其哲学，而在于他是一个不切实际的空想家。如果海德格尔能理解自己的责任，那么作为哲学家的他就能得到拯救。

雅斯贝斯这么做，是出于对哲学天才的珍重，出于对哲学的珍重。雅斯贝斯认为，海德格尔在没有清理自己之前，是不能教学的。

雅斯贝斯曾写信给海德格尔，表达哲学友谊和期待：“我隔着遥远的过去，越过时间的深渊，向你致意，紧握着过去曾经存在而今也不能化为乌有的事物……”但是，海德格尔始终以无辜儿童的形象，认为自己是纳粹主义的受害者，他曾对参加过两次世界大战、德国颇具争议的作家恩斯特·荣格尔说，如果希特勒能被带来向他道歉，他就会为自己的纳粹历史道歉。借西塞罗的一句名言来表达此时的海德格尔，上天为证，我宁愿与柏拉图一起犯错误，也不愿和这些人一起正确地思想。海德格尔对自己的政治责任，一直不愿意公开表态。海德格尔一生收到无数请求，也受到巨大压力，但他只接受过两次采访，其中一次是1966年《明镜》杂志所作的采访，采访在紧张微妙的气氛中进行，而且按海德格尔本人的要求，只能在他去世后才能发表。海德格尔在他晚期的著作中，也始终不能直面哲学与政治、哲学与激情之间的关系。对这些，有穷极精神要求的雅斯贝斯，始终不能原谅他，他们之间的友谊也因此而消解。

现在，我们可以看到海德格尔在1966年接受《明镜》访谈的内容，当时的历史情境比较复杂，海德格尔也不像人们尖锐批判的那样。和纳粹合作，他抗争过，也犹豫过，但毕竟妥协过。1966年，77岁的海德格尔面对记者的提问："有些什么样的可能从哲学方面来对现实，也对政治现实发挥作用?"他的回答已经不是诗意地思与诗意地说的方式，他在长期的沉思后，对世人，更是对那个曾为哲学激情燃烧了大半生、建立哲学王国的哲学家海德格尔，发出无奈慨叹——"哲学将不能引起世界现状的任何直接变化"。他还说了句著名的话，"只还有一个上帝能救渡我们"，说这话的海德格尔，由存在论遁入神秘主义，或许他知道谁也拯救不了他和纳粹同流合污过的灵魂，包括他自己。可以看出海德格尔晚年的落寞心境。

很多时候，女人毕竟更感情化，即便她是阿伦特。阿伦特为促成雅斯贝斯和海德格尔恢复友谊，做过很多努力，但是没有成功。雅斯贝斯晚年，不断地写有关海德格尔的札记，这是他难以释怀的痛苦，也是他未完成的问题。雅斯贝斯曾在《马丁·海德格尔札记》中哀叹般地呼吁："我恳求你！如果我们之间曾有过堪称哲学冲动的东西，那么，请对你自己的天赋负责！用它为理性、人类价值和可能性的实在服务，切勿为魔法为虎作伥！"

较之阿伦特，雅斯贝斯这个由医学博士成为哲学教授的男人，更理性，表现出更深的对哲学天职的爱和责任。总是有两性差异。对于阿伦特，海德格尔首先是一个太有震撼力、太有才情的男人，从爱这样一个微妙的支点上，她看到海德格尔在俗世中的问题是职业扭曲的结果，几乎所有伟大的思想家都有成为君主的倾向，康德是一个伟大的例外。因此，阿伦特去世前一直在探讨沉思生活本身，思维、意志、判断与人类的自由问题。

在阿伦特的一生中，雅斯贝斯是个教父式的人物，精神教父。阿伦特在初恋的痛苦中投奔他，在他那里完成哲学博士学位。雅斯贝斯获得“和平奖章”时，阿伦特在致辞里这么讲：希特勒上台时，雅斯贝斯50岁，这个年龄的很多知识分子，都会固执于自己的意见，以至于在真实事件中，都只能看到对自己意见的确证。面对整个灾难性事件，雅斯贝斯既不撤回到自己的哲学中，也不是通过否定世界而沉溺于忧郁，他不断更新着自身，对当下世界保持着敏锐的理解力，像康德那样，不止一次地离开学院范围及其概念化的语言，切入到时代生活和政治问题之中，向大众读者发出及时可靠的评论声音。譬如，纳粹上台前不久，他写的《现时代的人》，第三帝国陷落后不久写的《德国罪行问题》，以及后来的《原子弹与人类未来》。阿伦特看到雅斯贝斯对政治领域的积极介入，来自一位哲学家，来自他哲学思想的信念：哲学和政治关系到每一个人。政治问题是如此严肃，绝不能仅仅把它交给政客。

雅斯贝斯的写作，尤其是1933年以后的写作，是在整个人类面前承担自己的责任。这责任并非一种负担，也不是道德命令，而是一种内心的驱力，这驱力源于用思想的光照亮晦暗的公共领域，自我和他所思考的事物也都受到这光照的检验。雅斯贝斯对公共领域的积极介入，并公开自己在公共领域中检验自己的方式，用哲学语言来说，就是“明彻”，在阿伦特看来，是雅斯贝斯全部个性的标记。在伟大作家的著作中，几乎总是能找到一个仅属于他的一以贯之的隐喻，在雅斯贝斯的著作中，这一隐喻便是“明彻”。这是雅斯贝斯和阿伦特彼此相通和相映之处。

阿伦特看到：没有人能像雅斯贝斯那样，使我们克服对于公共领域的不信任，并让我们感受到在所有人面前赞美我们所热爱的人时的那种光荣和喜悦。

在我们的现实中，如果一个来自公共领域的知名人物，他的言说或作品与他的人格和生活是分裂的，一旦我们发现了这种分裂和表演性，再面对他的言说或作品时，将会是另一种心情。

雅斯贝斯和阿伦特他们，在公共领域中呈现自己的思想，在言说和相互倾听中，内心世界得到修正和拓展，在真实中而不是在概念中接近人类思想和政治生活中最本质的东西。他们不仅能按照自己的内心写作，也能按照自己的内心生活。

阿伦特关于艾希曼事件受到舆论围攻时，雅斯贝斯已是风烛残年，在接受媒体采访时，他为阿伦特的观点辩护，为此，收到了很多恶毒的读者来信。他还打算写一部以阿伦特为例，论证自由思想的书，以使她的声音产生持久的影响。1965年，雅斯贝斯在接受电台采访时曾说，阿伦特独立的学术思想来自独立的人格。雅斯贝斯去世前两年，身体状况非常不好，他依然平静而自信地给阿伦特写信："人们无论如何必须保持对于真实的忠诚，由此而获得对于真实的爱和对于人被降生到人世的感激。"

在漫长的人生里，雅斯贝斯夫妇给了阿伦特温暖和信念。1969年，雅斯贝斯去世，在葬礼上，阿伦特讲道，有时候，在我们中间会出现这样一个人，他以一种堪称楷模的方式使人类的存在变得真实……雅斯贝斯仿佛以一种独一无二的方式亲身标示了自由、理性和交流的融合。

为纪念这位对自己的生命和写作具有非常意义的老师和朋友，阿伦特身穿黑色丧服数月，与此同时，她常常佩戴色彩明亮的围巾，她知道，雅斯贝斯曾经让他的妻子在他的葬礼上身穿配着白领的丧服，以表示他的死是善终。阿伦特关心着雅斯贝斯的著作在美国的出版，在讲座和演讲时告诉听众要阅读雅斯贝斯的著作，雅斯贝斯好像始终就在眼前。

尼采曾说出20世纪以来时代的精神状况："不确定性为这个时代所独有：没有什么立足于坚固的基础，也没有什么立足于自身最坚定的信仰。人们为明天活着，因为后天已经是非常可疑的。"在时代的流沙和风雨中，雅斯贝斯，这个坚守真实和哲学天职的思想者，就是礁石或者根基，是阿伦特能够看得见的旗帜。阿伦特相信：在一个什么事都可能发生的时代，有一件事绝不会发生变化，那就是雅斯贝斯的独立人格。在那个粗暴的、践踏文明和人性的年代，阿伦特和雅斯贝斯，这两个孤傲、伟大的灵魂，相互获得精神的庇护。

精神空间，或者人类生活中的伟大，因这样一些非凡的个人成为可能。他们对人的尊严和独立思想的终生迷恋，他们性情里那些高贵的成分，使他们彼此成为精神生活中永久的陪伴。

积极生活的阿伦特，在生命的不同时期，还通过文字与那些超越时代限制的人物相遇，这就是我们今天看到的阿伦特所著《黑暗时代的人们》。这部著述里所写的人物，除了莱辛，他们都与阿伦特生活的时代有所交叉，或是阿伦特的同时代人，甚或就是亲密朋友。如除了雅斯贝斯，这里还有思想家本雅明，同为犹太人，在流亡中，本雅明把手稿托付给阿伦特，不久自杀；后来，阿伦特把本雅明的遗稿带到美国去整理出版。进入精神生活并对所处时代负有大责任的人，彼此都能认出对方，他们共同分享或分担将他们的生命卷入其中的那个时代，连同它的政治灾难、道德解体。阿伦特看到，尽管这一时代夺去了他们当中某些人的生命，决定了另一些人的生活和工作，但是仍然有极少数人几乎不受它的影响和控制，"他们"就是黑暗时代的光亮：

> 即使是在最黑暗的时代中，我们也有权去期待一种启明，这种启明或许并不来自理论和概念，而更多地来自一种不确定的、闪烁而又经常很微弱的光亮。这光亮源于某些男人和女人，源于他们的生命和作品，它们在几乎所有情况下都点燃着，并把光散射到他们在尘世所拥有的生命所及的全部范围。像我们这样长期习惯了黑暗的眼睛，几乎无法告知人们，那些光到底是蜡烛的光芒还是炽烈的阳光。
>
> ——《黑暗时代的人们·作者序》

阿伦特带着深刻的“同情”，来描述这些个体生命——他们如何生活，如何在这个世界上行动，如何以其言行、作品和个性方面的光芒，成为黑暗时代的光亮。本书译者在“译后记”里写：“她总是细心而简洁地将每件事情的线索和可能性告诉我们，并在运用自身理论概念时保持着审慎的分寸感。她对她笔下人物的个性的关心，远远超过了对概念和理论的关心。……她对每个人物最终都做出了明确有力的评断。”这也是阿伦特的思想和著述可感、可信且有力的缘由。尼采曾说，美的声音如此细微，它只悄悄潜进最警醒的灵魂。

作为讲述者，阿伦特是一个有判断天赋的人，以及从判断天赋提升而来的深透的理解力，她能够在人物与周围世界最具张力、最具恰当比例关系的那一刻，摄下他们的精神容颜。

实际上，阿伦特与他们是彼此照亮。

曾爱过阿伦特的诗人 W.H.奥登，写过这样的诗句：

> 上帝将迫使你
>
> 在审判之日

留(流)下羞耻的眼泪

用心去诵读

你所写过的

诗篇吧,如果

你的生命曾经美好

阿伦特在朗诵自己的人生诗篇时，流下的应该是骄傲的泪水，因为她这一生实在是太诚恳、太深入、太独立、太沉思、太行动，也太爱这个世界了!

阿伦特写作到最后的时刻。阿伦特去世前的书桌上，放着刚打印的《精神生活》第三章的标题：判断力。标题下打了两条格言，一句是西塞罗的，另一句引自歌德的《浮士德》：“为了做人，再大的努力也值得付出。”在天才人物这里，年老的确不再是一种惩罚。阿伦特曾说，“天才”这个词，应该是劳作之人的最高证明。天才都是劳作到最后的人，在她不能写作的那一刻离去。

阿伦特去世前的书桌上，还摆放着她所爱的人的照片，已逝的、与她相伴了一生、给予了她“伟大的爱情”、并影响了她的政治思考和历史观察的丈夫——海·布吕歇尔，还有海德格尔。也许是冥冥中的呼应，五个月后，海德格尔去世。可谓万种音响被这些逝者带走。

但是，我们看到，20世纪的思想史因阿伦特而不同。作为一个思想者，阿伦特的杰出成就动摇了以往男性在政治哲学界自视的优越地位，这还不是最重要的，最重要的是她的“极权主义的起源”和“人类境况”研究，在“黑暗时代”，在整个人类面前，承担起了一个伟大的思想者的责任，其思想之光不仅照亮了她所处的时代，也照亮着其后的时代；她召唤着行动与沉思并进的生活，召唤着我们深刻地改变自身和人类的处境。

参阅书目：

①阿洛伊斯·普林茨:《爱这个世界——汉娜·阿伦特传》,焦洱译,社会科学文献出版社,2001。

②汉娜·阿伦特:《黑暗时代的人们》,王凌云译,江苏教育出版社,2006。

③汉娜·阿伦特:《精神生活·意志》,姜志辉译,江苏教育出版社,2006。

④理查德·沃林:《海德格尔的弟子》,张国清、王大林译,江苏教育出版社,2005。

⑤贡特·奈斯克、埃米尔·克特琳编著:《回答——马丁·海德格尔说话了》,陈春文译,江苏教育出版社,2005。

⑥马克·里拉:《当知识分子遇到政治》,邓晓菁、王笑红译,新星出版社,2005。

⑦罗·科勒尔编:《汉娜·阿伦特/海茵利希·布鲁希尔书信集》(1936—1968),孙爱玲等译,贵州人民出版社,2004。

阿列克谢耶维奇 Alexievich's Quotations 语录：

我本来不想再写战争了，可我已置身于真正的战场上。

我在寻找一种写作体裁，能够反映出我所见到的世界，能够承载我的所见所闻。

我不觉得他们是小人物，他们向我们传递了非常大的痛苦。 我谈的是这个时代人的情感。 我需要的不是一次采访，而是诸多的机遇，就像一个坚持不懈的肖像画家那样。

历史，就是通过那些没有任何人记住的见证者和参与者的讲述而保存下来。

我在写作中逐渐懂得，原来历史就是人类真情实感的汇聚。

让我们一起来写一本时间的书。 每个人都大声说出自己的真相和噩梦的阴影。

08 经历了大时代，再来谈爱

——阿列克谢耶维奇读记

S.A.阿列克谢耶维奇，1948年出生于苏联的乌克兰，白俄罗斯记者、作家，曾获法国“世界见证人”奖(1996)，德国书业和平奖(2013)，诺贝尔文学奖(2015)等。主要作品有：《我是女兵，也是女人》(又译《战争中没有女性》、《最后的见证者：101位在战争中失去童年的孩子》、《锌皮娃娃兵》、《切尔诺贝利的祭祷》(又译《切尔诺贝利的祈祷》)、《二手时间》等。

今天，文学是什么？ 谁能回答？ 这是2015年诺贝尔文学奖得主阿列克谢耶维奇在演讲时反问的。 不仅因经常有人告诉她，她所写的不是文学，是文献，而且这个为历史留下时代人心灵档案的作家，她也在创造着人们对于文学的理解。 一个有力量的作家，总是能创造出属于她自由表达的文学，总是能越过众人认为的那个“边界”。 在岁月中，在纷纭的生活中，我也渐趋明白：理解——开阔地理解，而不是大而无当的判断，有助于拓宽我们共同的文学视界及其他。

阿列克谢耶维奇说，令她感到困扰的是，真实不是存在于一颗心灵、一个头脑中，真实在某种程度上破碎了。 有很多种真实，而且各不相同，分散在世界各地。 陀思妥耶夫斯基认为，人类对自己的了解，远远多于文学中记录的。 她所做的是收集她所处时代的生活。 她对灵魂的历史感兴趣——日常生活中的灵魂，被宏大的历史叙事忽略或看不上的那些东西。 她致力于缺失的历史。 简单地说，这是她的文学立场。

我们这样理解过文学吗？ 当我们这样理解时，也就不敢太虚妄，也会对这个无垠的世界和复杂的人类报以虔诚的探讨态度……

阿列克谢耶维奇说：“我写了五本书，但是我觉得它们其实是一本书，一本关于乌托邦史的书。”一个作家，一生能研究透、写透一个影响人类生活的大话题也就足够了。

她在我们的现场时，她在俄罗斯知识分子的传统中

回望2016年的8月，坐在北大论坛发言席上分享《二手时

间》的阿列克谢耶维奇，属于俄罗斯女性中年以后的典型体态，服饰朴素，像街上行走的任何一个俄罗斯大妈或者祖母，其时68岁的她，已是一个小女孩的祖母了。她的脸上没有我们常看到的社会化的名人表情，她的眼神专注、诚恳、善意、悲悯，那是面对某一个人时的目光……她安稳地坐在那儿，让你的心也感到安稳。

主持人介绍多位嘉宾和领导致辞环节后，阿列克谢耶维奇开始发言，这时的阿列克谢耶维奇，是一个审视过人类大灾难的发声者，她的声音带着她心中全部的过往，带着二战、阿富汗战争、苏联解体、切尔诺贝利等震撼过全人类的历史大事，她的声音浩荡（我没找到更准确的词），她整个的人都在她浩荡的气场里，她好像在望着未来的苍穹而不是此刻的现场讲话；她神色肃穆，是的，谈这些话题怎么可以调侃；她微卷的短发，在她紧实的语式里，显示着力量，空气中没有一秒是空耗的，如一场飓风刮来——精神的飓风，瞬间就覆盖了有些套路和涣散的会场。

阿列克谢耶维奇左右两边坐着年轻的女翻译，先是右边的主译，越来越跟不上她的节奏，后交给左边主译；左右翻译不断比画着，低声商讨用哪个词；阿列克谢耶维奇时而两手张开，努力借手势表达自己，时而说几句就停下来，向她们解释，她轻拍下左边翻译的胳膊，再拉下右边翻译的胳膊，感觉她们都困在语言背后的世界里……阿列克谢耶维奇几乎没法整段讲话了，节奏越来越卡，以至全场都在等着她们找出对应的译文。

仅仅是语言的障碍吗？ 当然，不仅仅是语言。

这时，主持人请发言席上的评论家救场，他幽默而智慧地说："我知道，在座的各位老师和同学都不是来听我讲话的，而是听阿列克谢耶维奇先生讲话的，但是现在，我估计她已经充分领教了文学在中国是一件很疲惫的事，其实我也——很累。”（台下笑声）会场从半停滞的气氛中活跃起来……

这时的阿列克谢耶维奇的确已经很累了，她从上海书展、国际文学周到苏州再到北京，密集的讲座、对谈、签售和采访，加之和白俄罗斯二十几摄氏度的温差，等辗转至北京，她旧疾复发，许多原定的采访及游览都不得不临时取消。那是疫情前时代，我们的文学现场正处于热闹期，尤其是我们长盛不衰的诺奖情结，对于一个新的诺奖得主的莅临，我们不会不以巨大的热情——媒体的热情，读者的热情，书店、出版社售书的热情，像潮水一样涌向她……另外或者同时，我们也不习惯把一个耀眼的诺奖得主还原为一个自然人。不同的读者在问着类似的大问题：如何理解俄罗斯文学传统？如何看待“乌托邦之声系列”的写作？如何理解《二手时间》里处在痛苦转型期的俄罗斯民众？如何理解非虚构写作？得了诺奖之后，人生有怎样的变化？接下来要写什么？……每天回答并不一定是她认为的问题，是不是也会神经疲倦，一旦被裹挟到程序化的生活中，谁会不疲倦？

但阿列克谢耶维奇一旦发言，她就有着惊人的精神能量。你感到，她不在所有现实生活的规定之中，她的背后连接着俄罗斯文学批判现实主义的伟大传统，从这一传统望去，是帕斯捷尔纳克、索尔仁尼琴、布罗茨基、格罗斯曼等大师的身影，她的目光是面向历史的，更是面向人类未来的，面向宇宙的。她谈的是关于人类命运的大问题，但又关乎每一个人命运里的疼痛和幸福。我觉得，我们和阿列克谢耶维奇隔着的不仅仅是语言，还有被语言带不动的最考验人类心灵的勇气，俄罗斯知识分子传统中为真理、为真相、为文学但远远大于文学的一生……

翻阅俄罗斯文学、思想史，我们总能看到为文学但远远大于文学的作家。

我们皆知的19世纪大批评家别林斯基曾宣称："俄国文学是我的命，我的血。"紧张激烈的精神生活与道德危机，也败坏着他的身体，三十七八岁就死于肺疾，以至"警察头子大表遗憾，恨别林斯基自己死亡，说'我们本来要他在牢里腐烂'"。20世纪初，激进的柯罗连科出于对别林斯基的尊敬，则说："我的国家不是俄国，我的国家是俄国文学。"在他们看来，只有在文学这里，才存在着自由、真理和希望。赫尔岑说别林斯基一旦裁定一个看法，无畏于任何后果，因为他刚毅而精诚，他良心清白。这样的文学与作家高贵的精神脊梁，彼此锻造；让你感到，无论怎样的苦难，都击不溃作家的这种傲然与高贵。

俄罗斯伟大的作家与思想家，有不少是在流亡与囚禁中或之后，成就他们的杰作的。如20世纪初的俄罗斯思想家别尔嘉耶夫，在思想自传里写：我坐过四次牢，两次在旧制度下，两次在新制度下；被流放到北方待了三年；险些被永远迁移到西伯利亚；被从自己的祖国驱逐出来，而且我相信，我将在放逐中结束自己的生命。用今天的话讲，可谓非虚构的戏剧性人生。他经历了自己的祖国和全世界的灾难性时代，在后半生的流亡中，写出了为他赢得世界性声誉的一系列著述。

更近些的，如《生活与命运》的作者格罗斯曼。1961年冬天，他病逝前两三年，《生活与命运》的书稿，包括相关的草稿、笔记，甚至连打出这本书的打字机和炭纸，都被当局收走，他直接给苏联最高领导人赫鲁晓夫写信抗议："有什么理由让我人身自由，却逮捕了这部我为之呈现生命的书？"后来他被告知："这本书在两三百年内都不可能有出版的机会。"格罗斯曼很清楚自己写了些什么，也应会料到后果。这部译成汉字近80万字的巨作，是作者“冷冷地一字字刻写的”，该书译者——研究、翻译了一辈子俄罗斯文学的翻译家力冈先生，精准评价它“在所有的反思作品中，是最应该称作反思作品的”。格罗斯曼病逝前，倾其一生的巨著完全看不到出版希望，他不知道这本书后来被拍摄在胶卷上偷运出苏联，于20世纪80年代，在欧美各国相继问世，1988年居然在苏联出版，他更不可能知道再后来这本书被俄罗斯电视台改编成收视率极高的电视剧。

这就是俄罗斯大作家，为文学但远远大于文学的一生。阿列克谢耶维奇因其著述，也有流亡欧洲的经历，后来又回到她的祖国白俄罗斯。

翻译家刘文飞教授讲：“如果用苦难与诗意、极权与自由、广袤的森林冰河与深邃的心灵拷问来形容一个民族，那一定是俄罗斯。……俄国文学往往比其他文学更为宏大、严肃，趋向心灵深处……”在由勇气、自由等定义的俄罗斯大作家阵营里，阿列克谢耶维奇并不突兀，或者说她只是其中的一员。但在当代作家中已很少见。

在切尔诺贝利采访期间，阿列克谢耶维奇正怀有身孕，但她隐瞒了这个事实，称自己已有两个孩子；在采访和写作的过程中，受到了各种威胁。作为战地记者，前往苏联对阿富汗的战场上，发现刺眼更刺心的真相。她的五部纪实作品——《我是女兵，也是女人》《最后的见证者》《锌皮娃娃兵》《切尔诺贝利的祭祷》《二手时间》，亦称“乌托邦之声系列”，每一部都引发争议，乃至谩骂，或遭审查官的严格审查与诋毁。她与审查官的直言对峙，还有当时让人噤若寒蝉的话题，直到苏联解体后再版时，我们才看到全貌。可以看出，阿列克谢耶维奇没有在乎她的写作将会带给她怎样的命运。

《纽约客》这样描述她："因涉及苏联历史上富有争议的主题，阿列克谢耶维奇常常将自己置于险境，她挑战过往的叙事，并重新审视历史事件对普通人的影响。"

阿列克谢耶维奇说："我唯一的痛苦是：我们为何没有从苦难中吸取教训，我们为什么不能说，我不想再受奴役了。我们为什么一次次遭罪？ 历史为何依旧成为我们的重负和命运？ 我没有答案。"

阿列克谢耶维奇的写作，因此"成为我们时代里苦难与勇气的一座纪念碑"（诺贝尔文学奖颁奖词）。从这个意义上讲，她的"乌托邦之声系列"堪称当代文学中伟大的作品。她告诉当代世界什么是非虚构写作，什么是当代作家应该面对的，什么是时代的良心……人怎样才能配得上他所经历的苦难……阿列克谢耶维奇的写作，是在替上帝观察和审判，是属于人类大是大非的写作，是为人类的未来寻找和平与幸福的写作。这个同时是记者、社会学者、心理学家兼牧师的作家，她的写作也让我看到了我们的大多数写作——和功利现实贴近的表情。

2016年，阿列克谢耶维奇在上海期间，我们的作家问起她，在创作纪实作品时总会遇到种种困难，如何应对？ 她回答说：在一般人看来，作家的困难主要是作品写出来能否发表，但这不是关键的困难，关键的困难是你自己想怎么写，最困难的是建立自己的哲学观，建立自己的观点，然后把自己的视野打开，把人们从平庸中拉出来……

在我的理解里，打开这视野的：一是时间，在时间和历史的长视中来看清一切；二是人性，在人的一生中来考察人性，亦看清命运何来何去。她书中的人物，以及人物一生中的不同时段，无论有多少复调，亦可看出她作为一个作家的立场：反对杀人，反对战争。她在人性和生命尊严的立场上，重新审视历史事件对普通人的影响，或者说，用小人物的命运来审视人类的大历史。

阿列克谢耶维奇说，《我是女兵，也是女人》也是一开始不让印刷，“我根本不太关心上层想什么，当局想什么，最重要的是反映我个人的想法，我想说的东西。很幸运，戈尔巴乔夫时代来临了，我的作品能印刷了，结果发现它正是大家需要的。”

在我们与她的对话中才发现，彼此的重心所在。

在写作和访谈中，阿列克谢耶维奇多次提到陀思妥耶夫斯基，这个世界文学中作家们的导师，27 岁就因涉嫌政治被捕，临刑前最后一刻被赦，流放西伯利亚十年，人生绝望到底，黑暗到底，也就没有什么更可怕的了。后在经济的窘迫、癫痫及难熬的肺病中，不惜一切代价（包括健康）来写作，应也是没有什么不敢写的了。只活了 59 岁的他，在写作生涯里最荣耀的一年陨落。在自发的浩荡送葬队伍中，一些大学生说是为“一位苦役犯”送葬——警示人们不要忘记他的苦役经历以及俄国所有政治犯的命运。这个苦役犯作家写出了人类最黑暗、最隐秘的心理，加缪称他是“20 世纪最伟大的预言家”。这也应是阿列克谢耶维奇反复致敬他的原因吧。

在 2015 年诺贝尔文学奖颁奖的演讲中，阿列克谢耶维奇引用陀思妥耶夫斯基小说《群魔》中人物的对话：“在无限无穷的世界里，我们是最后一次相遇的两个生物……别用那种腔调，像个人一样说话吧。至少，用人的声音说一次话。”接着她说：“我和我的主角们差不多也是这样对话的。人们从自己的时代发声，但人类的心灵是难以抵达的，这条路被电视、报纸以及这个世纪的迷信、偏见、谎言阻隔。”阿列克谢耶维奇和她的访谈对象，和苏联的过去，也是这样做着孤独的最后的对话。

她说，今天已经写不出《战争中没有女性》这样的书了——相关的人都走了。不能写出《切尔诺贝利的祭祷》这样的书——很多感觉都消失了，感情的火焰已慢慢熄灭，许多细节都已经忘记了。这本书她写了十年，仿佛是在地狱中工作。一切都需要在特定的时间完成。她和他们，真的是这个世界上最后的裸心交谈者。

有时候她和访问对象整整坐了一天，甚至几天，记了六七十页，最后就留下两行字。这就像大合奏的指挥家，她要从中选择主旋律、主曲调，哪个地方需要，哪个地方不需要，可能今天需要，明天不需要。她要做的事情就是让它们在世界上保存下来。

真正有价值的文学——超越种族、超越国界、超越时代和意识形态的文学，应是这样创造出来的。

《切尔诺贝利的祭祷》：
我们为什么要记住/大时代里无助的小生命

《切尔诺贝利的祭祷》，阿列克谢耶维奇写了很久，差不多有二十年。在灾难发生一年后，有人问她：“所有人都在写，而你生活在这儿却不写，为什么？”当然她可以很快写本书，那种一本接一本出下去的书，但是仿佛她的手被按住了……她自己、她的亲人和祖国，自 1986 年 4 月 26 日，一夜之间，再也回不到昨天，突然被抛向了另一个世界——切尔诺贝利的世界。他们都成了“切尔诺贝利人”，他们的内心和日常生活，都在说出的和说不出的恐惧中；她的父母在农村，他们说半条街的人都死掉了，一切都不行了；他们找不到合适的词语，来表达所看到的和所经历的，尤其是在灾难发生的时代与他们开始谈论灾难的时代之间，存在着中断，那是噤声的时刻，人们不知道到底发生了什么。

之前，他们知道的有关惊悚与恐惧的一切，大多与战争有关。在切尔诺贝利，他们似乎看到了所有战争的特点：直升机飞上天空，军事车队开进来，居民被疏散，生活的进程被阻断……那个原本温柔而美好的世界，如今充满恐惧。尤其是老人们被疏散到远方时，尚未想到这是永别，他们举头望天，“太阳在照耀……没有烟尘，也没有枪炮声。难道这就是战争吗？可我们成了难民……”。熟悉的世界突然变得如此陌生。在切尔诺贝利纪录片里，我看到有个别老人后来又回到了隔离区，他们蹒跚在被摧毁的末日般的世界里，也许他们除了想回到故土、寻找死在那里的亲人，人生再无可恋。

阿列克谢耶维奇写了一个非常有隐喻性的细节：灾难发生后，直接和动植物、土地打交道的老农，作为现象观察者，成了能告诉你一些真相的哲学家，而“学者、官员及扛着大肩章的军人”，面对新的突变，思维还停留在以前，其中有不少人相信：“苏联核电站是世界上最可靠的核电站，它们甚至能建在红场上。”老养蜂人说：“早晨我来到花园，一只蜜蜂都没有……蜜蜂知道，可我们不知道。现在如果出了什么事儿，我会看看它们……”河边的渔夫说：“我在等待电视里的解释……等他们告诉我们怎么救援。可是蚯蚓，普通的蚯蚓，它们已经深深地钻进了泥土里……我们没找着一条做鱼饵的蚯蚓。”牧人把疲倦的牛群赶到河边喝水，但它们走到水边立即掉头而去，它们似乎悟出了危险……

这些最直观朴素的现象，教我们思考：“谁在地球上生活得最安稳、最长久——我们还是它们？ 我们应向它们学习如何生存，以及如何生活。”

切尔诺贝利核事故之后，“切尔诺贝利人”成了来自污染区的人，过去的经验再也没用，从此立于孤岛；而同时，地球又变得那么小，在爆炸发生后的第四天，切尔诺贝利的放射性云朵就已经飘在了非洲和中国上空。 不到一个星期，切尔诺贝利就成了全人类的问题。 在切尔诺贝利核事故之后，远或近的意义何在？ 这些都是作家在追问的。

作为核灾难的见证者，阿列克谢耶维奇深感，切尔诺贝利不仅是一个时代的灾难，这 20 世纪最大的技术劫难（不仅仅是技术劫难），对于短暂的生命来讲，甚至是无期限的。 对于有一千万人口并以农业人口居多的白俄罗斯，这不只是一场举国之灾。 据《白俄罗斯百科全书·切尔诺贝利汇编》(1996)，二战期间，法西斯毁灭了白俄罗斯大地上 619 座村庄及村民，切尔诺贝利之灾使白俄罗斯失去了 485 座村落，其中 70 座已永远葬于地下。 每四个白俄罗斯人即有一个人在战争中死去，而今每五个白俄罗斯人就有一个住在污染地区。 白俄罗斯人口下降的主要原因即为辐射。 长期存在的小剂量辐射，导致罹患癌症、儿童智障、神经心理紊乱和遗传突变人数增加……当然，还有重灾区乌克兰。 阿列克谢耶维奇慨叹（此处我不知哪个词语能达意），她 80 多岁的老父亲，居然还活了下来！

她喜欢的作家——契诃夫小说里的主人公那样相信，人类生活在一百年之后是美好的；如今阿列克谢耶维奇看到，我们失去了这样的未来。一百年之后出现了劳改营、奥斯威辛集中营和切尔诺贝利……还有纽约的‘9·11’……当她重回切尔诺贝利，看着“一切之后”的生活：没有人在的风景，不知去向的道路，20世纪的金字塔——切尔诺贝利英雄纪念碑——掩埋放射物的人造石棺……她悲伤地质疑：“这是过去呢，还是未来？我有时恍若觉得，我在记录未来……”

阿列克谢耶维奇思考的是核灾难之后的人类生活，类似高更那个永恒的追问，也是他献给自己的墓志铭——我们从哪里来？我们是谁？我们要到哪里去？一个作家、艺术家总是要由个体延伸到对人类、对无限的思考。谁能说阿列克谢耶维奇的思考和我们无关呢？今天，我们每个人可能都感受到了个人生活与时代、与世界的关系，新冠疫情像飓风一样扫荡了世界各国，我们每个人都再也不仅是自己，而是各种时空交叉中的一个人，在看不见的世界之网中；同时，每个人又前所未有地孤单。疫情前和疫情后的世界已经不一样了。经由大事件思考人类未来的作家，才有可能成为大作家——伟大的作家，否则写多少本书，也配不上这经受了大厄大难的众生、天空和土地。按住阿列克谢耶维奇那双手迟迟不可动笔的，就是对人类未来命运的思虑。

阿列克谢耶维奇写道：“今天白俄罗斯人犹如活着的‘黑匣子’，记录着未来的信息，为所有人。”现在，我们跟随她看看来自“黑匣子”的讲述。

隐患埋伏在建造和管理过程中，白俄罗斯国家科学院核能研究所前所长讲述：

> 日本人完成这样一个项目需要十二年，而我们只需要两三年。这样一个特殊的项目，可它的质量和可靠性和一个畜牧业

联合养殖场,和一个养鸡场差不多!……是谁在掌控核电站?领导层中没有一个核物理学家,只有动力工程学家、涡轮工、政治工作者,但没有专家,一个物理学家都没有……人类发明了技术,但并没有做好全部准备,他们与技术并不匹配。能把一支手枪交到孩子手里吗?我们就是那些疯狂的孩子。

灾难突然铺天盖地,人们还不知道是怎么回事,牺牲的消防员之妻讲述:

不知道该说什么……说死亡还是说爱情?或者说这是一码事……

我跑过去,可是医院四周被警察团团围住,一个人都不让进去。只有救护车驶入。民警们高喊:“别靠近救护车,辐射爆表了!”不只我一个人,而是那夜所有丈夫在电站的妻子们都跑了过去。……城里停满军车,所有道路都被封锁了。到处都是士兵。火车全部停运。人们在用一种粉末洗涤街道……我担心,明天怎么去村里给他买新鲜牛奶?(医生让喝牛奶)没人提辐射的事。所有的军人都戴着防毒面具……市民还在从商店里购买面包、敞口的袋装糖,馅饼就放在托盘里……就像平常一样。只是……人们在用一种粉末洗涤街道……

晚上,医院不让进了。四周人山人海……广播里说:全城疏散三到五天,请你们随身携带保暖衣物……

丈夫被飞机送到莫斯科专门治疗放射病的医院,妻子赶来探望,护士劝她:

您别忘了,您面前的已经不是丈夫,不是爱人,而是高污染辐射体。您如果不想自杀,就不要感情用事……他已经不是人了,而是个反应堆。你们会一起烧起来的。

年轻的生命、爱人，突然就不是人了，变成了不可接近的反应堆，世间还有比这更魔幻、更残酷的吗?

这个妻子像十二月党人的妻子一样决绝，她孤注一掷地要和辐射体丈夫执手相伴，他们一起在医院度过了十四个昼夜。她没空想，也没空哭，他们竭尽全力地爱和治疗。但，这是爱情抵挡不住的死亡。

他们(丈夫的消防员同事)都死了以后,医院重新装修。墙壁刮了,镶木地板刨了……窗户也拆了……一切都在慢慢消失……

他们当着我的面……把穿礼服的他塞进了塑料袋,并把它扎紧。又把这个袋子放进木制棺椁……棺椁再用个袋子包上……塑料袋是透明的,但像油布一样厚重。

所有人都来了,他的父母,我的父母……他们在莫斯科买了黑头巾……特别委员会接见了我们,他们跟所有人讲的都是那套话:我们不能将你们的丈夫,你们的儿子的遗体交给你们,他们受到超量的辐射,会以特别的方式葬在莫斯科墓地。他们葬在焊死的锌制棺椁里,水泥板下面……如果有人抗议,想把棺椁运回家乡,他们就对他说,他们是英雄,他们已经不属于家庭。他们已经是国家的人……属于国家。……士兵们在墓地将我们包围起来,我们被护送着前行……谁都不能去做最后的告别……瞬间便填土了……

世间硬离别不过如此。那厚重的塑料袋、水泥板和焊死的棺椁以及那套不可更改的话术，也死死封住了这个妻子和所有亲人的心，封住了读者的呼吸。

阿列克谢耶维奇写道，第一天夜里在事故现场的救灾人员，没有专门的防护衣，也不知道高辐射的事实，无异于集体自杀。作家就此做了犀利的质疑。随着时光流逝他们会被淡忘，但他们的确拯救了自己的祖国，拯救了欧洲，他们是新历史的英雄。

这些英雄的妻子，面临道德和人性的两难选择，走近还是不走近？亲吻还是不亲吻？这个妻子走近了，亲吻了，陪伴丈夫到死。但她为此断送了自己的健康和他们女儿的生命，妻子当时已怀孕，女儿出生后几个小时就死了。她把还没有名字的女儿埋在了丈夫旁边，每次去墓地会带两束花，一束给他，另一束给她。

> 爱与死，为什么近在咫尺？……我就这样活着，同时活在现实和非现实的两个世界。我这样的人很多，整条街都是，它被称作切尔诺贝利大街。

这个妻子有着地狱、炼狱般的经历，却没有看见天堂。你能责怪那些没有陪伴在弥留之际的丈夫身边的妻子吗？在高污染辐射体面前，如何在爱情和死亡之间选择？就像这个妻子说的，爱情和死亡是一码事。

在阿列克谢耶维奇私下采访他们之前，没人真正问过他们——经历过什么，看见过什么……人们不想倾听悲剧，不想倾听死亡，不想倾听恐怖……

> 但是我给您讲述了爱情……我是怎么爱的……

这是怎样的逻辑，怎样的表述？ 作家及每一个切尔诺贝利人都深知其中的烈苦味。 爆炸前一天，是他们生活的最后一天——切尔诺贝利以前的生活……以后，这不堪描述的一切，不知称之为什么。

看看心理学家的讲述：

> 我去过切尔诺贝利地区，去过很多次……我意识到，我是无能为力的。我会因为这无能为力而崩溃，我无法理解这一完全改变的世界。哪怕是别的恶（如战争），我都能保护自己，然而这一次过去的东西已经无法保护我，也不能抚慰我……我没有找到答案……过去一直有，而今天没有了。是未来在摧毁我，而不是过去。

本来能够医治人们心灵创伤的心理学家，也看不见未来，感觉完全被抛在一个无法自我保护的世界上。 逝者已逝，活着的人——未来被摧毁。

这被摧毁的未来，在疏散区居民的讲述里是这样的：在战争年代还可以采回野菜、浆果、蘑菇，不至于饿死。 而现在，那样的生活再也没有了。 牛奶不能喝，豆子不能吃，蘑菇、浆果也不能吃，水也不能喝了……谁也回答不了你。

有人患了切尔诺贝利恐惧症，一个历史学家讲：“我怕下雨。 这就是切尔诺贝利。 我害怕雪，怕森林，连云都害怕。 还有风……谁知道它是从哪里刮来的？ 谁知道它刮来了什么？ ……切尔诺贝利，它就在我的房子里……”

冬天夜晚很长，他们时常就坐在那里，心里算着：今天又有谁死了？ 小镇上许多人死于紧张过度和精神崩溃。

一个现场清理人的妻子说：“我不愿意去回忆，我只想静静地，不再说话。 如今一切都过去了……一切是那么遥远，也许，比死都远……现在我已经忘了我的脸，忘了那张他曾经看到的脸……我也不想看到镜子里的这张脸……我把家里的钟停掉了……就停在早上七点（丈夫去世的时间）。”他们的儿子长大了，却永远停留在了五岁儿童的状态，住在精神病医院里。 医生的判决是：他要活下去，就得一直住在那里。 这个妈妈每天都要去看他，儿子总问：“爸爸在哪儿？ 他什么时候来看我？”“在这个世界上，还有谁会问我这个问题？ 他一直在等爸爸。我会和他一起等。 我会做我的切尔诺贝利祭祷……他，他会用孩子的眼睛看世界……”这个妻子、母亲，有着俄罗斯女性那种罕见的由勇气和坚定支撑起来的爱，或者说是爱支撑起来的勇气和坚定，或者说是一码事，这爱穿越着切尔诺贝利无垠的暗夜。

《切尔诺贝利的祭祷》的第一个和最后一个讲述者，题名都是《孤独的人类之声》。 开始我还想，怎么同样的题目？ 读完方感，整本书都是孤独的人类之声。 正如清理人妻子所讲：“遭受这样的痛苦，我不能不去思考……我只知道一件事，我再也无法感到快乐了……伟大的事件会击碎一个小生命……在我们身后留下的只有历史……只有切尔诺贝利留下来……我的生活在哪里？ 我的爱在哪里？”

灾难让切尔诺贝利人从“功勋文化”和“战争文化”中走出来，思考起自我的生命和大时代、和历史的关系，自我该如何活着？

这是切尔诺贝利人的命运，切尔诺贝利的动物们就更可怜，辐射区的所有动物——狗、猫、牛，还有飞禽，都被射杀。 若是懂得万物有灵的射手，会从远处开枪，因为不敢看它们的眼神。 它们毫无过错，但都默默死去。

掩卷长叹，在这被摧毁的未来里，分明又感到了切尔诺贝利人的爱，已经深深地嵌入了切尔诺贝利的大地。“我们要走了，我从妈妈的墓地挖了一些土，装进小袋子里。 ……人们把自己的姓名留在自己的家园，写在墙上，围栏上，写在沥青路上。 ……一个老人躺在地上，他快要死了，他哭着说：‘我这就站起来，我自己走到墓地，自己走。’”

他们对天痛惜：“谁能赔偿这里的美丽？”——他们依赖、热爱着的切尔诺贝利的天空、森林和土地。 有这样一个老妈妈，坚决不离开，独自一人在一个村子里生活了七年，她和她的猫在一起，当她非常伤心时会去墓地，那里有她的妈妈、小女儿、丈夫，她坐在他们旁边，和他们讲话，“我可以和活人讲话，也可以和死人讲话”。“把我的故事带给外面的人吧，那时也许我已经不在了。 我在地下……在树下……”

也许，爱也不足以挽救被摧毁的未来，但是没有爱，就彻底没有未来。 人们做事情时如果心中有爱——爱众生、爱天空和大地，也爱未来，或许就不会有无视生命的事情发生。

没有修饰的战争记忆：当女人和孩子作为见证者

40 岁左右，我开始感到了俄罗斯思想家的亲切，也渐渐读懂了他们在说什么。 如前面提到的别尔嘉耶夫，在回顾他的戏剧性人生时说：“我用自己的全部生命来思考自由问题……我任何时候也不表演自己的生活……在我生命的最后时刻，我大约要回忆起我的许许多多的罪过、弱点和堕落，但是我将可能幸福地回忆起：我属于‘渴望真理的人’。”作为一个因自己的不幸也更多感受到人类的不幸的思想者，他在思与写时，面向的不是明天的日子，而是未来的世纪。十月革命后，这个被沙俄政府驱逐出境的人，始终思考着祖国的命运、人在现代社会中的命运、生命的价值和意义、自由和奴役等一系列问题。在他的《俄罗斯的命运》一书中，居然有一章是从哲学上来思考战争的，他写道：“战争的恶是人类内在疾病的标志……在战争爆发之前，恶和悲剧就已经植入那种深刻的层次……在更深的层次上，存在着精神的暴力和精神的杀戮。……需要以全部力量来反对心灵的冷酷化……”

我读完了阿列克谢耶维奇的作品，又反过来读这本书，感到有一些他已经深深地预言过了。别尔嘉耶夫去世这一年，阿列克谢耶维奇出生，这纯属偶然的巧合，但他们的作品中却有着神奇相通的密码。

阿列克谢耶维奇在“乌托邦之声系列”中写：“我们正是在寻求这一真理的过程中，度过自己的一生。……我们每个人是怎样扼杀了心中的勇气？……我只想把人的世界按本来面目反映出来。”阿列克谢耶维奇写的不是战争或国家的历史，也不是英雄人物，而是被抛入宏大事件中的芸芸众生——这些经历了战争的人，他们的心灵史和情感故事——在战场上他们的内心到底发生了什么变化？他们所看到并理解的是什么？他们普遍怎样对待生与死？又是如何看待自己的？

阿列克谢耶维奇出生于战后的 1948 年，战争离她并不遥远。她的亲戚中有 11 人死于这场惨烈的大规模战争，她说：“我的父母告诉我的故事，甚至比记录在我书中的更令人震惊。”谁也不想回忆这肝肠寸断的故事，阿列克谢耶维奇在《我不想去回忆……》一文里写：最初也经常犹豫，不知道自己能否撑得下去，但她已经被愤怒牢牢抓住了，望着那无尽的深渊，就想知道个究竟。于是，她的寻访持续了七年，走遍了全国各地，几十趟旅行，数百盒录音带，几千米长的磁带。采访了五百多次，接下来就不再计算了。《锌皮娃娃兵》的译者高莽先生感慨地写道：“一位女性需要多么大的精神力量去感受战争的惨烈和承担感情的压力。”

在阿列克谢耶维奇的笔下，这参与到战争中去的芸芸众生，不是神仙，不是铁人，而是有血肉之身的人，他们有恐惧与疼痛，有挣扎与犹疑，也有人性之爱；即便从战场上能活着回来，灵魂也可能是受伤的……他们生命中的痛感与爱意正在传递给我们。跨越国界、跨越时空，在宇宙间所有生命的立场上，来感受和表达过往的历史对我们做了什么，我们又对历史做了什么，这是澄清生命真相与尊严的伟大的文学。

1.女作家与女兵眼里的战争

1984年2月，苏联大型文学期刊《十月》刊出了《战争中没有女性》，这部反映苏联卫国战争的作品，刊出后可谓毁誉参半。苏联颇负盛名的战争文学作家康德拉季耶夫感叹道：“我不知道应当用什么语言来感激这位作者，因为她替男性完成了这项工作，所有的前线老兵都感谢她。我早就感到自己对于我们的女战士，对于战争中的姑娘们，负有一种作家的同时也是普通人的责任。……我痛苦地想道：四十年过去了，我们竟然没能写出关于我们的姐妹们的真实行为和真实情感……”同年11月，苏联最高苏维埃主席团向这位女作家颁发了荣誉勋章。1985

年，该书被译成中文出版（后来再版时改名为《我是女兵，也是女人》）。这时的阿列克谢耶维奇年仅36岁，盛年的她，开篇追问的就是在历史中、在20世纪，女性为何要从军？这个话题也并不陌生，我们在小学课本上都读过《木兰辞》。

众人皆知诗人普希金，但作为文学杂志《现代人》办刊者的普希金，却很少被提及。早在19世纪，普希金创办《现代人》时期，刊发参与抵抗拿破仑战争的女骑兵的日记片段，他在编者按里写："究竟是什么原因，促使一个年轻少女，上流贵族的大家闺秀，离开温暖的家庭，女扮男装出现在战场上，去承担连男人们都畏惧的艰难责任呢？……是隐秘的心灵创伤、炽烈的幻想、桀骜不驯的天性，还是爱情的召唤？……"

作家从人性、心理、时代生活、政治语境等角度，而不仅是爱国的角度来发现女孩子们之于战争。

在访谈中，阿列克谢耶维奇讲：假如我们拥有一个清晰自觉的未来，假如我们清楚地知道自己想要什么，假如我们真正建立了一个新的社会，我们将步入一个开放的世界，我们将不再惧怕自己的过去。

她写道，二战期间，在全球众多的国家中，所有军种兵种都有女性在服役。至于苏联，军中的参战女性更是达到一百万人，她们在做梦的年龄，走向战场，年龄从15岁到30岁不等。这些女性掌握了所有军事技术，包括那些"绝对男人"的岗位，如飞行员、坦克手、机枪手、狙击手、步兵等。

阿列克谢耶维奇发现，大多女兵都是自愿，甚至隐瞒自己尚小的年龄，她们认为，"大家都在作战，我们也要作战"。当时举目皆是"祖国母亲在召唤""你为前线做了些什么"的宣传语，保卫祖国，是每个人的责任和义务。在时代语境的感召下，有的是全家都上前线了；有的爸爸哭着说："家家都有人上前线，唯独咱家没有（合适的）……"他们是在"战争文化"中长大的。也有女孩说："我很热爱生活，我不想死掉。"也有父母不舍得让女儿上前线。女兵们出发时，在送别的站台上，已经有尸体摆放，战争已经在进行……送行的妈妈们不是在哭，而是号啕大叫……无论你意识到还是没意识到战争是什么，你已被卷入了战争。

她始终警惕讲述中的感情造假。这些女兵谈论的战争，是被历史忽略的部分，是很私人的体验或记忆，也是文学和社会要面对的。她想写的是这样一本关于战争的书：让人一想到战争就会恶心，一想到战争就会产生反感、感到疯狂的书……

在她的笔下，我们看到一个正在做梦的小姑娘是这样变成狙击手的：

> 我那时还完全是个小姑娘，一边做梦一边长大，一边长大一边做梦。可是就在我做梦的年龄，战争爆发了。……在死亡面前，人永远是孤独的。我能记住的就是那种阴森恐怖的孤独感……
>
> 无法想象自己是去杀人的，就是简单地想上前线而已。

这个女兵被要求第一次杀人时，她犹豫再三："这是一个活人哪，虽然是敌人，可毕竟是个活人。于是，我的双手不知怎么发抖起来，而且浑身都打开了寒战……就是现在有时在睡觉时这种感觉也会回来。在打过胶合板靶子以后，要朝活生生的人体开枪，还真不容易。……开枪之后我身上哆嗦得更厉害了，心里害怕极了：我真的杀死了一个人?！"回到营地后，组长说："不能怜悯他们，应该憎恨他们……"她的父亲就是被法西斯杀死的。"去仇恨并且去杀人，这确实不是女人应该干的活儿……所以必须不断劝说自己，说服自己……"就这样，后来她成了狙击手。

另一位女狙击手也讲述了最初类似的恐惧：

> 我的第一次太可怕了……我一个劲地哆嗦，浑身发抖，都能听到自己的骨头咯咯作响。我哭了。以前我是朝靶子射击，根本不在乎。可是在这里……我，杀死了某个与我素昧平生的人。我对他一无所知，却把他打死了。

一位女侦察兵回忆"后退一步"的可怕：

> 刚刚下过雨，湿地泥泞。一个年轻士兵跪在那里，他戴着的眼镜少了一条腿，他就用手扶着眼镜。这个知识分子模样的男孩，浑身被雨水淋透。……我们只听到他在求饶……在诅咒发誓，在恳求不要枪毙他，他家里只剩下妈妈了。他哭泣不止。可还是执行了……这是杀一儆百，任何动摇分子都会是同样下场。
>
> 这个命令(《斯大林227号命令》"决不后退一步!"，只要后退就枪决)立即让我成年了。但我们甚至久久不敢回想那件事……胜利的代价又是什么，多么可怕的代价啊……
>
> 战争后都过了十五六年了，每个夜晚我都还在梦中去侦察敌情。要么梦见我的冲锋枪打不响了，要么梦见我们被包围了。醒过来后牙齿还咯咯作响，一时总是忘记了自己是在哪里，在战场上还是在家里？

甚至你感觉不到自己在杀人。一位女飞行员讲：

> 我们的营地在密林深处。有一次我飞行归来……我沿着林中小径走着，突然发现，地上躺着一个德国人……身体都已经发黑了……当时我真是吓得魂飞魄散。别看我已经打了一年仗，但在这以前我还从未见过死人。那是在高空中，是另一码事……只要一起飞，我们心里便只有一个念头：找目标，扔炸弹，返航。我们不必去看什么死人，所以这种惊恐我们从没经历过……

一位年轻貌美的女地下工作者，潜入德国军官食堂中当服务员，任务是适时把毒药投进汤锅里，但彼此已成为熟人，他们见面总说："谢谢您……谢谢您……""这任务实在太难了，杀人实在太难了……杀死别人比自己死还痛苦。"战后她当了历史教师，她说："我一辈子都教历史课……但我永远都不知道该如何讲述这件事。用什么样的语言去讲述……"

作家发现，杀人，对于女人来说，是更加艰难的。因为，女人是孕育生命的。一个女机枪手，战后很长时间不敢生孩子，因为她杀了很多人。女性的身心创伤更为精深。

她们到了前线，才知道"战争"是什么，多么残酷。阿列克谢耶维奇说，"那是个我们要毕生去思索和解密的世界"。

一位在手术台边工作的女性说："我见过多少截下来的胳膊和大腿啊……简直无法相信世上还会有四肢完整的男人了。似乎男人们不是受伤，就是阵亡了……"一位女炊事员讲："有时打完一仗，谁也没活下来……热粥热汤全做好了，可就是没人来吃……"

她们被告知：战争期间需要的是军人，只是军人，“而不是淑女名媛，美女在战争中是活不下去的”。女飞行员讲：那时候她们都抽烟，上天飞行时全身都会颤抖，只有点燃一根烟才能冷静下来。完成任务飞回基地时，连爬出驾驶舱的力气都没有了，得别人把他们拖出来。“我们的身体机能全都变了，整个战争的几年中我们都不是女人了，失去了女性的那事情（月经）……战争结束后，有些人就失去了生育能力。”

对于女性，战争的非人道令我们难以想象。“（春天）雪就在你身体下面融化，整天就泡在水里。你就好像是在游水，可又经常被冻在土地上。”

一个骑兵连卫生指导员看到自己的军人死亡后：

> 那是我人生中看到的第一个死者……一个年轻漂亮又幽默风趣的小伙子被打死了……人们只是把他抬起来，送到了一片榛树林里，草草挖了个坟坑……就把他放进坑里了，然后直接盖上了土。阳光是那么强烈，照晒着他……好在他的服装还是崭新的，显然他刚到前线不久。就这样把他安葬了，坑很浅，刚好够他躺进去。
>
> 扫射之后便开始地毯式轰炸，炸烂了这片地方。我不知道还会留下什么……
>
> 在那种处境里怎样埋葬死者？只好就近，在我们所待的掩体附近……就在那些橡树底下，在那些白桦树底下……直到今天我都没勇气到森林里去，特别是到长着老橡树和白桦树的森林……我不能在那种地方停留……

战争结束后，她们不同程度地患有战争后遗症。她们需要重新学习所有日常生活，找回日常生活的记忆，过正常的日子……过正常的日子，对于她们变得如此不容易！

有女兵讲：战争之后不敢走进商店，生怕看到那一排排悬挂的红肉……即使是红色印花布也让人胆战心惊……“四十多年过去了，在我的家里你还是不会找到任何红色的东西，战争过后我甚至对红色花朵都憎恨！”

当时的苏联农村，对于参加过战争的女性，居然是歧视的！因为他们认为，在战场上，你是和男人们在一起的。“我是戴着两枚光荣勋章和好多奖章回到村里的。可是……妈妈就把我从床上叫起来，跟我说：‘闺女啊，我给你打了个包裹，你就走吧……快走吧……你还有两个妹妹要长大了。可是有谁敢娶她们？全村人都知道，你在前线待了四年，和男人们在一起……’”

一位女狙击手讲，她从前线回来时，才21岁，却像个满头白发的小老太太。（战争爆发时，她还不满18岁。）她负过重伤，脑袋也震伤了，一只耳朵听力很差。……夜里听到附近采矿场的爆炸声，会从床上一个跟头栽下来，去抓外套……这时妈妈就把她拽住，紧紧搂在怀里，像哄小孩一样：“睡吧睡吧。战争已经结束了。你已经回家了。”

一位女卫生员讲，她从战场上回来时，刚20岁，可已经用老人的目光来看待生活了，好像是从另外一个世界来的老太太！

不止一个女兵这样讲时，你会感到人的内心在战争中老化了。战争之后20多岁的她们，已经永远不再年轻……什么鸟儿啦、花儿啦，有人已全不记得了。

还有女兵讲，战后患了失眠症，每天夜里都要做噩梦，每天早晨醒来，脑袋里全是一阵阵哭叫的声音……身边的同伴带她去看喜剧片，“你应该学会笑，要多多地笑才行啊！”“当时喜剧片很少，每一部我都看过至少一百次。我在第一次笑的时候，就像哭一样……”看到她这样学习“笑”，笑得像哭一样，你就略知战争把人的精神摧残到了什么程度。

那些受了重伤的，很可能从此，就拒绝以后了。一个女兵，双腿被弹片削掉，战后三十年，战友才在一个偏僻的残疾人疗养院找到她，之间她漂泊住过多家残疾人疗养院，做过几十次手术，躲避所有人，包括亲生母亲，不让她知道女儿还活着……那是对自己的身体和未来完全绝望。三十年里，那个心脏几乎疼碎的妈妈，差点就疯了。三十年后，她反复唠叨说：“现在我不怕见人了，我已经老了。”这也是一场战争。

离家从军时，还是花样年华，经历了战争，就成了这样。

战场上，也有幸福和人性，它是这样的：

> 您不是问我那时候有没有幸福感吗？我告诉您：突然在(空袭后)死人堆里发现了一个活着的人，那种感觉就是幸福……(护士)
>
> 您知道吗，在战场上经常会出现多么美丽的早晨？就在战斗打响之前……看到那个早晨，你马上就会想到这有可能是你人生的最后一个早晨。大地是如此美丽，空气是如此清新，朝阳是如此可爱……(战地军医)

有女兵讲，爱能救人，她是被爱情拯救的，否则根本活不下来。

> 冬天，一群被俘的德国兵走过我们的部队。他们冻得瑟瑟

> 发抖，褴褛的毛毯盖在脑袋上，身上的大衣都结了冰……有个士兵……还是个小男孩……他脸上的泪水都结冰了……我当时正推着一独轮车的面包去食堂，他的眼睛死盯着我的独轮车。那是面包……面包……我拿出一个面包，掰了一块给他。他拿在手里……还不敢相信。他不信我会给他面包……不相信！
>
> 我当时心里是幸福的……我为自己不去仇恨而幸福。我当时也为自己的行为而惊讶……（卫生员）

一群德国俘虏被押着从他们的城市经过，孩子们朝俘虏队伍打弹弓，一位母亲看到了，原来，俘虏也是些大孩子，“希特勒把最后的老本也抛出来啦”。这位母亲打了自己小儿子一巴掌，他的大儿子也在前线，她放声大哭：“你们的妈妈真是瞎了眼，她们怎么肯把你们这样的人放出来打仗啊！”

她们所有人在战争中梦寐以求的只是：“我们一定要活到底……人们经历了那么多苦难，他们终究会互相怜悯，互亲互爱。这将是另一种人类。”

这正是阿列克谢耶维奇所希望的，她不是为了搜集人类的苦难和不幸，而是为了呈现特定大历史中人们的心灵和精神。

2.1940 年代孩子的记忆

阿列克谢耶维奇《最后的见证者：101 位在战争中失去童年的孩子》扉页：一则信息引自《各民族友谊杂志》（1985.5），“在伟大的卫国战争期间（1941—1945），有数百万苏联儿童死亡……”另一段话是陀思妥耶夫斯基曾提出的一个问题，归结起来是句名言“全世界的幸福都抵不过一个无辜孩子面颊上的一滴泪水”。 这也是阿列克谢耶维奇关于战争与和平的立场。

“我们是最后的见证者……我们应该说出这些……”这些当年还是3~14岁的孩子，在战争中过早地长大，终其一生无法感受幸福，到了老年仍然思念母亲；他们害怕快乐，深感快乐是转瞬即逝的……

孩子们对战争的记忆，与成人不同，与观念固化的成人更是不同。 阿列克谢耶维奇在本书中记下的是：没有被社会化的孩子们纯真的记忆。

孩子们眼睛里的战争是这样的：

> 我看到了第一批法西斯敌人，甚至不是看见了，而是听见了——他们所有人都穿着钉有铁掌的皮靴，发出喀喀的巨响，咚咚地踏过我们的小桥。我甚至觉得，当他们经过时，就连大地都会疼痛……
>
> 大型汽车、大型摩托车……我们没有这些东西，这样的东西我们从来都没有见到过。人们都傻了，变成了哑巴，瞪着恐惧的眼睛走来走去……
>
> 战争——这是我的历史课本。我的孤独……我错过了童年时代，它从我的生活中一闪而过。我是个没有童年的人，代替我童年的——是战争。
>
> 战争前，我喜欢听爸爸讲童话，他知道许多故事，讲得绘声绘色。战争结束后，我已经不再想读童话了……
>
> 战争结束后，疾病开始流行。所有人，所有孩子都生病了……白喉症流行……许多孩子死了……大街上没有可以玩耍的伙伴……

人性恶到极点时，就极其荒诞，“德国鬼子一家一家地搜查……把那些有孩子参加游击队的家庭集合起来……在村子中间砍掉他们的脑袋……有一家一个人也没找到，他们就逮住了他家的猫，吊死了。它吊在绳子上，就像个小孩……我想忘记这一切……”

在另一个孩子的讲述里，战争——就是失去爸爸……后来又失去妈妈。被人领养后，“我很长时间都不会说话，只是呆呆地望着”。直到有一天，一个陌生女人像妈妈一样抚摸她的头，她哭了起来，开始说话……说到爸爸和妈妈……

战争释放出难以想象的恶，当年他们被运送到儿童收容所，被不断地抽血，“德国医生认为，不满 5 岁的儿童的血能帮助伤员迅速恢复健康”，有孩子就是这样死掉的……在集中营里，“我甚至没有看到过一只小鸟，一只蜘蛛。它们都不在这里生活……”只有这些孩子——发不出声，也逃不出去，被肆意虐待。

在战争中失去了爸爸妈妈或失散他乡的孩子，在毫无安全感的陌生世界，因失爱和恐惧而失语，也丢失了自己的名字，没人知道他们是谁。“过了七年我才开始一个词一个词地能说话了……听见了自己的声音……这就是经历了那些恐惧之后留下来的全部？这么几十个词语……还有外公收拾起来的不满一篮子的（亲人）骨头……”另一个当年的孩子讲：“战争结束后，过了 25 年，我只找到了我的一个姨妈。她叫出了我的真实姓名，我很久都不能习惯。我没有答应……”叫那个名字的孩子，已恍如隔世；他成了另外一个人——世上的孤儿，被侮辱与被损害的。

数人回忆，在极其恐惧或不忍目睹的境况下，有的妈妈会用衣襟或裙摆蒙上孩子的眼睛，她们不想让孩子看见那非人的场景。“孩子们一下子长大了”，“没有一个人哭泣……没有一个人说话”；甚至鸡和狗都懂得了沉默，“我们家养了两只母鸡，它们一声不吭地和我们躲在床底下，没有一只叫唤。后来再看马戏团时，看到那些驯养的母鸡，不管它们多么听话，我都不会感到吃惊”。万物有灵。孩子们的这些记忆，我们或许只在文学中才能看到。

在战争中失去童年的孩子，在未来的人生里如何感受幸福？有受访者讲：整个战争期间她都在想妈妈，因为战争开始她就失去了妈妈……整个一生中在自己生活的幸福时刻她都会哭……她总是觉得，它很快就要结束了。她心中永远是那种“很快、很快……”的感觉。这是童年给她留下的恐惧记忆。妈妈在时的幸福转瞬即逝，而丧失却是永恒的。

战争也在改变着人们对于战争的理解。经历了战争，人最终要学会爱的。

在他们的讲述里，更多地提到妈妈，也许因为爸爸大多在前线，或已战死。

> 当广播里播放敌人的死伤人数时，我们总是很高兴……可现在……我看见了……那个人就好像睡着了似的……他甚至不是躺着，而是坐着，半坐着，头歪在肩膀上。我不知道，是该憎恨他呢，还是该可怜他？……我不记得：他年轻还是年老呢？是很疲惫的样子。因此，我很难仇恨他。我也把这些告诉了妈妈。她听后，又哭了。

战后妈妈给小儿子上的爱的第一课：妈妈和儿子走在街上，

提着分得的一点土豆，一个德国战俘从废墟里走来，“女士，请给我个土豆吃吧……”。“不给你。说不定，就是你打死了我儿子！（她的大儿子）”这个德国战俘吓得一声不吭。后来，妈妈又返回身，掏出几个土豆给了他：“给，吃吧……”

一个当年的犹太女孩讲述自己被领养、被救助：“我在这个家中住了多长时间，恐惧就持续了多长时间。他们随时可能会被打死……全家人被打死……包括他们的四个孩子……只是因为他们收留掩藏了一个犹太孩子，从隔离区出来的犹太孩子。我是他们的死神……这得需要一颗多么伟大的心灵啊！这是一颗超越了人类的心灵……”

经历了战争，人们的善良倘若还能保留下来，那就是保留给人类未来的希望。文学、艺术最终是发现真相、寻找爱的。如经典影片《辛德勒的名单》里，身在波兰的德国企业家辛德勒，冒着破产及生命危险拯救犹太人，最后被救的人们献给他的一句经文：“凡救一命，即救全世界。”辛德勒去世后，每年都有许多幸存的犹太人及其后代来祭奠他的灵魂。这部纪实影片，让我们看到，在极端恐怖的环境下，人仍有或被激发出罕见的勇气和善良、理性和智慧，那是黑夜时代里最璀璨的人性之光，爱之光。

3.双重伤害/复杂的道德处境

有一天，我翻阅石黑一雄的作品，有些惊讶地发现，他和阿列克谢耶维奇对于人类共同的苦难，都有着趋于心灵深处的持久思考和表达。1954 年生于日本长崎，后随父母移居英国的石黑一雄，差不多算是阿列克谢耶维奇的同时代人。石黑一雄说：“我们没有经历过战争，但是战争摧毁过我们父母的生活。我们有责任把我们父母这一代的记忆和教训传递下去。”“我总是在写那些在遗忘和回忆之间挣扎的个体。但是未来我想写一本关于一个国家或者社区是如何面对同一问题的书……一个国家记得和忘记事物的轨迹和个人一样吗？”

在阿列克谢耶维奇的《锌皮娃娃兵》里，我看到面对同样的事情，国家记得和忘记事情的轨迹和个人是不一样的。

《锌皮娃娃兵》里写到：1979年12月苏军出兵阿富汗，1989年2月撤军，漫长的十年间，苏军每年在阿富汗作战的人数多达十万余人，其中，主要是一些20岁左右的青年，即娃娃兵；他们战死后被装在锌皮棺材里运回祖国，交给他们的母亲。这就是“锌皮娃娃兵”。娃娃兵们害怕自己死掉，那样会把无尽的悲伤留给母亲。“每次战役之后，我们可怜伤员，但不可怜死者，而是可怜他的母亲。”

当初娃娃兵们被告知：“你们要到阿富汗共和国去履行军人的义务，去实现军人的誓言……你们是去从事神圣的事业，祖国不会忘记你们。”在激情、幻想、轻信盲从的年龄，“他们没有告诉我们真相，没有说明那是一场什么样的战争。过了八年，我才知道真相。”

指挥官告诉他们：你们在这儿要学会两件事：一是跑得快，二是射得准。至于思考嘛，由他来承担。每个人都想活下去，没有考虑的时间。他们已经看惯了别人死，可是害怕自己死。相遇时，“谁第一个开枪，谁就能活下来”，“人们在那边靠仇恨生存”，“杀人就是为了能回家”……战争把人性逼得这么扭曲、残酷。

从腰部以下截肢的士兵羡慕的是：“只从膝盖以下截肢的人……哪怕留下一条腿也好啊，现在连一条腿也没有了。最难做到的，就是忘掉你曾经有过两条腿……”不堪的真实总是超出我们的想象。作为战地记者，阿列克谢耶维奇出境时，遇见士兵伤残着回来，在机场，她看到他们拄着拐杖一跳一跳地走动，买不到回家乡的机票，谁也不理会他们——他们在什么地方被弄成残废的？他们在那边保卫了什么？没人对这些事感兴趣。她听见几位军官在议论：国产的假肢如何不好，他们还在谈论伤寒、霍乱、疟疾和肝炎……

写完《战争中没有女性》，本来不想再写战争的她，却到了真正的战场上。在那里，她看到了太多人间悲剧……因此，阿列克谢耶维奇痛苦地追问：为何把我们的普通男儿变成了杀人的人？十年间，死伤了多少人，发射了多少发子弹和炮弹，击毁了多少架直升机，报废和穿破了多少套制服，毁坏了多少辆汽车……这一切需要我们付出多大的代价啊？

在阿列克谢耶维奇这里，没有谎言可以躲藏，人们常见的那种自我保护的办法——“这事责任在他……这事责任在他们……”被她一语击破：“不，我们彼此太贴近了，任何人都休想逃避。”

作为一个作家，也作为一个母亲，她不能容忍：把娃娃们从日常生活——学校、音乐、舞蹈等场地拽出来，投入战场、投入“污秽”之中。他们本以为参加的是伟大的卫国战争，可是却被投进另一种战争；他们本想当英雄，可后来不知道自己变成了什么人……

后来人们渐渐明白了这场战争，一位士兵的母亲说：“谁也不需要那场战争，我们不需要，阿富汗人民也不需要……”，一位士兵的父辈说：“是我们，而不是我们的孩子杀了人。我们是杀人犯，既杀了自己的孩子，又杀了其他国家的孩子……他们之所以作战，是因为相信了我们。”在公交车上也可听到这样的议论：“他们算什么英雄？ 他们在那边杀儿童杀妇女……”

阿列克谢耶维奇选择的“重要主人公”说：“战争时期不执行命令就枪毙！ 当然啦，将军没有亲手杀过妇女儿童，可是他们下达过命令。 如今，一切罪名都扣在我们头上……什么罪名都要士兵来承担……有人对我们说：执行罪恶的命令就是犯罪。可我当时相信下达命令的人，我从记事时起，受的教育就是相信命令。 只能相信！ 没人教我动动脑子，相信还是不相信，开枪还是不开枪？ 向我反复灌输的是，只有更加坚定地相信！”作家把这位受访者命名为“重要主人公”，因为他代表了很多人的声音，“那时，我们人人如此”。 那是时代生活里相似的声音。

和卫国战争相比，这场战争的死亡者，是肉体和精神的双重死亡。 一位士兵的妻子说：“当我第一次从电视上听说阿富汗（战争）是我们的耻辱时，我恨不得把屏幕砸碎了。 那天，我第二次埋葬了我的丈夫……”

从“那边”“幸运地”回来的人，后来发现，所有人都极力想把这场战争忘掉，包括那些派他们去那边的人……谁也不喜欢这场战争。“那边”——一个含混不清的地理名词，也可见说者的暧昧态度。 一位当年为“救人、爱人”来到那边的护士说，在那边经历了一切之后，怜悯所有到过那边的人：“可是谁会向所有到过那边的人道歉呢？ 谁会向那些遭到摧残的人道歉？ 更不用说有人会向那些变成瘸子的人道歉了。 一个国家需要怎样不爱自己的人民，才能派他们去干那些事呀？！”

他们回来后发现国内的一切都变了，人们穿的是另一种时装，听的是另一种音乐，街道也变了样，对战争的态度也不同了……他们像一群白色的乌鸦，格格不入；尤其是这场战争在他们的内心并没有结束——“每年夏天，只要呼吸一口灼热的尘埃……我的太阳穴就像挨了一拳。这种感受将伴随我们一辈子……”

因此，有受访者反思说：“我有眼睛时，比现在瞎得更厉害。我想净化身上的一切，清除身上的污秽。”“阿富汗治好了我轻信一切的病，过去我以为我国一切都正确，报纸上写的都是真事，电视中讲的都是事实。”他们付出了怎样的代价，才学会思考、发现真相，而不是轻信和盲从。有人甚至为这场经历感到耻辱，“如果您要写的话，不要提我的名字……我什么也不怕，但我不愿留在那段历史里……”。

每一个人在这场战争中都是受害者！如那位护士所言，怜悯所有到过“那边”的人，可是生活在“那边”的人就更无辜，我们只看书中的一个细节就需深呼吸，“一个年轻的阿富汗女人跪在街道中心号啕大哭，她面前躺着被打死的婴儿。大概只有受了伤的野兽才能嚎得这么凄惨”。眼见耳闻的一切，让阿列克谢耶维奇也到了无语的地步，她借陀思妥耶夫斯基小说人物之口悲叹：“野兽永远不会像人那么凶残，凶残得那么巧妙，又那么艺术。”凶残又离奇，她甚至怀疑，“如果我把这些事都写出来，谁能相信我？”

经历了大时代，再来谈爱

阿列克谢耶维奇把她的《二手时间》称为“红色人类终结篇”，这本书也是她个人内心和那个悲壮的实验时代——苏联时代的告别篇；同时她也感慨，卫国战争时期千百万人拼死保卫的那个祖国已经不在了。

阿列克谢耶维奇在书中写道：“举世皆知我们是战斗民族，要么打仗，要么准备打仗，从来没有其他生活。我们的战争心理由此形成，就是在和平生活中，也是一切都按战争的思维。”“我们的英雄，我们的理想，我们对生活的看法都是军事性的。这就是为什么在前帝国的土地上流血如此容易……”生于苏联时代和后苏联时代的人们没有共同的体验，他们犹如来自不同的星球。譬如父亲说：自由就是去除恐惧。儿子说：自由就是爱……当你不需要思考自由也能活下去时，你就是自由的。之前，没有人教给他们什么是自由，他们只被教育过为自由而牺牲。苏联解体后，他们发现，所有的价值观都改变了，除了生活价值——建一幢房子，买一辆好车，种一些醋栗……“如今，贫困成了耻辱”，物质时代到来——拜金主义和成功者崇拜，斯大林时代的劳改营，居然都作为旅游景点开放，广告词上承诺说游人将会得到充分的劳改营体验……每个时代有每个时代的问题，人们发现，这也不是他们所盼望的那个未来。

在阿列克谢耶维奇的笔下，我们看到人们迷茫地来到一个二手时代，“今天的所有想法和所有语言全都来自别人，仿佛是昨天被别人穿过的衣服……所有人都在使用别人以前所知、所经历过的东西，所以说是二手时间”。她在诺奖颁奖典礼上也说：“充满希望的年代被充满恐惧的年代所取代。这个时代在转身、倒退。我们生活在一个二手时代。”苏联解体后的十几年，对于许多知识分子来说，“首先是一个大时代被偷走了，然后是他们个人的时间被偷走了”。阿列克谢耶维奇揭开了这个二手时代的面纱。

在二手时代，人们对社会生活的认知发生着巨大的分歧，不少老人怀旧，“我爱帝国……没有了祖国，我的生活很苦闷很无趣”；也有年轻人认为斯大林是“最伟大的政治人物”；更多的人在说，“在斯大林时代，整个社会从上到下告密成风……那个时候谁都担惊受怕，连被别人害怕的人自己也害怕”，还有失业、物资匮乏，卢布贬值……那么多不同的声音，人们的感情也在撕裂中。

世事练达的人说：“如果我们争论，就会破坏两个人的关系。我们的朋友相聚时，也完全不谈政治。每个人都以自己的方式走到现在。”社会生活中总有惊人的相似之处。

阿列克谢耶维奇认为，“我们必须学着在没有伟大事件、伟大思想的条件下生活”。陀思妥耶夫斯基也表达过类似的意思——“爱生活，而不是爱生活的意义”。在苏联营造的伟大的乌托邦里，人的生命总是等同于某种东西——一个想法，一个国家，一个未来……在阿列克谢耶维奇看来，人们得学会思考：我们是谁？生命意味着什么？

在二手时代，时间的泡沫，纷争的泡沫，人生的泡沫，随着信息的无限膨胀而越来越多，一方面把众多人的时间和视点网在一起，彼此消耗；另一方面，尤其是在疫情年代，每个人又独自陷入人生此刻的仓皇，大海里捞不到自己的那根定海神针，更多的焦虑与迷茫。在网络化、全球化时代，我们知道的信息越来越多，但基本上是人人皆知的二手信息，其实不仅是阿列克谢耶维奇所写的人们处于二手时代，我们大家恐怕也都处在二手时代。

如果突然发现自己多年来生活在意义的泡沫之中……写下这句话后，我不知该如何讲述。

阿列克谢耶维奇经常被问到：你为什么总是写悲剧？她回答：“因为这就是我们的生活。”阿列克谢耶维奇的写作和倾听世界的态度，也在阐释着文学是什么。

回顾自己几十年来的风雨人生，阿列克谢耶维奇说，我有三个家：我的白俄罗斯祖国，它是我父亲的祖国，我一辈子都生活在这里；乌克兰，我母亲的祖国，我出生在那里；以及俄罗斯的伟大文化，没有它，我无法想象现在的自己。这些对我都很宝贵，但是在今天，已经很难再谈论爱了。而接下来，她还要写一本关于俄罗斯民族如何爱的书，她对俄罗斯民族心灵的探索不会停止。

补 记

旅俄翻译家孙越先生的译本《切尔诺贝利的祭祷》，从 2018 年 8 月第 1 版，到 2022 年 3 月已是第 9 次印刷，说明国内有众多读者关注这本书、这个事件。孙越先生还是巴别尔《骑兵军》的译者，他于 1987 年开始翻译，曾在苏联、俄罗斯和乌克兰等国生活多年，20 多年后，他重新翻译《骑兵军》，他称“将我在十余年中，从敖德萨、尼古拉耶夫、基辅、莫斯科、圣彼得堡等地，所采集到的巴别尔精神，灌注于新译文”。这样一个译者让人信任，也让人惊喜。

之前，在凤凰卫视常看吕宁思的时政评论，却不知他从青年时代就开始关注并翻译阿列克谢耶维奇的作品，这就是 1985 年《战争中没有女性》的中文版。多年后，他又翻译了此书的修订版，也是未删节版，译名为《我是女兵，也是女人》。他在译后记中写：“这是一本痛苦的书，也是一本真相的书。”在翻译的过程中，他屡屡被其中触目惊心的内容和人性细节所震撼、所感动，甚至难抑泪水。这些都发生在阿列克谢耶维奇获诺奖之前。

《最后的见证者》，译者晴朗李寒，对于我是个陌生的名字，但译文清澈可触。看简历知：他从事自由写作、翻译，译著有《阿赫玛托娃诗全集》等。

《锌皮娃娃兵》的译者高莽先生，老一代翻译家的人格、学养与译笔，曾震撼过我们年轻时代的心灵，如今更是感念。老先生一生又写、又画、又译、又编，像一个人活了几生，晚年的他尽管声誉远播，但对待自己的译作，每时每刻都在修订中，针对某个词，查遍了各种字典依然感到心虚……

我深感，这些译者与俄罗斯文学的精神血脉有着天然的相通。

看了切尔诺贝利纪录片及相关报道，当夜我梦见从未想过的场景：一匹马，拴在我童年时的草屋窗棂前，那窗棂由原始的树干拼成，那马头上戴着龙套，仅有头部，身体的其余部位被分离到了别处，它的眼神惊慌恐惧、焦躁不安，一秒如同一生漫长煎熬……它仿佛在寻找自己的身体，向窗棂外看了一眼，我警觉到了接下来的事情——它一头翻了出去，其实就是一头，它没有身体，也没有四肢。这时，我童年的麦秸草屋，恍惚间又成了我大学毕业后居住的老城区砖墙楼，窗外是狭窄的胡同，这马摔下去，跌入胡同。我能感受到胡同那边人们的骚动，那马摔死了。我的父亲就跑去看这匹马，那是我饥饿得吃不上肉的童年，父亲就让人帮忙，把这马处理成了没有血的肉，这马居然又有了肉体之身。父亲用架子车把马——处理好的肉拉回来，我看到那些没有血色的肉还温着，上面打了一个图标。父亲说，咱不能到集（市）上卖，凭这标，兑给行伍（土语，类似中介），由行伍来卖。（仿佛还是害怕“投机倒把罪”的时代）我恍然有些明白。我突然发现那是晚年的父亲，还有晚年的母亲，走路都非常艰难，我一直害怕他们随时离去，但这种感觉不敢和其他亲人说，这种害怕的感觉很孤独。怎么能让这样的父亲跑去处理马的后事呢？我挎着篮子去集市上，仿佛还是童年的我，集市上人闹嚷嚷的，我茫然地坐在一个小烧饼铺的门槛边，这时有人来问我，你卖的什么肉？我茫然地想着，这是驴还是马？小时候我分不清驴和马，我想了想，努力有些肯定地说，“是——马肉”，接着就呜呜地大哭起来。我把自己哭醒了，在梦中我都提醒自己这是在做梦，以帮助自己从梦中解脱出来。

岁月和记忆，居然凝缩到一个梦里。过去从未过去，它一直存活于我们的记忆深处。作家爱伦堡在回忆录里写：“谁记得一切，谁就感到沉重。”

参阅资料：

①S.A.阿列克谢耶维奇:《战争中没有女性》,吕宁思译,中信出版集团,2021。

②S.A.阿列克谢耶维奇:《最后的见证者:101位在战争中失去童年的孩子》,晴朗李寒译,中信出版集团,2021。

③S.A.阿列克谢耶维奇:《锌皮娃娃兵》,高莽译,中信出版集团,2021。

④斯维特兰娜·阿列克谢耶维奇:《切尔诺贝利的祭祷》,孙越译,中信出版集团,2018。

⑤阿列克谢耶维奇:《二手时间》,吕宁思译,中信出版集团,2016。

⑥(法国)纪录片《抢救切尔诺贝利》(*The Battle of Chernobyl*),2006;(日本NHK)纪录片《阿列克谢耶维奇:从切尔诺贝利到福岛》,2017。

⑦阿列克谢耶维奇:《用文学的声音记录时代》,2016年8月26日下午在北大的演讲视频。

⑧阿列克谢耶维奇访谈:《一个时代结束,而我们存留下来》,董树丛译,《西部》2016(3)。

⑨阿列克谢耶维奇:《我是人们的耳朵:2015年诺贝尔文学奖得主演讲》,吕宁思译,《中国青年:看世界》,2016(5)。

⑩尼·别尔嘉耶夫:《自我认识:思想自传》,雷永生译,广西师范大学出版社,2001。

⑪尼古拉·别尔嘉耶夫:《俄罗斯的命运》,汪剑钊译,译林出版社,2014。

后记

20世纪80年代，我在武汉桂子山读书时，初识波伏瓦和萨特、海德格尔等这些遥远的人物，那时阿伦特还在我的视线之外，当我暗叹阿伦特照亮同时代及其后时代的著述《黑暗时代的人们》《爱这个世界》《极权主义的起源》时，我已不再年轻。还有阿列克谢耶维奇，新冠疫情及俄乌战争影响了世界生活之后，我才真的深入她的文字和纪录片里，心跳加速中，直面她讲述的人类生活中的大厄大难。

书稿中的这些人物，陆续伴随了我的漫漫流年。

最初，我是想看清写作、艺术及思想如何发生，也为寻找内心的秩序、性别关系中的自我认知、亲密关系的各种可能和真实处境，以及与这个世界如何相处的思考。在我盛年的理解里，她们或是一个时代最自由、最高贵也最孤独的头脑之一，开启了女性写作与情感生活的最大空间；或在人生的历程中，克服掉了人性的全部弱点，开启着艺术的秘密通道，分担着天才男人们超凡而罕见的命运，修复着精神事件中的不美好；或因爱的过度内耗而在艺术史中悄然陨落……她们对精神生活都有强烈并贯穿一生的热爱，她们的人生超出世事的逻辑，她们激发出了艺术史中爱的奇迹和创造的奇迹。

被资料、过去时、学术惯式包围了的她们，无须重复，我要描述的是重要精神事件的因由、脉络，以及她们是如何面对的，某种深刻的自由感是如何开始，如何持续，以至于成就一种非凡绝伦的人生，这人生又怎样促成一个世纪销人心魂的杰作的，等等。我更关注“发生”这两个字后的一切，我想挣脱掉世人思维的惯性和艺术史里的势力，到历史和心理现场中去，去发现她们如何思想，如何写作，如何生活，又为何那样……

后来，我更想描述的是引领时代精神走向的她们。如经历了两次世界大战的伍尔夫，在二战中，她在伦敦的住宅和出版社被炸成了废墟，人类的文明在她的眼前坍塌……她在《岁月》里写同时代人的处境——“在孤叶下求庇护，而这片叶子即将被摧毁”。在时代巨轮的碾轧声中，不妨把车窗的帘子拉下来遮住视线，遮住心灵。因为，思考就是折磨，“但这个世界的苦难，强迫我去思考”。这个用“心”写作的作家，她的心里倒映着整个时代的痛苦。萨乐美也看到战争摧毁了年轻一代，岁月削弱了她的同时代人。希特勒上台后，纳粹对“犹太科学”的态度，使敢于继续从事精神分析的人只余下几个，萨乐美是其中之一。弗洛伊德的著作在柏林被当众焚毁，萨乐美竟敢在公共场合对这位精神分析的创始人表示敬意。波伏瓦的《第二性》，从根本上改变了女性如何了解自己，深刻地影响了全世界女性的处境和地位。你无法选择你的性别，也无法选择你的出身，我们如何面对这种种无法选择？性别歧视或者性别压力，依然存在。女性在社会生活中被尊重的程度，在社会生活中的参与程度，也是一个社会文明程度的标志之一。杜拉斯则是一个抗摧毁能力极强的作家，谁也不能真正地伤害她……阿伦特和阿列克谢耶维奇，更是没有在乎自己的写作将会带来怎样的命运，在她们的作品中，那些关于人类命运的大话题，又关乎着每一个人命运里的疼痛和幸福。无论在什么人、什么事面前，她们始终能保持住自己内心的自由，也扩大了同时代人的自由，她们的勇气、良知、爱与智慧，为其所处的伤痕累累的时代，赢得了尊严，并为所有的时代树立了榜样。这些经由大事件思考人类灾难因由及未来的作家，方可称为伟大的作家；否则，写多少本书也配不上经受了大厄大难的众生、天空和土地。

她们从直觉、经验和真相处开始思考，这使她们的言说更为温暖可信，乃至更能引导人类文明的方向。阿伦特说，男人们总是喜欢尽量去产生影响，而我只想去寻求理解。后来她这样描述海德格尔，“他以对真理的激情抓住了假象”。海德格尔与纳粹分子的一段合作，即便是在复杂的历史境况下发生的，但与阿伦特、雅斯贝斯等一代知识分子的勇气与良知相比，也使他一生的哲学生涯蒙上了阴影。年青时代，当我们面对海德格尔这种大师级的人物时，很可能会忐忑不安，但当我们穿越历史和真相，我们便不再迷信一切宏大光环。阿伦特和海德格尔命运交织的前半生及此后的分野，让我慨叹：朴素的诚恳、善良的德性、人性的尊严，方使思想者在一个黑暗时代承担起一个“明彻者”的责任，也让我感到经验哲学的可信。由此我认为，对人性、思想、大师，应有一份漫长的观察、严谨的考据、沉着的思考。

萨特曾说，有的作品使写作之前的我和写作之后的我不一样了，只有这样的作品才是重要的。经由她们，我在各式游戏规则和势力、功利的眼花缭乱中，找到了内心生活的镜与灯；在日常现实的胶着中，遥感那依常规不可接近的人生之境。

我把盛年时最深的情感保存在了这些文字里，当生命的繁华不再，那些纠结、战栗、向往、迷茫乃至绝望携带出的文字与思考也已不再，或不再是那般模样。一个人不可能返回她的盛年去写作；盛年不再时，我方明白，属于一个作家的历史和真相是什么，你不可能在卡夫卡描述的荒诞现实中把控自我的命运，你必须拥有与这个世界风雨同舟的情感，如这些伟大的女性作家——改变现实，创造现实。

我深感，每个时段应写下属于每个时段的文字，如同四季，不可替代，如果你是在生命中写作。

如今，岁月的寒风吹着脊背，如伍尔夫在日记里写，“只有汲取精华的时间了”。岁月不再是一天天地过，而是从悬崖处重力加速度地跌落，原以为会永远地存在的那些，几乎是突然之间如玻璃一样碎裂了，你与这个世界连接的链条一个个地断了。在这个变幻迅速的世界里，真如狄更斯在《双城记》里写：我们面前什么都有，我们面前一无所有……即使我们不能够像阿伦特那样去“爱这个世界”，但如果能够把每次相遇当成是最后一次相遇，也会多些珍爱，少些伤害。

我并没有感到她们属于哪一个国度，哪一个时代，我感到所有的人性、写作与时代问题都是相通的，我与她们的相通几乎是迎面就开始了。我甚至感到，假如把她们讲给我的不识字的母亲，她也会懂的。在20世纪60年代末的中原农村，生产队里的集体劳动总是在比速度，认真的母亲总是落在后面，她会看到那些被人群践踏的庄稼。母亲常说，如果庄稼会说话，庄稼也会哭的。在粗劣的环境中，母亲是个旁观者，是个爱自然万物的人，她不识字，但有双审美的眼睛，她的一生都向往文明的世界。因此，我在心中把这本书献给母亲——永远不可能读此书的母亲。

很多时候，我感到读多少书，写多少书，都不是首要，首要的是心中要有爱和诚恳，这样才不会在任何时候、任何境况下，做出伤害弱者、伤害这个世界的事情。因此，我把这本书献给所有懂得“爱这个世界”的人。

最后，特致谢策划编辑杨莉（作家碎碎），是她把这本书稿从时光里打捞出来，并给予我最大的写作和时间自由，容我一再修改，一再拖延；对文字极其有判断力的碎碎，还帮我提出了一些细节性建议等。感谢眼力不凡的年轻责编张丽。感谢历史学者马达的支持。感谢30多年来亦师亦友的艾云，为我写下知根知底的序文。感谢女儿陪伴我在巴黎寻访波伏瓦、罗丹与卡米耶等一代大家的印迹。感谢所有关爱我的亲友……

2022年10月于郑州